Captains Courageous

勇敢的船长

[英] 吉卜林（著）

郭莹莹（编译）

中国出版集团
现代出版社

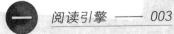目录 CONTENT

一 阅读引擎 —— 003

本书文学地位与历史影响 —— 004

本书历史背景图解 —— 006

本书作者生平图解 —— 008

本书人物图解 —— 010

本书故事图解 —— 012

本书地标物语 —— 014

二 阅读辅导 —— 017

三 原著阅读 —— 021

第一章 —— 022

第二章 —— 034

第三章 —— 050

第四章 —— 070

第五章 —— 088

第六章 —— 103

第七章 —— 113

第八章 —— 122

第九章 —— 145

第十章 —— 170

四 阅读体验 —— 193

一、语言品味 —— 194

二、情感体验 —— 195

三、角色体验 —— 196

四、感悟作品 —— 196

五、人生思考 —— 197

五 阅读拓展 —— 199

本书的阅读链接 —— 200

本书的文化链接 —— 202

本书的思想链接 —— 205

阅读引擎

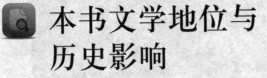

本书文学地位与
历史影响

① 我 了解吉卜林的书——它们对于我从来不会变得苍白，它们保持着缤纷的色彩；它们永远是新鲜的。

——美国作家
马克·吐温

② 这 位世界名作家的作品以观察入微、想象独特、气概雄浑、叙述卓越见长。

——诺贝尔获奖理由

③ 吉 卜林的《勇敢的船长》透露强烈的绅士精神和人情味儿，高尚得让人感动。

——英国诗人、小说家
托马斯·哈代

4

《勇敢的船长》是吉卜林丰富的经历，加上他敏锐的洞察力和杰出的才华的结晶。

——英国以及美国作家
亨利·詹姆斯

5

《勇敢的船长》中的情节发展相当有吸引力。

——英国小说家、散文家
乔治·吉辛

本书历史背景图解

英国女王伊丽莎白一世即位

1660 查理二世复辟

解散议会 1628

1558

1487 『玫瑰战争』结束

1413 苏格兰第一所大学圣安德鲁斯大学成立

1455 约克家族与兰卡斯特家族之间的『玫瑰战争』爆发

1485 亨利七世即位

1536 英格兰与威尔士合并

1564 莎士比亚出生

1588 英国舰队击败西班牙无敌舰队

1603 苏格兰王詹姆士六世加冕为苏格兰国王

1620 对新教徒的镇压激化，『五月花号』抵达美洲

1642 英国内战爆发

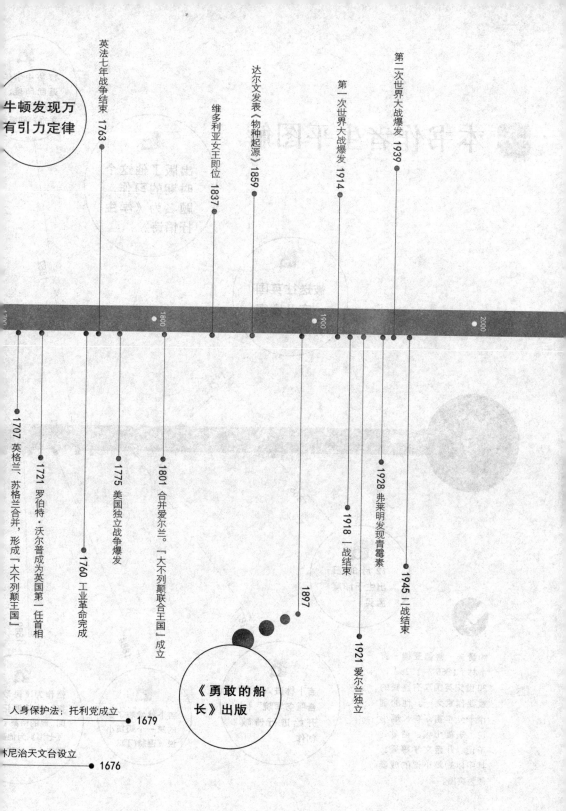

牛顿发现万有引力定律

英法七年战争结束 1763

达尔文发表《物种起源》1859

维多利亚女王即位 1837

第一次世界大战爆发 1914

第二次世界大战爆发 1939

1707 英格兰、苏格兰合并，形成『大不列颠王国』

1721 罗伯特·沃尔普成为英国第一任首相

1760 工业革命完成

1775 美国独立战争爆发

1801 合并爱尔兰。『大不列颠联合王国』成立

1897

1918 一战结束

1928 弗莱明发现青霉素

1945 二战结束

1921 爱尔兰独立

人身保护法；托利党成立　● 1679

格林尼治天文台设立　● 1676

《勇敢的船长》出版

本书作者生平图解

出版了他这个
时期的习作，
题名为《学生
抒情诗》

1882

17 岁中学毕
返回印度，
任拉合尔市《
民报》副编辑

被送往英国
一家儿童寄
养所

1881

1871

1850

1865

12 月 30 日
出生于印度
孟买

约瑟夫·鲁德亚德·吉
卜林（1865－1936），
20 世纪英国享有盛誉的
重要作家之一。他的创
作十分丰富，有长篇小
说、短篇小说、诗歌、
游记、儿童文学等等。
其中以短篇小说的成就
最为突出。

1877

吉卜林进入"联
合服务学院"，
开始进行诗歌
创作

1884

吉卜林发表了他
的第一个短篇小
说《百愁门》

1889

他作为《民政
报》的特派记
国，他的诗集
《七海》为他
国诗人"的称

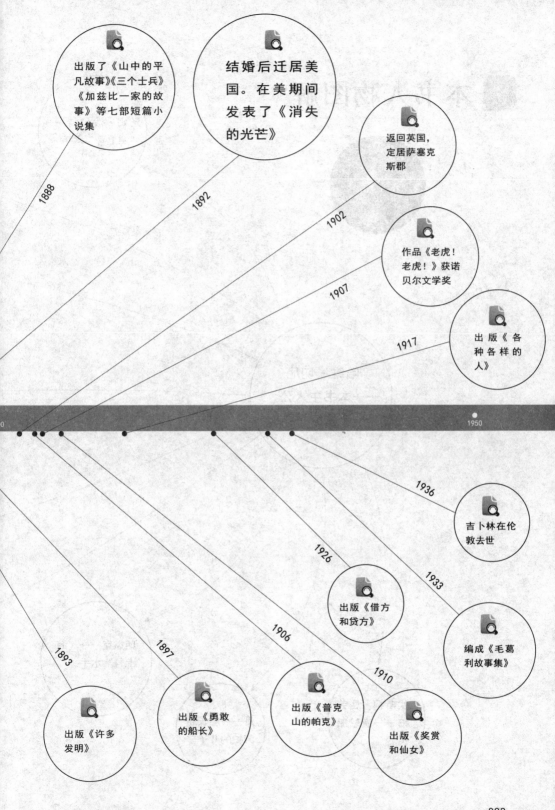

出版了《山中的平凡故事》《三个士兵》《加兹比一家的故事》等七部短篇小说集

结婚后迁居美国。在美期间发表了《消失的光芒》

返回英国，定居萨塞克斯郡

作品《老虎！老虎！》获诺贝尔文学奖

出版《各种各样的人》

1888

1892

1902

1907

1917

1950

1936

吉卜林在伦敦去世

1926

1933

出版《借方和贷方》

编成《毛葛利故事集》

1893

1897

1906

1910

出版《许多发明》

出版《勇敢的船长》

出版《普克山的帕克》

出版《奖赏和仙女》

本书人物图解

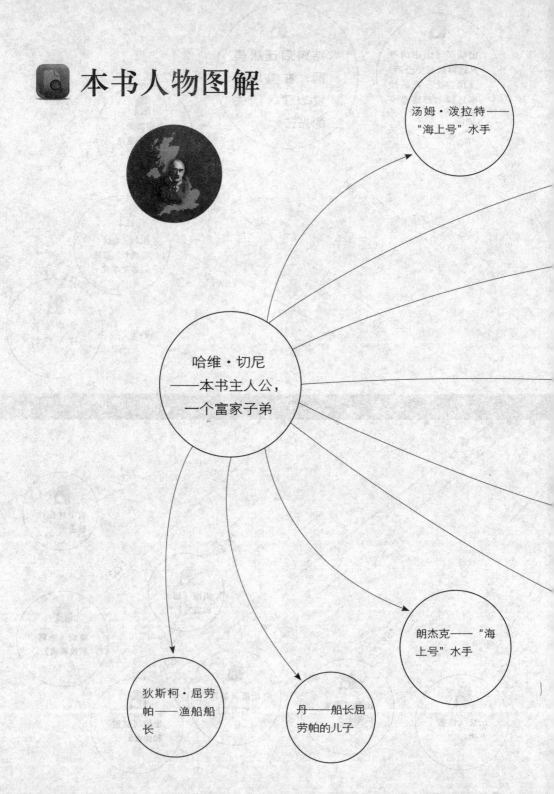

汤姆·泼拉特——"海上号"水手

哈维·切尼
——本书主人公，一个富家子弟

朗杰克——"海上号"水手

狄斯柯·屈劳帕——渔船船长

丹——船长屈劳帕的儿子

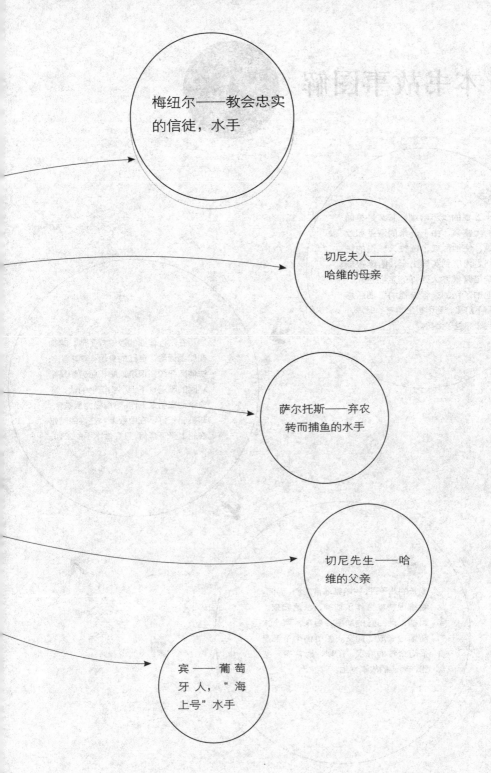

梅纽尔——教会忠实的信徒，水手

切尼夫人——哈维的母亲

萨尔托斯——弃农转而捕鱼的水手

切尼先生——哈维的父亲

宾——葡萄牙人，"海上号"水手

注：此图谱为本书主要人物。

本书故事图解

十五岁的少年哈维，其父是美国的大富翁，由于母亲的溺爱和放纵，使他形成了任性又傲慢的性格。为了到英国上学，哈维跟母亲搭乘横渡大西洋的定期班轮。他抽了别的乘客给他的香烟后感到不舒服，到甲板上透气的时候，突然掉进了海里。

恰巧在附近作业的渔船救了他。哈维在船上说明了自己的身份，请求船长送他回纽约，但是，船长屈劳帕是个顽固的硬汉，不但不相信他的话，还命令他在船上工作。哈维极力反抗他，却被船长打倒在甲板上。任性的哈维在船上无可奈何，只好做水手的工作。

船长的儿子丹，对哈维非常亲切，因此，哈维很快就振作了精神，快活起来。起初，他当丹的助手，后来，两个人渐渐地变成了知交。船员们个个都是很有个性的好汉，所以，时常有一些愉快有趣的故事发生。

原本任性而傲慢的哈维，从认真工作的伙伴那里，得到了锻炼和熏陶，渐渐与周围的环境融合在一起，变成了一个坚强而乐观谦虚的少年。先前感到辛苦难忍的劳动，到了后来竟然变成有兴趣的工作。终于，他以当一个了不起的渔夫而感到骄傲。四个月的海上生活，使哈维的性格完全改变了，成了一个受人喜爱的勤劳的少年。

哈维的父母在突如其来的意外事故中丧失了心爱的独生子，万念俱灰，感到无比沮丧。他的父亲感到，唯一的儿子死了，赚再多的财产也没有意义。尽管如此，天下父母心，总是指望能有奇迹发生。

果然，告知哈维无恙的电报到了。欣喜若狂的双亲立刻搭上横贯美洲大陆的特快列车。他们看到儿子，忍不住流下高兴的眼泪。而且，父亲看到，经过这四个月的磨炼，原来骄纵的儿子变成了有为的少年。捷恩先生知道自己有了优秀的继承人，感到无比的欣慰。

哈维的父亲为了向船长表示感恩便负责培养他的儿子丹。丹长大后也成了一位了不起的船长。

本书地标物语

❶

✪ 纽芬兰岛

纽芬兰岛意指"新寻获之地"，是北美大陆东海岸的大西洋岛屿。西控圣劳伦斯湾口，北隔贝尔岛海峡，与拉布拉多半岛相望，西南与布雷顿角岛隔以卡伯特海峡，南有法属圣皮埃尔和密克隆群岛。略呈三角形，西北、东南各有一半岛伸入海中。面积11.1万平方千米。

❷

✪ 纽约

纽约，于1624年建城，位于纽约州东南部。纽约是整个美国的金融经济中心、最大的城市、最大的港口和人口最多的城市，同时也是世界最大的城市，形成了全世界最大的都会区之一——纽约都会区的核心。在超过一个世纪中，纽约在商业和金融方面发挥了极为重要的全球影响力，它左右着全球的媒体、政治、教育、娱乐与时尚界。另外，联合国总部也位于该市。

###

✪ 洛杉矶

洛杉矶是位于美国西岸加州南部的城市，按照人口排名，洛杉矶是加州的第一大城，也是美国的第二大城，仅次于纽约。洛杉矶是全世界的文化、科学、技术、国际贸易和高等教育中心之一，还拥有世界知名的各种专业与文化领域的机构。该市及紧邻的区域，在大众娱乐——诸如电影、电视、音乐方面构成了洛杉矶的国际声誉和全球地位的基础，闻名世界的好莱坞就位于该市。

★ 利物浦

④ ✪ **夏威夷**
　　夏威夷，是夏威夷群岛中最大的岛屿，地处热带，气候却温和宜人，是世界上旅游业最发达的地方之一，拥有得天独厚的美丽环境，风光明媚，海滩迷人。

⑤ ✪ **拉斯维加斯**
　　拉斯维加斯是美国内华达州的最大城市，以赌博业为中心的庞大的旅游、购物、度假产业而著名，世界上十家最大的度假旅馆就有九家建在这里，是世界知名的度假胜地之一，拥有"世界娱乐之都"和"结婚之都"的美称。

⑥ ✪ **旧金山**
　　旧金山，又称"圣弗朗西斯科""三藩市"。美国加利福尼亚州太平洋岸的海港、工商业大城市。位于太平洋与圣弗朗西斯科湾之间的半岛北端。19世纪中叶在采金热中得到迅速发展，被华侨称为"金山"，后为区别于澳大利亚的墨尔本，改称"旧金山"。

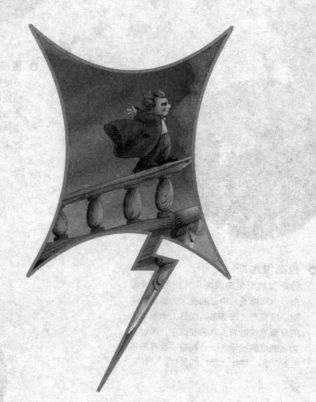

在磨难中绽放美丽

阅读辅导

约瑟夫·鲁德亚德·吉卜林，著名的英国小说家、诗人。出生于印度孟买，他从小就熟悉印度的自然风光和民间传说。六岁时被送往英国，在英格兰的南海一家儿童寄养所住了 5 年，期间他备受一对夫妇及一家人的虐待，这样的经历成了他未来许多故事的心理基础。

吉卜林的文学生涯始于在印度拉合尔的《民政与军事报》担任记者的年月。当时他还不满 17 岁，却已决定要当一名作家。他父亲为他在印度找了份工作。本梦想在伦敦工作的他不久便意识到，印度才是具有写作的丰富源泉的地方。这份工作要求很严格以致他每天都相当劳累，但却大大丰富了他的想象力：他报道乡村节庆、骚乱事件、暗杀以及军事冲突，有时也换换内容，观察一下在旁遮普俱乐部里的同乡。

吉卜林生活在欧洲殖民国家向其他国家疯狂扩张的时期。他经常同士兵交往，在联合公务学院所受的教育使他毕生都对军事生活充满向往；他在作品中对此加以充分利用。他笔下的文学形象往往既是忠心爱国和信守传统的典型，又是野蛮和侵略的代表。他的部分作品也被有些人指责为带有明显的帝国主义和种族主义色彩。然而随着殖民时代的远去，吉卜林作品因为具有高超的文学性和复杂性，越来越受到人们的喜爱。

吉卜林一生共创作了 8 部诗集，4 部长篇小说，21 部短篇小说集和历史故事集，以及大量散文、随笔、游记等。他的作品简洁凝炼，充满了异国情调，尤其在短篇小说方面，是无与伦比的。马克·吐温曾热情洋溢地赞美吉卜林的作品说："我了解吉卜林的书——它们对于我从来不会变得苍白，它们保持着缤纷的色彩；它们永远是新鲜的。"由于吉卜林的"观察的能力、新颖的想象、雄浑的思想和杰出的叙事才能"，于 1907 年获得诺贝尔文学奖，成为英国第一位获得此项殊荣的作家。

1897 年，吉卜林出版了航海历险的儿童故事《勇敢的船长》，这是吉卜林的第三部长篇小说，也是他唯一的一部纯粹描写美国和美国人的作品。虽然吉卜林的很多作品因为颂扬帝国主义战争而导致他的荣誉受到损害，但他的儿童作品一直受到人们的欢迎。

《勇敢的船长》是英国海洋小说的代表作之一，是一部具有永恒魅力的可以与所有伟大的航海冒险小说齐名的文学作品。它反映了吉卜林在美国生活的经历，描述了一个出身于富家被宠坏的孩子，在快淹死时被一位有着新英格兰的严峻性情的渔民搭救的故事。这部小说的情节发展有着很强的吸引力。

此书的情节围绕着哈维的命运展开。哈维从豪华的班轮到简陋的渔船，转眼间处境发生的翻天覆地的变化使哈维无法接受，这种落差的全部涵义，哈维直到历尽海上生活的艰辛后才有了刻骨铭心的感受。《勇敢的船长》一书塑造的人物有血有肉，活灵活现；语言简洁生动，描写细腻。

故事梗概：

十五岁少年哈维的父亲是美国屈指可数的千万富翁，虽然他的物质生活十分优裕，但父亲忙于自己的生意，对他疏于管教，而母亲对他又一味地纵容溺爱，使得他养成了骄横任性的性格。在一次前往欧洲的航行中，大班轮在大西洋的大浅滩海域遇到了捕鳕鱼的船队，哈维跟人说要是能撞翻一艘小船就好玩了。他的言论及做派遭到了船上其他乘客的反感。孰料命运弄人，不久以后，他就在甲板上被一个浪头卷到了海里，就在他的生命危在旦夕之时，"海上号"——鳕鱼船队中的一条船——从海中将他救了起来。

突然来到一个陌生的环境之中，哈维感到强烈的不适应。他非但不感激船员们的救命之恩，反而还颐指气使地要船员们立即把他送回家，还指控船长屈劳帕偷了他的钱。忍无可忍的船长给了他一拳，让他多少认清了形势，接受了现实。在此后的航海生活中，他和船长的儿子丹成了搭档和好朋友，在丹的介绍下，他认识了所有的船员，熟悉了双桅船的各个部分，并开始了劳动自立的新生活。

当然，哈维的转变并不是一帆风顺的。他的少爷脾气和派头令他出了许多洋相，也乞了不少苦头。他念念不忘家中的富裕生活，动不动就向别人炫耀他爸爸的财富，但别人只把他当成说胡话的疯子，只有丹多少还有点相信。笨手笨脚、娇生惯养的他在干船上的各种活儿时不仅感到异常艰难，还受了不少伤。但就是在这样一种乍看非常痛苦的生活中，一种陌生而积极的情感在哈维的心中悄悄滋生；他渐渐感受到了劳动的愉快、友情的珍贵和独立的重要。他和"海上号"的船员们一起经受了风浪的考验，一起经历了海上艰辛的生活，也一起感受了遭遇大鱼群时收获的喜悦。此外，他还掌握了捕鱼与航海的各种技能，甚至具备了独立驾船的本事，这不仅使他真正融入到了船员们的群体之中，还在人生中第一次感受到了自己存在的价值。

在经历了几个月的航海与捕鱼生活之后，"海上号"回到了位于美国东北部海岸的家乡；哈维也通过电报和父母取得了联系。他的父亲利用自己旗下的铁路公司，经过周密安排，以最快的速度出现在了哈维面前。久别重逢对于父子来说真是感慨良多。哈维的父亲在看到了发生在哈维身上的神奇变化之后，反思了自己以往对哈维的疏忽，决心要以此为契机修补父子感情，并把哈维培养成一个凭自己的真本事立足于天地之间的男子汉。他还和屈劳帕船长进行了长谈，以把丹培养成远洋船长的形式向他表示了自己真挚的谢意。故事的结尾处哈维和丹已经长大成人，出现在我们面前的是两个勇敢而又坚强的人，这无疑应当归功于数年前那段奇妙的海上经历。

原著阅读

第一章

【阅读理解】

文章的开篇就是
这么一个很不友
善的议论场面。
我们还没有搞明
白切尼是什么
人，周围就有人
批评他了。这也
让我们明白主人
公可能是很坏
的，至少是有缺
点的。

上风头吸烟室的门朝着北大西洋迷雾笼罩的方向敞开着。鸣着汽笛的大客轮，发出捕鱼船队不要靠拢的警告信号。

随着"砰"的一声门响，一个穿绒大衣的人说道："切尼是个讨厌鬼，这是船上出了名的。他太放肆了，这里不欢迎他。""那家人我知道，在美国我对这号人见得多了。"一个白发的德国人，一边啃着三明治，一边嘟囔道。

只见一个躺在垫子上的纽约人，慢声细气地说："哼！那又能把他怎样？他的家人啊，比谁都惯着他呢。""在他很小的时候，他们就已经拉着他从这家旅店转到那家旅店了。今天早上我还和他母亲说话来着，她却是个很有趣的太太，即便孩子管不住，也不会作出一副自欺欺人的样子，听说他打算去欧洲学习。"

这时，角落里传来了一个声音，一个蜷缩着的费城人说："学习还没有开始，那孩子告诉我，他每月有两百元零用钱。想想，他才是个未满十六岁的孩子啊。"

"他的母亲说西部不大适合她，受她自己神经质毛病的影响，所以才这样带着孩子到处转，或许，她是想让孩子开心些吧，做些他喜欢的事情。他们游走于佛罗里达、阿迪朗达克山脉、莱克伍德温泉、纽约，兜兜转转。而今他还不如一个二等旅馆的职员好说话呐，将来，在欧洲求学归来，可想而知，一定是个不好惹的主。"

"他父亲是铁路上的？"德国人问。"对，开矿、伐木、海运什么的。据说，那老家伙在圣迪戈建了一座寓所，洛杉矶也有一座。他名下有五六条铁路。除此之外，太平洋沿岸多半木材业也都归他所有。他的钱财任由妻子挥霍。"角落里的费城人懒懒地说道。

"为什么老家伙不自己来照顾他呢？"一个身着粗毛外套的人说。"我想，老家伙定是让暗礁搁浅了，不愿有人打搅。未来的日子里他会发现他的失误之处的。只可惜，不知道你们有没有发现，那孩子身上还是有很多闪光点的。"

德国人低沉着声音说："该严加管教、严加管教。"

咣的一声门响了，一个纤细的孩子，15 岁左右，嘴角叼着余下的半截烟卷，*猫腰*走过直挺挺的走道。蜡黄的脸和他的年龄大相径庭，不安分的外表下掺杂着几分小聪明。一件红色的运动衫，外加灯笼裤，脚踩着一双自行车鞋，鞋口处隐隐地露出红色的袜边。一顶红色的法兰绒帽扣在头上，嘟嘟的小嘴不时地发出阵阵的口哨声。他瞟一眼那伙人，故意提高嗓门喊道："喂，你们听，小渔船在围着我们转，哇哇地喊个不停。你们说，我们撞翻一条小渔船怎么样？"

【名词解释】

猫腰：弯着腰。

"哈维，门关上！"纽约人说，"在外面把门关上，这里不需要你。"

"我看谁敢阻止我？"他镇定自若地回应道，"马丁先生，难不成我的旅费是你替我付的？我想我拥有和任何人一样的待遇，有充分的权力待在这里，你无权干涉。"

他从棋盘上拿了几枚棋子，在两只手间来回抛。

没有人应话。他吐了两口烟，抖着腿，用他脏兮兮的手指敲打着桌子。之后，他从兜里掏出一卷钞票打算点一点。

"你妈妈下午怎么了？还好吗？"一个人说，"我怎么没见她来用餐啊？"

"我想她多半是在舱里。她有些晕船，在海上总是有些不适。我正打算花些钱，雇个女服务员照顾她。至于我嘛，能躲就躲喽，尽量不到下面去。经过配膳室的时候总给人一种神秘的感觉。

你看，这可是我第一次出海航行呢。"

"哦，哈维，可别替自己说好话啊。"

"哪有为自己说好话呀？这的确是我第一次横渡大西洋！除了第一天有些不适，之后还没有晕过呢。真的，没有晕过。"他一脸得意地笑了笑，砰的一声，只见他将拳头敲在了桌子上。然后，他把手指弄湿，继续点钞票。

"呵呵，我看啊，你倒像是台高端计数器，一看就算出来，"费城人一边打着哈欠，一边说着，"搞不好你还能为国家争光呢，这可说不准。"

"我知道。我是个美国人，自始至终都是个美国人。这是不容改变的事实。"

【同步思考】

哈维·切尼的第一次出场给我们怎样的感觉？

"等到了欧洲，我要让他们见识一下，即便是烟灭了，我也不会随便找个服务生买那种破烂货。喂，谁身上有正宗的土耳其烟？"

正巧，机长走了进来，微红的脸颊，泛起点点笑容，一件湿漉漉的衣衫挂在身上。

"嗨，麦克！"哈维兴致勃勃地喊了声。"你说土耳其烟我要怎样才能弄到手呢？"

"这个嘛，小意思！"机长低沉着脸说，"小伙子，对待长者要讲礼貌，长者才会给以礼貌的回馈。"

【名词解释】

雪茄：属于香烟的一类，由干燥及经过发酵的烟草卷成的香烟，吸食时把其中一端点燃，然后在另一端用口吸食产生的烟雾。

这时，一阵咯咯的笑声从角落的方向传了过来，德国人顺手递给哈维一支黑色的雪茄。"要我说，年轻人，要抽就得选择这种上品！"德国人说道，"给，尝尝看，如何？你不是正有此意吗。"

哈维点燃了那支烟，用一个顽皮的手势，仿佛他自己是个成人。

"看来一支不足以让我为之熏倒，还需要多一些才行。"他一面吐着烟雾一面说道。其实不然，他不知道他眼中的雪茄其实是一种廉价的细长雪茄，还认为是"飞轮牌"的凶得厉害的烟。

德国人说："这个我们很快就会知道了。麦克唐纳先生，我们现在行驶到哪里了？"

"斯切弗先生，是不是还在附近的海域啊？"轮机长说，"预计今晚我们将要抵达纽芬兰浅滩，整体上说，我们一直行驶在捕鱼船队中，自从中午以来，已经有3条平底渔船在我们边上擦过，法国人的帆差点被撞掉。幸好现在的航海技术先进了。"

德国人问："我的雪茄怎么样？还喜欢吗？"

只见哈维的眼睛满含泪水。

"够味，真不错！"哈维从嘴里挤出话来，"你说，我们的船是不是有些慢了啊？看来，我得赶快去看看测程仪啦。"

德国人说："嗯，是得看看去。"

哈维踩着湿漉漉的甲板，摇摇晃晃地走到栏杆那边去，心里颇为不爽。他看见甲板上有个服务生，不是别人，他曾在这个人面前吹牛说自己是不晕船的。强烈受挫的自尊心促使哈维朝着船尾二等舱的方向走去，尽头处是一块鲸背形的甲板，甲板上除他以外再无他人。他用尽全身力气，爬上了尾端的旗杆。他弯下身子，四肢不听使唤，感觉难受极了，因为那支雪茄加上嘎嘎作响的螺旋桨和来势汹涌的海浪，他完全泄了气。他的头有些胀，眼睛也有些花，整个身子还有些飘飘然，仿佛一阵海风就能将他吹倒。说不晕船是假的，轮船一个波动，他竟然身子一歪，倒到了栏杆那边，沉重地摔在甲板的边缘上，甲板边缘光滑得发着光亮。正在此时，一个灰色的巨浪偷偷地扫了过来，像一个强有力的手臂，将哈维拥到了它的怀中，这也就是说，哈维被它拉下了船，向着风头的方向卷了过去，大片的海水盖住了他瘦小的身躯，他就这样无声无息地昏了过去。

远处传来了一阵号角声惊醒了哈维。记得以前他在阿迪朗达克参加暑期学校活动的时候，经常听到这样的号角声。他慢慢地回忆了起来。哈维·切尼已经沉睡在大洋之中了，由于身体太虚，他没办法想起更多的事情。一股新的气味窜入了他的鼻子，这是一股湿湿的寒气，最让他受不了的还得是盐水湿透了他的整个身体。他努力地睁开眼睛，感觉自己像是浮在海面上似的。周围是汹涌的海浪，一道道地朝他涌来。但事实上他躺在一堆鱼上，有一个身着蓝色运动服的人背对着他，他有着宽宽的肩膀。

"想那么多有什么用啊？"哈维思索着，"我死了，这是事实，又能赖得了谁，还不是怨我自己。"

他唉哟了一声，只见那个人扭过头来，卷曲的黑发下面露出一对不大的金耳环。

"喂，你这会儿觉得怎么样？有没有好些？"金耳环说，"你先这样躺着，我们把船弄平稳些。"他把摆动不定的船头穿透水花的峰顶，那浪峰很高，大概有 20 英尺，然后把船划入平稳的谷底。即便是这番波峰浪谷的，也没有妨碍他的言谈。

"喂，伙计，你怎么会从船上掉下来呢？"

"我也不知道怎么回事，可能是晕船了吧！"哈维说，"头一沉，就栽了下来。"

"当时我在吹号，你的船有些偏航。我看见你整个人摔下来，还以为你要被螺旋桨搅成碎末做鱼饵了。谁知道你怎么就漂到了我这儿，好吧，我就把你当成是条大鱼捞了上来。这样，你就不用去送死啦。"

"你能告诉我，我这是在哪里吗？"哈维说。他全然不知道他已经在一个安全的地方了。

"放心吧，你在我的船上。梅纽尔是我的名字，我们现在在'海上号'，它是格罗萨斯托的船。不瞒你说，我就住在格罗萨斯托。"

梅纽尔仿佛有两双手，铁一样的头，仅仅吹响一只大**海螺**还不够，还要换不同的站姿吹，身子也随着船板一同摆动。螺号声一阵阵地回荡在雾气中，声音尖得让人难以忍受。哈维不

【名词解释】

海螺：海螺属软体动物腹足类。海螺贝壳边缘轮廓略呈四方形，大而坚厚，壳高达10厘米左右，螺层6级，壳口内为杏红色，有珍珠光泽。海螺壳可以当号角吹。

晓得他这种"娱乐"还需要持续多长时间。他现在能做的只是胆战心惊地躺在原地，观赏这惊涛骇浪的景象。枪声、号角声、呼喊声混合在一起，响声震天。有个东西比平底船要大得多，却轻快很多，朦朦胧胧地在旁边出现，然后又消失不见。后来，他迷迷糊糊地听到几个说话的声音，然后感觉跌进了黑洞一般。在那里，有一些身着油布雨衣的人，给了他一杯热饮料，帮他脱掉衣服，接着他就不省人事地睡过去了。

【同步思考】

哈维·切尼是怎么到梅纽尔的船上的?

　　他醒来的时候，隐约地听到船上开早饭的铃响。心里疑惑着为什么他的特等舱这么小。回过身子一瞧，果不其然，那里是个三角形的小房间，猛一看，跟洞穴似的，粗壮的船梁上挂着一盏灯用来照明，一张三角桌从船头到前桅；后面有一只普利茅斯火炉，看起来保养得蛮不错的。火炉边上坐着一个年龄与他相近的男孩，扁平的红脸蛋上闪着一双灰色的眼睛。男孩身着一件蓝色运动服，底下是一双高筒胶靴。地上摆着一双相同的胶靴，一顶旧帽子和几双破旧的毛袜子；还有睡铺旁边挂着的黑黄色的油布雨衣。这里弥漫着一股像发了霉的棉花散发出的气味，尤其是油布雨衣，它的味道更为特别，浓重得让人想起煎鱼、照明油脂、油漆、胡椒还掺杂着烟草发霉的味道。而所有的气味又被始终环绕的咸水味所统治。哈维看了下自己躺着的那个没有铺床单的床位，他发现自己窝在一块疙疙瘩瘩、邋遢的垫子上。后来，他又发现这条船动起来的时候与其他船不同，它既不滑行，也不颠簸。反倒是像身子在扭动，一副小马驹被缰绳牵住时的样子。海浪声轰鸣，四周的横梁也嘎吱地叫个不停，像是在哭嚷。所有的这一切都使他感到不满，让他想到了母亲。

　　"怎么样? 有没有好些?"那个男孩笑着对他说，"来杯咖啡怎么样?"于是他用洋铁杯盛了满满的一杯咖啡，放了些许蜂蜜。

　　"有牛奶吗?"哈维说道，他环顾四周，仿佛能找到一头奶牛似的。

　　"呃，这个还真没有。"男孩说，"多数情况得到九月中旬才会有！"然后他接着说："尝尝看，这咖啡的味道蛮不错的，可是我亲手煮的。"

哈维舔了一口，男孩又把煎猪肉递给他。想必哈维是饿了，便狼吞虎咽地大吃起来。"喂，我把你的衣服给烘干了，有点缩水，你瞧瞧……"男孩说，"这衣服跟我们穿的不大一样，你转个身，我看看你有没有受伤。"哈维伸展着身子转了几下，看不出有什么受伤的地方。"那好，"男孩热心地回应，"你穿戴好了就直接去甲板上。我爹在那等你，他想见见你。我叫丹，大家都这么叫我。我是厨师助手，有时还在船上干些杂七杂八的活。船上只有我一个男孩，之前有一个叫奥托的，不过他落水了，他是荷兰人，船上唯一的，当时他才 20 岁。你怎么会落水呢？还是在风平浪静的时候落的水。"只见哈维僵着面孔说："哪里的风平浪静？当时刮着大风，我还晕船。我想我一定是被浪头卷出去的。"

"昨天一天，只有一些普普通通的小浪，不过这些对于你来讲就是大波浪吧！"他吹着口哨说，"日后你在船上待久了，你就会明白了。快，我爹在甲板上等你呢。"

【名词解释】

发号施令：发布命令。现在也用来形容指挥别人。

与其他不幸的年轻人一样，哈维从小到大都没有谁向他发号施令过，从未有过。有时候，要是想让他做一些事，总是要反复地对他说明好处，以及做此事的缘由。切尼夫人疼爱儿子，日常生活中唯恐孩子的精神受苦，然而就是这种恐惧心理可能使她的孩子走到神经衰弱边缘的根源。哈维不明白，凭什么要服从他人的命令，便将想法说了出来："既然你爹急于和我谈话，那他为什么不下来呢？我要他立刻带我去纽约，他会因他的行为而获得酬谢。"

丹似乎明白了什么，这个笑话似乎还有些分量，他瞪大了眼睛，朝着前甲板舱的方向喊："喂，爹。你听见了没有？他说你要是着急，就自己下来。"答话人的声音很低，哈维从未听过，好像是用胸腔发出的声音，于是说："别傻啦，叫他上来就是了。"

丹站在那儿傻乎乎地笑着，把哈维走了样的运动鞋丢了过去。甲板上传来的话语中掺杂着某些东西，使男孩将自己的怒火往下压了压。他安抚着自己只要船掉头送他回家，在路上他可以将自己的经历和父亲的财富吐露清楚。他想着，靠着这次死里逃生的经历，他在朋友中算是英雄了。他蹬着梯子上甲板，跌跌撞撞地走到了船尾，路上绊脚的东西不少，他差点跌倒。上了甲板，只见一个矮胖子坐在后甲板的台阶上，两撇灰色的眉毛下一双有神的眼珠。此时的波浪已渐渐平息，变成了一片安详的海面，地平线上星星点点的有十几条渔船的影子。渔船之间还有些隐约的小黑点，这说明渔船已经下海捕鱼了。挂在双桅船的主桅上的三角形的停泊帆，随风飘动，舱顶只有那汉子一个人。

"早上——不不，是下午好。你这一觉，时钟转了将近一天，小伙子。"汉子招呼着。

"早！"哈维说。他不大喜欢别人称他小伙子，作为一个个溺水被救的人，还指望着博得点同情呢。想想之前，他的脚稍微弄湿些，妈妈就心疼得跟什么似的，可现在，水手连这一点意思都没有。

"现在让我们来听听关于你的故事吧，说来还真是凑巧。你叫什么？从哪里来啊？不会是从纽约来的吧？要去哪里呢？不会是去欧洲吧？"

哈维说了自己的名字和轮船的名号，还简单地叙述了事情的经过，最后他要求把他立刻带回纽约去，还说了些完成这件事之后的酬谢，要什么给什么之类的话。

"嗯！"那个剃光胡子的汉子对哈维最后说的话一点兴趣也没有，"我们不可能照顾到所有人的特殊情况，更不要说你是个孩子，风平浪静的时候从船上栽了下来，我想唯一的借口就是你当时晕船了。"

"借口？你胡说！"哈维大声地嚷了起来，"难不成你以为我是故意从船上跳下来，到你这小破船上寻开心的？"

"我不知道，我也不想知道。"汉子说道。哈维紧接着说：

【阅读理解】

哈维·切尼虽然年纪小，但是在物质上却极其富有，这也让他多多少少变成了一个"问题少年"。可是不能否认的是，他仍旧还是个孩子，而救他起来的船长，对于他的态度可不像他的妈妈那样。

"不过，我对自己获救和其他你所给予的一切还是非常感谢的！我想要你明白，把我送回纽约，速度越快你的酬劳就越高。""你究竟是什么意思？"只看见屈劳帕一撇蓬蓬松松的粗眉竖了起来，温和的目光中隐约地闪烁着一丝疑惑。

"有好多好多的美金，"哈维说，他很开心自己的话终于对这个人起到了作用，"满满的都是美金。"他的一只手插到了口袋里，挺了挺肚子，一副得意的神情，"你救了我，想必是你有生以来做过的做好的事。呵呵，我可是切尼唯一的儿子。"

"看来那里的人还都挺抬举他。"屈劳帕干巴巴地说。

"你要是不知道切尼，就只能说明你知道得不够广，对，就是这样。现在掉头，我们赶快回去。"哈维冒出来了个想法，他想美国大多数人都在议论他父亲的财产。

"可能我会做，但也不要忽略我不干的可能。快把你的小肚子缩回去，小家伙。别忘了，这里面装的可都是我的食物啊。"

哈维听到丹的一声嘻笑。丹装模作样地在前桅那忙碌，丹这一笑让哈维憋得满脸通红。"以后这个我们也会付钱的！"他说，"什么时候能到达纽约？你估计。""我不去什么纽约，也不去什么波士顿，不出意外的话，9月份我们就可以看到东呷角，到那时你父亲或许会被你说服给我十美金。十分抱歉，我没有听过他的名字。不过，一个子不给也是有可能的。"

"不就十块美金嘛，给！我……"哈维把手伸进口袋想掏出卷钞票，没想到却摸出来被水泡过的香烟。"那可不是通用的货币哦，不但如此，还对人的身体有害，小伙子，把它丢掉！找找看，还有什么东西。""被人丢掉了！"哈维气鼓鼓地叫道。

"看来，只有等你父亲来答谢我了。"

"134元———点没剩，全不见了！"哈维说，他拼命地搜索每一个口袋，"把我的钱还给我。"

屈劳帕冰冰的脸上没有一点表情："你这么小的年纪，怎么会有那么多钱，小伙子？""那是我的零用钱，是属于我的，

【阅读理解】

一个人的好坏，有时候从语言中就可以粗略地一窥究竟。哈维清醒的时候去见船长，当船长见到了哈维的香烟之后，对于哈维也抱着正义的教导之心，他还是幽默地告诫哈维不要抽烟。

你必须还给我。"哈维叫道。

"天啊，134 元还只是他的零用钱，而且还只是一个月的。想想看，你掉下来的时候有没有撞到什么东西？要我说啊，你准是撞了一根标柱！"屈劳帕自言自语道，"我认识一个这样的人，他在舱盖上绊倒，头撞到了硬邦邦的主桅杆。大概三个星期后，老家伙硬说东风号是一艘破坏商业航线的战舰，他扬言要向塞白岛发起进攻，那个岛屿是属于英国的，而且和鱼群离得很远。他被人缝到一个睡袋里，只有头脚露在外边，那次其他的航程中一直没放他出来。他现在在艾色克斯的家里玩布娃娃。"

哈维差点就被气得背过气去，没想到屈劳帕安慰说："我们都很替你惋惜，你还这么年轻，我看我们还是别提钱的事了。"

"你当然不想提了，你把它偷走了。"

"随便你怎么说。如果你觉得这样说会好受些，那么你尽管说。至于你要回纽约的问题，即便我们可以做到，我们也不会去做，以你现在的状况不适合回家，况且，我们刚刚到达纽芬兰的浅滩，还要干活维持我们的生计呢。我们不比你，一个月下来，50 元钱我们都见不到，更别说 134 元了，运气好的话，我们会在九月份的头一个星期靠岸在什么地方。"

【同步思考】

这艘船当时会带哈维回到纽约吗?

"没记错的话，现在才五月份。我可先跟你们说清楚，叫我待在这里什么都不干，我可待不了。"

"对，你说的一点也没错。谁让你待在这儿什么也不干了？一堆的事情等着你呢，奥托在里·哈佛尔掉进了水里。我们在那儿遇到了一阵大风，我怀疑他是一不小心掉进去的。总之，他是不会回来说清楚这件事了，你能被卷上来真是不幸中的万幸，我看有些事情你还是可以做的，你说是不是？"

"到了岸上，我会让你们一伙人日子不好过，当然，包括你。"哈维恶狠狠地点了点头，含糊不清地告诉他们这样做是"海盗行为"。屈劳帕只是浅浅一笑。

"光顾着说话，忘了告诉你一件事。你要记住，你现在在'海上号'上，除了这个没人让你多说话，瞪大你的眼睛，给我看好了，听着，帮丹干活，按他的吩咐去做。一个月下来我给你十元半，也就是说在航行结束的时候你可以得到 35 元钱，不管你是否有能力拿这份工钱，做点事，对你没什么坏处，用用脑子，可以放松放松，以后有时间你可以给我们讲你那多有钱的爹妈。"

"我妈妈还在那艘船上。"哈维说，他的眼里充满了泪水。"快带我去纽约吧。"

"可怜的女人，可怜的女人！不过我想将来她看到你回去，一定会忘了这些的。我们'海上号'总共有 8 个人，假如我们现在就回去，你要知道，那可是 1000 多英里的路啊，这个旺季就算是废了。即便我同意了，水手们也不会答应的。"

"我父亲会把这一切安排好的。"

"他会的，我从不怀疑，他会想办法安排的！"屈劳帕说，"整个旺季的收益要维持 8 个人的生计。再说，到了秋天你的身体也会好多了，你去帮帮丹，照我说的那样，一个月有 10 元半的收入。当然，你和大家都一样，免费享受住宿和伙食。"

"你的意思是叫我去刷锅洗碗吗？"哈维说。

"小伙子，还要做些其他的事情。你没必要没完没了地问。"

"我不干！我父亲会用足够的钱买下你们这条破旧肮脏的小渔船！"哈维在甲板上狠狠地跺着脚，"我跟你说了一百遍了，只要你把我安全地送到纽约。而且，不管怎么说，我的 130 元已经在你手里了。"

"那又怎样？"屈劳帕说，铁板似的脸沉了下来。

【名词解释】

端详: 仔细地看。

"那又怎样？你知道得很清楚，到头来你还是要干我的仆人的活儿！"哈维对自己用了"仆人"这个词很是得意。"还要一直干到秋天，我告诉你，我不干，叫我干，门都没有。你听见了吗？"

屈劳帕满怀兴致地朝着桅顶端详了一阵。哈维还在不停地慷慨激昂地说着。

他到最后说："唉，我觉得我良心上已经尽了义务，这的确是件很难判断的事情。"

这时，丹偷偷地拉了拉哈维的胳膊。"别再去为难爹了，"他恳求道，"你骂他是贼已经有两三回了，其他人是从来没有这么骂过他的。"

"我不管！"哈维大声的尖叫道，劝告演变成了耳旁风，而屈劳帕还在一旁沉思着。

"看来你的态度不太友好！"屈劳帕最后说，目光随之转移到了哈维身上，"我不怪你，一点也没有怪你的意思。小伙子，没有按你的意思做，你发脾气也没有必要冲着我来。你能听懂我在说什么吗？十元半在船上做一个帮手，包食宿，还是有助于你恢复健康、学些东西的。你干还是不干？"

"不干！"哈维干脆地回答道，"快带我回纽约去，要不我跟你没完……"

他记不清后来发生了什么事情。他躺在甲板的排水孔里面，按住出血的鼻子，屈劳帕静静地看着他。

"丹，"他对儿子说，"也许急于判断，最开始看到这个小伙子的时候，我想我是脑子糊涂了。以后记住千万别急于判断，以免误入歧途。丹，现在我真的很替他难过，我想他的脑子一定是出了问题，冒出来一些我完全不知道的名字。全不能信，他说的其他的话，也不能信，包括跌下船落到水里的话也不能信。我差点就信了他的话，你得对他温和些，我会给你高出他两倍的钱。快把他头上沾的鼻血擦干净，好好冲洗一下！"

屈劳帕一脸严肃地进了舱，他和一些上了年纪的水手住在那里。他把丹留下，然后去安慰那个拥有 3000 万身价的不幸的继承人。

【同步思考】

顽劣的哈维得到了什么下场？

第二章

"我早就跟你说过，"丹说，只见又急又密的水滴砸在黑糊糊油光光的船壳板上，"爹是不会随便发火的，这完全是你自找的。哼，你还这么伤心，这就没道理了。"哈维还在原位，双肩不停地上下抽动着。"爹第一回打我，还是在我第一回出海的时候，我倒在地板上，那滋味我知道不好受，有种无依无靠的感觉。"

"嗯，是这样的，"哈维呻吟着说，"那人要么疯了，要么醉了。再说，再说我也什么都做不来呀。"

"别这么说爹，"丹沉着嗓音说道，"他是反对喝酒的，而且，他倒是说你是个疯子。亏你想得出，管他叫贼，他可是我爹啊！"

哈维坐起身，擦了擦鼻子，又讲起了丢掉一卷钞票的事情了。"我的脑子真的没毛病，"他越说越来劲，"你父亲那会儿没见过 5 元的大票吧？而我父亲一个星期就可以买得起这样的一条船，这绝对不会错。"

"你知道'海上号'究竟要值多少钱吗？看来你父亲一定有一大堆的钱了。他是怎么赚到手的？爹说过，疯子讲故事，讲讲就露馅了，你尽管说下去。"

"那些都是在西部，他在金矿和其他的地方赚到的。"

"我对这些勾当有些了解，他也去过西部？他会不会像马戏团里那样，骑在那种特技的马上，带着一把手枪？他们那里的人都叫那儿大西部，我还知道他们的马具都是纯银的，纯银的啊。"

"你这个蠢货！"哈维说道，他不由得得意起来，"我父亲要小马做什么？他出门是要坐私人车厢的。"

"什么？大红虾式的车厢吗？"

"不是，是私人列车。对了，你长这么大，还没见过私人列车吧？"

"斯兰汀·皮门有，"丹小心翼翼的回答道，"我曾经看过它停在波士顿的联合火车站，有三个人在给它打扫，是三个穿黑衣服的人。不过，斯兰汀差不多拥有每条到长岛的铁路，人家还说，他差不多买下了半个新汉普夏，还用栅栏围了起来。里面有狮子、老虎、熊、水牛、鳄鱼之类的动物，斯兰汀·皮门可是个百万富翁。我可是见过他的车厢，你信不信？"

"好吧。可是人家说我父亲是大富翁，拥有百万家财，他有两列私人车厢，一个是以我命名的，一个是以我母亲的名字命名的。"

"讲下去，讲下去！"丹说，"爹不让我发誓，不过我想让你发誓。在讲下去之前，我要你说，你要是说谎，就不得好死。"

"当然可以。"哈维笑着说。

"这些还不够，你还得说出来，要是你不说真话，你就不得好死。"

"要是我说的哪句话不真实，就让我立刻死在这里。"哈维说。

"真的有 134 元吗？"丹问道，"你和爹的谈话我听到了。我看得出来，你跟圣经里的那个约拿差不多，有点理屈词穷的感觉。"

哈维涨红了脸为自己辩护着。丹是个很聪明的年轻人，他有他自己的一套方法，经过十多分钟的盘问，他相信哈维没有说假话。至少多半是真的。再说了，还有之前的诅咒约束着他，那可是丹所知道的最最可怕的诅咒，可是这时候，他好生生地坐在那儿，红红的鼻尖，在排水孔里反复地讲着那些让人惊奇的事情。

当哈维把以自己命名的车厢详细列出一份清单以后，丹终于打心里发出一声"天啊！"的感叹。接着笑容布满了他的整张脸。"我相信你，哈维。我想这是爹有生以来犯过的一个大错误。"

"那还用说！"哈维说道。不难看出他在绞尽脑汁地出这口恶气。

"他一定会气得发疯，他平日最恨自己犯错了。"丹拍着大腿说，"对了，哈维，你可不要把我们的话说出去啊。"

【阅读理解】

我们可以试想一下，一个小资产阶级和一个大资产阶级的差距。对于如此顽固的哈维，船长都会被惹怒。平常过惯了奢侈生活的哈维，对于没什么钱的丹也是很藐视。

【名词解释】

绞尽脑汁：形容冥思苦想，费尽脑筋。

"我可没有让人再打倒的打算，不过我一定会跟他算账的。"哈维说。

"我可没见过有谁和爹算账的，要是那样，他肯定会再次把你打倒在地上，越有错他就越这么干。刚才说到金矿和手枪来着……"

哈维立刻打断了他的话，以为还在诅咒的约束之中："手枪，我可一个字都没有提过。"

"是这样的，你没有说别的。两节私人车厢，一个以你的名字命名，一个以你母亲的名字命名，还有每月200元的零用钱。宁愿整个身子撞在排水孔里，也不愿做每月十元半的工作。这可是捕鱼旺季补到的最大的一条鱼啊。"一阵轻盈的笑声传了出来。

"那么我是对的了？"哈维说，他以为博得了一位同情者。

"你错了，大错特错。你没有掌握最好的时机，跟我们一起干活，或许你可以抓住这个机会，我也会找机会支持你的。爹往往会给我们双重的帮助，因为我是他儿子嘛，但是对于那些人人喜欢的人，他不大看好。我看你对爹十分恼火。不瞒你说，我时常也是这个样子的。不过爹是个很公正的人，不光我这么说，全船队的人都这么说。"

"喂，喂，你看看这个，这叫公正吗？"哈维指着受伤的鼻子给丹看。

"这没什么，不就是流了点血吗？爹也是为了你的健康着想。按我说，你还没跟这号上的人打过交道呢，竟然敢这么跟爹说话，说爹是贼。告诉你，我们可不是码头上的一群乌合之众。我们是渔夫，一起干了六七年的活。你可千万别搞错了，告诉过你，爹之所以不让我发誓，是因为他认为发誓多半是空口说白话，就因为这个，爹还要揍我呢。

"你刚刚说了你爸和他的财产，不过啊，要是我能说什么，就是你钱的事，我烘干你那套衣服的时候，不知道口袋里有些什么，我也没有看。要我说，弄你刚刚发过誓的话也无妨，我和爹都不知道关于钱的事。你到甲板以后，碰过你的只有我们俩，这就是我想跟你说的，你看怎么样？"

流点血确实让哈维清醒了不少，不过海上的**孤寂**应该也起了些作用。"你说的不错。"他说。

他有点窘，眼睛还不时地往下面看："看样子我这个刚从水中得救的人，有些不知恩图报了，丹。"

"嗯，我想你是太冲动了，干了些傻事。"丹说，"无论这件事怎么说，当时看到你在甲板上的只有我和爹。厨子是不会看到的。"

"嗯……我应该好好想想丢钞票的情形！"哈维自言自语地说，"不应该把看到的人都叫做贼。你父亲呢？"

"在舱里，你找他有什么事情吗？"

"过会儿你就知道了。"说着，哈维迈起步。由于头嗡嗡作响的缘故，他走路有些摇晃。他朝着踏脚走去，一眼就看到了挂在舵轮上的钟。屈劳帕在棕黄色的舱里，忙着拿笔在笔记本上记些什么，他不时地用力吸吮一下铅笔。

"刚刚我的行为有些不对头。"哈维说。他对自己温顺的态度感到有些吃惊。

"现在有什么事啊？"船长说，"你痛骂了丹，对不对？"

"不，我说的事情和您有关。"

"你说。"

"嗯，我——我想收回我之前说的话。"哈维说的很急，"一个人从水中被救上来——"他有些接不上气。

"嗯，照你现在的态度下去，倒像是个男子汉。"

"不该出口骂人。"

"说得好，说得好。"屈劳帕说。嘴角也漾起了一丝笑容。

"所以我过来跟您道歉。"他的话又顿了下来。

屈劳帕转动下身，缓缓地从他坐的柜子上下来。"我想那样做对你来说是没有半点好处的，这也说明我的判断是对的。"一阵难以抑制的笑声透过甲板传了过来，"我的判断很少有错。"他那只大手紧紧地握住哈维的手，握得哈维的手有些发麻，一直麻到肘那里。"小伙子，这样当我们解决你的事情的时候，就轻松多了。事情过去了，我不会记得太多。我不怪你。去干活吧，对你来说不是什么坏事。"

"你很幸运。"回到甲板上的哈维的脸一直红到耳朵尖，丹对他说。

"我怎么感觉不到。"他说。

"我不是指的刚才的事情。爹说的话我听见了。爹要是答应了，那就是真的，他不会记恨谁的。爹的话你也能看出来，他只是记恨错误判断罢了。呵呵，他一旦有了某种判断，他对英国人也是，宁可把旗稍降一点然后又飞快地升起来，也不愿换旗。很高兴这件事就这么过去了。爹说不能带你回去是对的。在这里捕鱼就是我们的全部生计，不足半个时辰，船上的伙计就回来了，一种鲨鱼追逐鲸鱼的感觉。"

"回来干什么？"哈维说。

"当然是吃饭了。难道你的肚子没告诉你吗？你要学的东西多着呢。"

【同步思考】

哈维向船长道歉了吗？

"看来是这样。"哈维看了看旁边错综复杂的绳索和头上的吊车，有些茫然不知所措。

"别小看它，他可是一流的棒！"丹热心地说。或许他是误会了哈维的目光。"你等着瞧，不过我们现在得先干些活。等到我们落下主帆，带着腌渍过的鱼返回时，你就可以看到了。"他指了指下面两桅之间敞开的主舱，里面黑乎乎的。

"那个是做什么的？里面分明是空的嘛。"哈维说。

"你、我再加上几个人要把它装满。"丹回答道，"打来的鱼就装在里面。"

"活的吗？"哈维说。

"哦，不，它们上来时多半已经死了，我们得剖开它们的肚子放些盐，有100大桶盐在贮藏室里，到现在为止，我们还没有更多的鱼掩盖住衬板。"

"那鱼在哪里呢？"

"人们都说在海里，我们祈祷在船里。"丹引用了这里渔夫们常说的一句话。丹笑着说，"昨天就有40条鱼跟你一起上的船。"他的手指了指后甲板前面的一个像是木围栏一样的东西。

"我们要在它们用完之前冲洗出来。希望今天鱼栏能装满。眼看着等待清理的鱼有半脚多高，我们依旧站在桌子旁，后来阵阵困意折磨得我们要死。时常觉得被剖开的是我们自己而非鱼。看，它们回来了。"丹弯着身子在探着头从*船舷*往下看，只见远方海面上有半打平底船正朝着他们的方向划过来。

"我从来没有从这么低的地方看过海，"哈维说，"太美了！"

落日的余光将海水染成了片片紫色和粉红色，也将绚烂的金光洒在隆起的长排琵琶桶上和桶里似蓝似绿的鳍鱼身上。放眼望去，仿佛有一条无形的绳索将这些小船迁到它们那去。小船上的那些小黑人影像是上了发条的木偶。

"他们干得不错！"丹眯着眼睛笑了笑说，"梅纽尔的船多一条鱼都装不下，船只露出水面一点点。像是静水中的荷叶，你说呢？"

"梅纽尔的船是哪条？我真不明白，这么远你是怎么分辨出来的？"

"朝南的最后一条。昨天夜里就是他救的你，"丹指着那边说，"他混在葡萄牙人号的船里面，你是不会弄错的。他可是划船的一把好手，他的东边是宾夕法尼亚。看来，上面装着发酵粉。东边的那个是朗杰克，他有些驼背，看，它们排成一行多么出色。朗杰克是加洛维人，在南波士顿住，据说好多加洛维人都住在那里，而且他们的驾船技术都很棒！北边过去一点，是汤姆·泼拉特，过会儿你会听到他的歌声，听他说他以前是个水兵，在老俄亥俄号上，我国的第一艘海军军舰上服役，经常在合恩角一带航行。他别的话从不多说，歌里面唱到的事真不少，他向来捕鱼的运气特别好。你听，我刚刚说过吧。"

一阵悠扬的高音从那只平底船飘过海面来。哈维听见歌词

【名词解释】

船舷：船身的两旁。

【同步思考】

有时候，融入一个群体的生活并不容易，但是，一旦在心理上开始有了接受的感觉了，就会感觉到这个群体美好的一方面。当哈维选择跟船长道歉并接受船长的建议之后，现在就有了这种感觉。

里唱着什么一个人冰凉的手脚，然后是：

"拿出海图看看也觉凄凉，

它一直在天涯海角！

他们头上乌云密布，

浓雾在他们脚下缭绕……"

"他的船也是满满的，"说着，丹痴痴地笑了起来，"要是唱《哦，船长》给我听就更棒了！现在为你，哦船长，我最最虔诚此祈祷，但愿他们永远不把我埋在教堂或灰暗的修道院里。"

"看啊，那是汤姆·泼拉特的两个拿手好戏。今晚他会把他在俄亥俄号的事一起讲给你听。看到在他后面的那条蓝色的平底船了没？他是我伯伯，爹的亲兄弟，要是纽芬兰浅滩上有什么坏运气在游荡，那萨尔托斯伯伯准逃脱不了，看啊，他划得多轻松啊。我可以跟你打赌，用我全部的收入，他是今天唯一遇上刺的人，并且刺得不轻。"

"刺他的会是什么东西？"哈维问。他对这个产生了浓厚的兴趣。

"多半是草莓，不过南瓜、柠檬、黄瓜也是有可能的。他经常被刺得生疼。老家伙的运气好得让人叹为观止。现在我们要掌握好滑车，这样好把他们吊上来，你刚刚跟我说，你自打出生起就没自己动手干过活，真的是这样吗？你一定觉得很可怕，对不对？"

"不管怎样我都要试着干些。"哈维很坚定的口气，"只是对我来说这些活都比较陌生。"

"那你就掌握滑车好了，它就在你的后面！"

哈维抓住一根绳和一个主帆支锁上吊下来的长铁钩，丹把一个长铁钩往下拉，那是从另一个东西上滑下来的，他管那个东西叫"千斤索"。这时梅纽尔已经把满载的平底船靠了上来。葡萄牙人的脸上堆满了笑容。之后，哈维总是看到他这个样子，他抓着一把短柄叉使劲地把鱼甩到甲板的鱼栏里。他大声地喊着"231条！"

"把钩子给他。"丹说。于是哈维把它递到了梅纽尔的手里。他抓住丹的滑车，穿过挂在船头的绳环，又勾在船尾的绳环上，然后在爬进双桅船。

"拉！"丹大声地喊着；哈维拉了起来，他惊奇地发现平底船轻轻松松地就吊上来了。

"抓住，它还没有在桅顶横衍上到位！"丹哈哈地笑了起来。哈维牢牢地抓住，因为船横就在他头顶的上面。

"低下头，让开！"丹喊着说，哈维把头低下，丹把空船荡开去用一只手，让它恰好在主桅后面就位。"他们是不会轻得没有分量的。对于一个乘客来说，干到这样已经是相当不错的了。在航海方面有不少的窍门。"

"啊哈，"梅纽尔用他棕色的手拍了拍哈维，"现在有没有好些？昨天这个时候你被他们当成鱼儿打上来，现在你这条鱼已经开始打鱼了。嗯，你想说什么？"

"我想说——非常感谢您。"哈维吞吞吐吐地说。他把手伸进口袋，才发觉没有钱可以给别人。当他进一步了解梅纽尔以后，光想到他可能犯下的错误，他就会在床铺里浑身发热，满脸通红。

"没什么好谢的！"梅纽尔说，"我怎么忍心看着你漂到纽芬兰浅滩呢？记住，你现在是个渔夫了。嗨，什么？哦！"他身子直挺挺的，让系在身上的绳结紧紧地套住屁股。

"今天我太忙了，没有时间来清洗船。鱼上钩的太快，来，好孩子，帮我个忙，清洗一下。"

哈维立刻走上前去，他想终于可以帮自己的救命恩人做些事情了。

丹丢给他个拖把。他笨拙地擦拭着地上那些黏糊糊的东西。他干得相当起劲，搬起踏脚板，他已经滑到槽里去了。

丹说："把他们擦干净之后放下来，不要让任何一块踏脚板卡住。日后，缺一个都不成。"郎杰克上来了。一堆闪闪发亮的鱼从船边的一条平底船里卸到鱼栏。"梅纽尔，把滑车拿过去。我得把桌子支起来。哈维，负责清洗一下梅纽尔的船，郎杰克会把他的船吊到上面。"

哈维正忙着清洗，抬头看到另一条平底船的船底正好在他

【名词解释】

直挺挺：形容挺直的样子。

的头顶上方。

"好像印度人的魔盒一样，你说是不是？"丹说。那时一条船已经套入了另一侧。

"把我们赶下来跟赶鸭子似的。"郎杰克说，这个下巴有些灰白、嘴唇很厚的加洛维人，弯着腰前后摆动，跟梅纽尔一样。屈劳帕在舱里向外大声地喊。他们还听到他吮吸铅笔的声音。

"今儿的运气不好啊，你这家伙，149条半，"郎杰克说道，"我只有杀了自己来填满你的钱袋了。你还是把这个倒霉的记录记下吧。那个葡萄牙人超过了我。"

一条平底船猛地撞了过来。好多鱼流进了鱼栏。

"203，来，让我们瞧瞧那个乘客。"说话的人看起来比加洛维人更高大。脸上有条从左边一直斜到右嘴角紫色的刀疤，样子有几分古怪。

哈维不知道还有什么要干的，他就等船下来把它们都擦干净，再把它们的踏脚板抽出来，放在船的下边。

"他蛮讨人喜欢的！"那个脸上带着伤疤的人就是汤姆·泼拉特。他用挑剔的目光审视着哈维，"做任何事情都有两种方式。一种是渔夫的方式，绳头一定要紧，都打上一个不可靠的结。另一种是……"

"另一种啊，是我们在老俄亥俄号上干的时候的方式！"丹插嘴过来，他拿起一块带腿的长板在人群中扫来扫去，"让开点，汤姆·泼拉特。让我把桌子撑起来。"

【阅读理解】
船员并不多，可是当大家一天劳作归来的时候，数着自己的收获，都带有一种自豪感。在劳动当中能够萌生各种优秀的感情，这种情况也是其中之一。

他把木板的一头卡在槽里，一脚踢开桌子，急忙弯下腰，正好躲过那个水兵挥来的拳头。

"丹，看见了没有，我们老俄亥俄号上的用的就是这种方式。"

"要我说啊，他们都是眼睛斜，要不怎么都打不中呢。而且，我还知道，谁要是不让我消停，那么他只好到主桅杆上去找靴子了，往前拉，我正忙着呢，你没看见啊。"

"丹，你可以在上面睡一整天，"郎杰克说，"你这个厚脸皮的家伙。我敢说，不出一个礼拜你就把我们的货物管理员带坏了。"

"他叫哈维，"丹一边挥舞着两把怪异形状的刀，一边说，"不久，他就会超过南波士顿的那五个沉默寡言的掘金者。"他把两把刀放下，一副得意的神情，昂起的头歪向一边，欣赏着自己放刀的动作。

"我看啊，是42。"船边方向传来的一个微弱的声响。随着，一阵哄笑。另一个声音说道："那么说，我时来运转了？呵呵，我正好45，尽管我被刺得不成样子。"

"那会吵得和马戏团有一拼，那是宾和萨尔托斯在数他的鱼，"丹说，"你看看。"

"快进来，快进来，"朗杰克吼道，"傻孩子们，站在外边很湿的。"

萨尔托斯说："你的是42。"

"那我再数一遍好了。"传来一个温顺的声音。两条平底船摇摆着撞在双桅船上。

"你倒是挺有耐心！"萨尔托斯气冲冲地说，海水从他的背后溅了过来，"像你这样的农夫有什么本事立足在船上，还想赢我！你基本已经让我玩完了。"

"很抱歉，萨尔托斯。我想我是神经质消化不良才到的海上。你当时还劝我。"

"你就应该和那个神经质消化不良的一起沉到鲸鱼窝去！"萨尔托斯咆哮着说，他是个标准的矮胖子，"你又和我作对是吧？到底是42还是45？"

"我不记得了。萨尔托斯先生，那我们再数数吧。"

"我明明数了45条，怎么能错呢？"他严肃地说。

"别着急把鱼弄到鱼栏里，爹！"丹嘟囔着，"他们才刚刚开始。"

"天啊，他正把鱼一条条地叉进去。"朗杰克说。萨尔托斯已经在那儿干了起来，看起来很吃力的样子。另一条平底船上一个矮个子在数刻痕线。

"那是上个礼拜的捕获量。"他抬起头，可怜巴巴地说，手停留在刚刚指着的地方。梅纽尔轻轻地用胳膊推了下丹，只见丹朝着滑车冲了过去，大半个身子都探了出去把吊钩套进船尾锁上。梅纽尔让平底船迅速往前移，其他人去拉索，让船和上面的人一起吊起来。

"一、二……"汤姆·泼拉特数着，一副老练的目光。"47，你赢了，宾。"丹使后滑车脱钩，让鱼一股脑地从船尾卸到甲板上。

"停下来！"萨尔托斯伯伯喊着。腰上的肉还在颤动。"停下来，我有点数混了。"他和宾一样被拉上了甲板，完全没有了抵抗的时间。

"41，"汤姆·泼拉特说，"输给了农夫，你也配是个出色的水手！"

"这不公平！"他歪歪扭扭地从鱼栏里走出来。"我还被刺得满身是伤。"他那双粗大的手，肿着，青一块紫一块的。

丹看着刚刚升上来的月亮说："我想有些人还能找到草莓的根部呢，只要他们潜下水去仔细找。"

"总有些人，懒洋洋地吃陆地上的肥肉，"萨尔托斯伯伯说，"还嘲笑是亲骨肉。"

"吃饭了，吃饭了！"这声音哈维从未听过，从前甲板那边传来的。屈劳帕、泼拉特、朗杰克还有萨尔托斯听到声音后都向前走了过去。小个子的宾正在把缠在一起的深海绕线轴和鳕鱼线分开。梅纽尔在甲板上躺着，丹去了舱里，哈维听见他在咚咚地敲木桶。

"哦，不不，敲的是盐桶。"他说，"一会儿我们要动手做晚饭，把鱼丢给爹，泼拉特和爹一起摆垛，他们吵吵嚷嚷的。我们是第二波，有你、我还有梅纽尔和宾，我们都是船上最好的劳动力。

"那最好的劳动力有什么会有什么好处呢？"哈维说，"我的肚子已经向我抗议半天了。"

"今天晚饭的味道棒极了！他们一会儿就吃好了。兄弟们被爹拉去干活受了些损失，正好雇了个好厨子来犒劳犒劳大家。

【名词解释】

一股脑：全部，通通。也形容不顾一切地做某件事。

犒劳：意为用酒食或财物慰劳。

这真是个不小的收获，你说是不是？"他指着堆得老高的鳕鱼。

"梅纽尔，你们这是在多深的水里打到的啊？"

"没记错的话，应该是25寻！"葡萄牙人迷迷糊糊地说，"哈维，哪天我带你过去瞧瞧，那里咬钩的鱼又多又快。"

月亮慢慢地爬上海面。在那些长者到后甲板之前，没等厨师叫第二波，丹和梅纽尔就已经迫不及待地下了舱盖，泼拉特落在最后，他不仅年龄是最大的，吃饭也是最慢的一个。他用手背擦好了嘴。哈维和宾坐了下来，他们每个人面前都有一个马口铁锅。锅里边是鳕鱼舌、肉丁、土豆混杂在一起，还有冒着香气的烤熟的面包和一些咖啡，即便他们饿得不行，还是依然等宾做完谢餐祈祷，才开始吃起来。丹端着马口铁杯子深深地喘了口气，问哈维感觉怎么样。

"很饱，不过再来点我不介意。"

厨师是个高个子的黑人。他和哈维之前遇见的黑人都不一样，他很沉默，很少说话，一脸得意的笑容，表示他很乐意让大家多吃些。"哈维，你看！"丹用用叉子敲着桌子。"就像我和你说的一样，像我你和梅纽尔这样的年轻劳力，是第二批，得等第一批吃完了再吃。他们这些老家伙，既小气又多疑，得迁就他们一下。他们先吃，其实这样是不公平的，他们不应该有这样的优待。你说是不是，大司务？"

厨师点了点头。

"他不会说话吗？"哈维小声嘟哝道。"我知道的也不多，日后你就知道了。他说的家乡话有些怪，他是布里顿海峡内地来的，那里人都说苏格兰语。而且那里都是黑人，是他们打仗的时候逃到那里的，他们说的话和当地的农夫一样，感觉像是在吵架。"

"那是盖尔人，才不是苏格兰人呢，我读书的时候读到过。"宾插过来说。

"宾读过好多书，他说的多半是真的。除非这个问题是关于数鱼的。"

【名词解释】

寻：古代长度单位，八尺为一寻。

【同步思考】

哪两个人在争论捕获量呢？

"是不是他们说多少就是多少，你父亲并不核算？"哈维问。

"当然啦，谁会为几条鳕鱼老说谎啊？"

梅纽尔插过来说："有人谎报过捕获量。""每天总会多报几条。"

"谁啊？哪有？"丹说，"我们这里哪有那号人啊？"

"那一定是安瓦拉岛的法国人。"

"唉，你说他们法国人怎么都不知道数一数啊。哈维，你要是碰到过不好使的鱼钩，你就知道是什么原因了。"丹一副轻蔑的口吻说道。

"每次我们加工的时候只多不少。"

朗杰克的歌声传到舱口，第二波吃饭的人赶紧爬上甲板。月光中的桅栏和索具还有帆，前后的影子投射到起伏的甲板上。船尾的鱼堆像是银子，在脚步和滚动的声音里，屈劳帕和泼拉特在盐桶中间走动，丹把叉子递给了哈维，带着他走到一张粗质的桌子尽头，萨尔托斯伯伯很不耐烦地正拿着刀把敲打着桌子，脚旁还有一盆淡水。

"你把鱼与丢给船下的丹和泼拉特，小心点萨尔托斯伯伯，别让他在你脸上划一刀！"说着丹走到底舱，"我去把盐递过来。"

宾和梅纽尔站在没膝盖的鳕鱼中。挥舞着挖内脏的鳕鱼刀。郎杰克面朝着萨尔托斯伯伯呆呆地站在桌子旁，他的脚边有一个篮子，他戴着一个连指手套。哈维盯着叉子和咸水盆，"嗨"梅纽尔叫了他一声。弯下身，一只手托住他的腮一只手抠进它的眼睛。然后把鱼放到一边，只见寒光一闪，刺啦一声，便把那鱼从喉咙到肛门开了口。鱼头的下面有裂痕，然后就丢到了郎杰克的那边。"嗨。"郎杰克喊了一声，他戴着连指手套一挖，鳕鱼的肝脏便掉到了篮子里。然后拧一拧，鱼头连同其他的内脏便飞了出去。挖空的鱼抛到萨尔托斯那儿，他喘着粗气，然后再刺啦一下，鱼脊骨就飞到了墙的外面。鱼就这样被去掉了头去掉了内脏又被剖开，砰的一下砸到了盆里，盆里的咸水溅了哈维一嘴，他看呆了，开头他们还喊叫到后来也不出声了，鳕鱼就这样一路过去，仿佛还活着，哈维对他们的如此的熟练程度羡慕不已，还没等到他缓过神，鱼已经塞满了他的鱼盆。

"扔啊。"萨尔托斯嘟哝了一声，头也没回。哈维就把鱼三三两两地扔了下去。

"嘿，扔得集中点，"丹大声地喊着，"你看，萨尔托斯是我们这里最好的剖鱼手，你看他像是在裁纸似的。"

的确，这个圆乎乎的伯伯像是在裁纸，只见梅纽尔弓着腰，翘着屁股，整个身子活像个雕塑。只是两只手在捉鱼，没有停过。小个子的宾在拼命地干活，他有些力不从心，有几回梅纽尔还去帮他，以免流水线中断。有一次，梅纽尔叫了一声，原来是法国人的钩子钩到了他的手。钩子可是用软金属做成的，用过的可以再次弯曲。但是聪明的鳕鱼常常会摆脱它，然后在其他的地方重新咬钩。这就是渔夫格罗萨斯脱之所以瞧不起法国人的原因之一。

随后听见粗盐擦拭鱼肉的声音，刺耳极了，声音有些类似磨刀的那种声音。混合着鱼栏上的咔嚓声，还有鱼肝掉下来的声音连着内脏飞出来的声音，萨尔托斯伯伯用刀划掉脊梁的声音，开膛破肚仍在盆里溅起的水花声等等这一切混成一片。1小时后结束，哈维真想撂下手头上的活去休息一下，没想到湿漉漉的鱼这么重，不断地投掷使他的腰疼痛难耐，但这是他有生以来第一次觉得自己是劳动者中的一员。他为自己感到无比的自豪，就这样沉默着坚持了下来。

"换刀。"萨尔托斯大喊一声，宾弯着腰在鱼堆里喘着气，梅纽尔还在一俯一仰地供着鱼。郎杰克把身子探了出去；厨师出来了，一个默默移动的身影，捡起一大堆鱼脊骨和鱼头，就退了下去。

郎杰克说："我们的早饭是杂碎烩鱼头。"

"把刀子递过来。"萨尔托斯伯伯又说了一遍，手中依然是那把开膛破肚的扁平弯刀。

哈维看着五六把刀子像梳子的牙齿似的插在舱口的楔子中，

他把刀传了出去，换回用钝了的刀。

屈劳帕说："水。"

"在饮水桶的前面，有柄的那个。快，哈维。"丹说。

不一会儿，他弄回了一大勺发黄的陈水。味道有些像走了味道的水酒。屈劳帕和泼拉特把这勺水灌到了嘴里。

"这是鳕鱼，"屈劳帕说，"不是什么丝绸也不是银条，从出海那天，我每次都和你这么说。"

"算算也有 7 个捕鱼季了！"泼拉特冷冷地回道，"堆垛堆得好，那是没的说。平整堆垛压舱的活也分对错方法。你有没有看见过把 400 吨铁装进底舱？"

"嗨！"随着梅纽尔的一声，大家又重新干了起来，一直做到鱼栏里空了才停了下来。把最后一条鱼弄下了舱，屈劳帕和他的兄弟们才摇摇晃晃地走回舱里去。梅纽尔和郎杰克走在前面，只有泼拉特好久以后才回舱。一会儿，就消失得无影无踪了。不到半分钟，哈维就听见从舱里传来的鼾声，他望了望丹和宾。

"这次我干得比往常多些，"宾说，他困得眼皮都耷拉下来了，"不过，我想我还得帮你打扫，这是我的职责所在。"

"你不必有那么多负担，"丹说，"回舱吧，宾，没有叫你做打杂的。哈维，拿个桶过来。哦，宾，在你睡觉前，你还得把这些倒到下脚桶里，你还撑得住吗？"

宾拿起那个沉重的鱼肝篮子，倒入一个带盖子的桶里，桶是绑在前舱边的。后来他下了舱，不见了踪影。

对于杂工来说，加工的活干完了，下舱还要打扫。这样的好天气，"海上号"上的头一个值班的也是杂工分内的活。丹用力地冲洗着鱼栏，收拾桌子，把桌子在月光下竖起来晾干，用一团麻絮把那血淋淋的刀擦了，然后在一个不大的磨刀石上磨了起来。哈维在他的指挥下把下水和脊骨丢到了船外。之前有一个银白色的家伙从水面跳了起来，激起一片海浪，让人们毛骨悚然发出害怕的声响，哈维吓了一跳，他退了一步，叫出

【名词解释】

耷拉：形容词，一种状态，松弛地下垂。

了声音。没想到丹只是笑了笑。"那是逆戟鲸,"他说,"最初它只是把头露出来,像这样整个身子竖起来那是说明它饿了。它有些像阴森森的坟墓上的喘息声,对不对?"等到白色的水柱沉下去,水面会冒出水泡来,空气中尽是烂鱼的恶臭味。

"你之前没有见过竖起身子的逆戟鲸吧?没事儿,在你回家之前你可以看上好几百次。我说船上有个新杂工真不错,奥托,上了年纪,再说还是个荷兰鬼子,我和他经常打架,他要是脑袋里有些墨水也不至于这样了。困了?"

"困得要命。"说完哈维的头就朝前耷拉了下来。

"值班的时候是不允许睡觉的,站起来看看我们的锚灯多亮,哈维,你现在可是在值班。"

"呸,那有什么。亮得和白天一样。呼……噜!"

"我爹说过,不怕一万,就怕万一。好天气就是这样让人睡意朦胧,也可能你还不知道怎么回事呢,船就被班轮拦腰折断了,而且肯定有 17 个保守派的官员,尽是绅士模样,举手赞成是灯灭了或者有迷雾的说辞。哈维,我向来对你不薄,不过,你要是继续打瞌睡的话,我就用绳子把你拴住了。"

在纽芬兰浅滩见过好多稀奇古怪事情的月亮俯视着这个瘦瘦的穿灯笼裤红运动服年轻人,丹慢吞吞地走在这条 70 吨重的双桅船上,在乱七八糟的甲板上走来走去,而他身子后面似乎有个活像刽子手的东西在押着他挥舞着用来捆绑他的绳子,刽子手也是个青年人,每次打完一下都会打个哈欠,头朝着前面磕一下。

飞速转动的舵轮缓缓地反冲回来,锚位帆在风中啪啪作响,起锚机在那边嘎嘎地叫。"刽子手"押"犯人"的行列还在继续。哈维时而威胁,时而抱怨,最后竟哭了出来。那时丹正滔滔地说着警觉的益处,就是舌头不大听使唤了,于是他挥动绳子的另一端,打在哈维身上。最后听到舱里的钟敲了十下,小个子的宾在第十下的时候爬上了甲板。他发现两个小家伙已经死死地在主舱口睡着了,他像打铺盖卷似的,才把他们弄到了铺位上。

【同步思考】

哈维和丹在甲板上执行什么任务?

第三章

那是像海一般沉寂的熟睡，这使他们神情爽朗，耳清目明，也使他们狼吞虎咽般地吃早餐。他们吃了整整一大盆的鱼杂烩——那是头一天晚上厨师用收集来的鱼脊骨和鱼头做出来的。那些年长的吃完饭就出去捕鱼了。他们把所有的盘子都洗干净，切好了中午准备吃的肉，还擦了擦地板，给灯加满了油，还帮着厨师运煤运水，还去前舱察看了一下，船上的备用品都在那里。那天天气好得很，不冷不热，算是风和日丽吧。哈维大口地呼吸着如此新鲜的空气。

夜里悄悄地来了更多的双桅船，蓝色的长波中尽是片片帆篷的平船。远处的地平线上也不晓得是哪艘班轮，看不见船身，只能隐约地见到冒出来的烟，污染了蓝天，一条大船在东边刚刚把桅杆上的帆篷升起来，仿佛在天际开了个方形的缺口。屈劳帕在舱顶周围抽烟，他一只眼睛盯着主桅头上的小旗，一只眼在环视着船上。

"爹这般出神的样子，"丹偷偷地说，"他准是在为大家想什么高招。我敢拿我的全部收入打赌，我们就要换地方停泊了。爹对鳕鱼熟悉，船队的人也都知道。看，他们的船一条条地都靠了上来。当然了，猛一看是看不出什么门道的，其实他们一直在观察我们的情况。'利波王子'号在那边，一条查塔姆的船。是昨天晚上偷偷到这边来的。大船的前帆有补丁，那个三角帆是新的，你看到了没有？它是'卡里·匹脱曼'号，是从西查塔姆来的。它的帆篷扯不了多久，除非上个季节它的运气有转机，他除了转来转去也做不了什么事，没有铁锚托住它。爹嘴里吐出了一个个的小烟圈，这证明着他在研究鱼群，这会儿你要是找他说话，他准会大发雷霆。上次我不相信讲了话，他抬腿就是一脚。"

屈劳帕嘴里叼着烟斗，一动不动地目视前方，就像他儿子说的似的，他在研究鱼群，他把脑海中关于鳕鱼的知识以及自己捕鱼的经验搜集起来，好在纽芬兰浅滩上应用。地平线附近有好多双桅船过来观察"海上号"的情况，他认为这是对他能力的一种肯定。他已经做了答谢，他希望能够脱身，找个单独停靠的地方。在去弗吉恩浅滩之前，到那些水上"城镇"捕完了鱼为止。所以屈劳帕衡量着当下的天气、风向、水流等，作事务的安排。目前得捕获到20磅一条的鳕鱼，这段时间里他仿佛把自己变成一条鳕鱼。而且他的样子看上去也很相像。过了好半天，他才把烟斗取了出来。

"爹，"丹喊着，"等我们干完了活儿，能不能下海划一会船啊？你看，今天是个捕鱼的好日子。"

"那件鲜红色的衣服和那双烤焦的鞋别穿，给他找一身合适的衣服。"

"爹一高兴，这事情就好办了。"丹高兴地说。他拉着哈维进了船舱。屈劳帕把一串钥匙丢了下来，"我的多数衣服都放在多能看到的地方，因为妈妈老说我粗心。"他把一把锁打开，不一会儿，就给哈维换上了渔夫的胶靴。高腰的靴筒里插着半条大腿，一件蓝色的毛衣套在身上，肘上有补丁，领口上配有一把夹子和一顶防水帽。"嗯，看上去有些水手的意思了！"丹说，"快点！"

"别远走，就在附近转转，"屈劳帕说，"别去船队那边，有人要是问起我在算什么？你就照实说你也不清楚。"

这是一条红色的平底船，上面标着"哈蒂·埃斯号"，在双桅船后面停着。丹把船头的缆索拽过来，轻盈地跳到船板上，哈维跟在后面，有些笨拙。"这么笨拙地上来可不行，"丹说，"要是有个什么海浪，你准得掉到船底下去。你要学会趁势往下跳。"

【同步思考】

丹为什么这么高兴？

丹装好了桨架，坐在坐板的前边，看哈维怎么划船。哈维过去倒是在阿迪朗达克的池塘里划过船，不过姿势有点像女人。船架和平衡好的桨还不一样，轻桨和笨重的桨也不一样。刚把桨插入和缓的波涛里，哈维就受不了地哼哼了起来。

"下桨要快，划桨要猛！"丹说，"你要在海浪里面转动着桨，这样很可能会把桨掀掉的。你的桨好用吗？我的很好用。"

船打扫得出奇的干净，一只小锚连同两只水罐、一些棕色的细吊钩，放在船头。有些系绳子的羊角在靠近哈维右手的下方，挂着铁皮喇叭，这就是招呼伙伴们回来吃饭的喇叭，喇叭边上装着一个不怎么好看的木制大锤。一把短鱼叉和一根短木棒，连同它们一起的还有三两根鱼线，上面拴着很重的铅坠和双料的鳕鱼吊钩，它们全都整齐地绕在线轮上放在船舷上边的专门放东西的地方。

"帆和桅杆在哪儿？"哈维喊着，仔细一看他的双手已经起泡了。

丹傻傻地笑着："打渔的平底船是很少使用船帆的。只需要你划桨，不过划桨也不用使那么大的力气。你不想有那么一条船吗？"

"嗯，如果我向父亲要的话，父亲一定会给我一两条的。"哈维回答道。这阵子他一直很忙，不怎么提到家里。

"这样，我差点忘记了，你爸可是个百万富翁。你现在不摆阔少爷的架子了。不过，一条平底船加上渔具和船具要花不少钱呢，"丹以为那是一条捕鲸船的口吻，"你要是玩玩，你爸会给你一条吗？"

"这有什么大惊小怪的，这样的东西我从来都没有向他要过。"

"想来你在家里一定是个乱花钱的主。你这样是不行的，不能让桨在水面上滑动，哈维，下桨要快，收桨也要快。这是窍门。你要知道，海是不会静止不动的，波浪会……"

咣当一声，桨柄打到了哈维的下巴，他往后仰了过去。

"刚要和你说这个呢，我跟你一样，也吃过这种苦头，只是那时候我还不到 8 岁。"哈维重新坐稳了身子，他皱着眉头，下巴疼得要命。

"爹说过，碰到了这样的事情发脾气也没用，掌握不好，那是我们自己的过错。来，我们到这里试试。梅纽尔会告诉我们水的深度的。"

"葡萄牙人号"在1英里以外颠簸着，丹把一条桨举了起来，梅纽尔用左手摇了三下。"30寻，"丹说着，用钓钩勾住一块咸蛤肉，"上面再扎些油炸的面团，跟我这样装上鱼饵，哈维，别让绕线轮缠上结。"等哈维掌握了怎么装的窍门，把铅坠抛出去，此时，丹的鱼线已经放出去很长的一段距离了，平底船就这样平稳地走开了，用不了多久他们就可以确定下锚的地方了。

"鱼咬住钩了！"丹喊着。一时间浪花哗哗地打在哈维身上，这是一条大鲤鱼在做垂死的挣扎。"哈维，快把杀鱼的棒子递过来，快，就在你手下。"很显然那个用来示意开饭的喇叭不是杀鱼的棒子，哈维就把那个木制的大棒递了过去。丹在鱼上船之前又稳又狠地把那鱼打昏了。他用一个被他称为"撬棒"的短棒子，把鱼钩撬了下来。哈维感到鱼线猛地扯了一下，他鼓足了劲把鱼线收了上来。

"唉，那是'草莓'！"

钓钩被缠在一面红一面白的"草莓"里，这跟陆地上的草莓没有什么区别，唯独它们没有叶子，茎是滑腻腻的管状。

"别碰它，丢掉它们……"

"可是他的警告未免有些迟了，哈维已经把它们勾上来了，正欣赏着呢。"

"唷！"他大叫了一声，手本能地往后一撤，像是抓了一根荨麻。

"你现在明白海底草莓是怎么回事了吧？爹说过，除了鱼，不戴手套什么都别碰。它们自己会顺着水流走，重新装饵，哈维，看再多也没有用，别忘了，这意外也是在工资里的。"哈维想了下他那十块半的工钱，忍不住地笑了。他真不晓得母亲看到在大洋中漂泊的他身子靠在渔船上会说些什么，想起之前他去萨伦那克湖上划船，母亲就紧张得不行。之后他想起每次他的

【名词解释】

荨麻：荨麻是一种多年生草本植物。茎高60~100厘米，叶对生，雌雄同株或异株。其茎叶上的蜇毛有毒性（过敏反应），人及猪、羊、牛、马、禽、鼠等动物一旦碰上就如蜂蜇般疼痛难忍，它的毒性使皮肤接触后立刻引起刺激性皮炎。

母亲这样他总会嘲笑一番。突然，鱼线从他手中刷地一下蹿了出去，都蹿过了那个叫"钳子"的木头小圈。

"这是个大家伙，鱼线稍微松点，让它把力气用尽了，"丹大声地说，"我来帮你。"

"不，不用了。"哈维急忙说道。他紧紧地握住鱼线，"这可是我钓的第一条鱼，它不会是鲸鱼吧？"

"没准是条比目鱼呢。"丹趴在船边往下看，手里握着"杀鱼的棒子"做好万全的准备。果然，绿水中有个白色椭圆形的家伙在扑腾着。"我以我全年的收入和你打赌，它准超过了100磅。你真的打算一个人把它弄上来吗？"

【同步思考】

哈维钓到了一条什么鱼？

哈维的指关节不小心撞到了船舷擦破了皮，正流着血呢。或许是因为过于激动，再或者是由于过于用力了，他的脸有些青紫，头上也掉了不少的汗珠，眼前模糊一片，他看不清明晃晃的打转的波纹中飞速移动的渔线。两个小伙子早已累得筋疲力尽了，那条大比目鱼挣扎了有二十多分钟，还好，它最后还是没有逃脱被鱼叉插住的命运。

"不愧是新手，新手就是运气非凡！"丹擦了擦额头上的汗珠子说道，"我想它足足有100磅。"

【阅读理解】

新手的运气总是很好，在日常生活中这个定理好像已经一次又一次地被证实了。一个风和日丽的日子里，两个少年被准许去下海捕鱼，而且平常从未从事过劳动的哈维还幸运地捕获了一条大比目鱼。

哈维看着这个灰色的斑斑点点的庞然大物，别提心里有多高兴了，自豪感油然而生。他以前在岸上的石板上多次见过比目鱼，但是从来没想过它们是如何到达陆地上的，现在他知道了。此刻，他已浑身酸痛，无神乏力。

丹放下手里的活说道："要是爹在这里，他能清楚地看出鱼游行的迹象来。现在，捉到的鳕鱼越来越小，而我们却捉到了一条这家伙——大比目鱼。这样我们就可以轻松地看出鳕鱼的洄游轨迹了。你注意过吗？昨天我们捉的都是大鳕鱼，却没有一条比目鱼。爹说过，在纽芬兰浅滩上任何情况都可以说明鱼洄游的航线，关键是你能否看得准。爹看到的比目鱼游过的水涡很深。"

正在他说话的时候，"海上号"上传来了一声枪响，一只盛满土豆的篮子从前桅杆那边升了起来。

"你看，这不是让我说着啦。那是叫全船的人都过去，爹的心里有数，要不他白天是从来不打断大家捕鱼的。快把鱼线收起来，我们这就往回赶吧。"

然后，他们朝着双桅船的上风头方向划过去，刚打算从平静的海面上晃悠着掉过头去，可是突然半英里以外的一阵慌乱的尖叫声让他们朝着宾的方向划了过去，宾的船正绕着一个点转着圈。好像一只大虫子落到了水里，矮个子使出他全身的力气往前仰，可是不管他怎么变换方式，他的船还是一个劲地打转，想必是让绳索勒住了。

"看来我们要去帮帮他了，要不他在那就动不了。"丹说道。

"什么情况？"哈维问。这里是个崭新的世界，在这里他无法向那些比他年长的指手划脚，只能低声下气地跟别人说话，海大得可怕，此时的他一副全然无动于衷的样子。

"锚被缠住了。宾的锚常常会丢掉。打这次出海，他都丢了两个了，而且还是丢在了海底。爹说要是下次他再丢的话，就给他个小锚。宾肯定会为此而伤心的。"

"什么是小锚？"哈维问道。他恍惚地觉得这是一种折磨水手的方法，就像故事里水手被绑在船底诸如此类。

"就是用一块大石头来代替铁锚。系住平底船的时候，你就看到一个石锚在船头系着。这件事整个船队都知道，他被大家拼命地嘲笑。宾无法忍受，就跟狗受不了别人给他尾巴上系东西一样。他向来有些神经过敏。嗨，宾！又被咬死了？别再用那独树一帜的方法干了。你向铁锚这边靠拢，控制好，让它前后移动。"

"可是他不动，"小个子上气不接下气地说，"一动不动，能想到的法子我都想过了。"

"你前面那些乱七八糟的东西是什么啊？"丹指着那些乱七八糟的备用桨和拉杆，全让没阅历的新手堆在那儿。

"啊，你说的是那个吗？"宾一脸得意地说，"是个西班牙起锚机，我学习萨尔托斯先生做的，不过就是它没什么用。"

丹背过身去，以免让宾看到他偷偷地在笑他，他在拉杆那儿拧了一两下，铁锚马上就起来了。

"宾，快把锚收起来，"他笑咪咪地说，"不然它又会咬死的。"

他们离开了宾，他用忧伤的眼神打量着那铁锚上挂满的海草，又在那<u>滔滔不绝</u>地说了好些感谢的话。当船划到宾听不到的地方，丹说："哈维，你说，我究竟是怎么想的？宾不是个脑子不开窍的人。这一点并不难弄，大概是脑筋都用完了吧，你明白吗？""是你这么想的，还是你爹的想法？"哈维一边弯着腰划着桨一边问。他仿佛正学着怎样轻松地划桨。

"我想在这件事情上，爹的判断没有错，宾的确不怎么聪明。他也不是那种真正意义上的白痴。这就对了，哈维现在桨划得稳当多了。我之所以跟你说这些是因为你需要知道这些。宾曾经当过摩拉维亚教的牧师，以前的名字叫雅克布·鲍勒。爹跟我说，他和妻子带着四个孩子在宾夕法尼亚州的什么地方。宾带着家里人去参加摩拉维亚教派的一个聚会。想来你也知道，多半是野营什么的，那天晚上他们正好在约翰镇住下，约翰镇你有听过吗？"

哈维想了下："嗯，那城市我听说过，不过不知道为什么它和阿希塔波拉一样在我的脑子里印着。"

"可能是这两个地方都发生过大灾难的缘故吧，哈维。那个晚上他们一家都在旅馆，约翰镇都完了，堤决了口，泛滥的洪水使房子漂了起来，相互地碰撞，最终沉到海底，我看过一些相关的照片，吓人极了，宾当时还没有明白是怎么一回事就眼睁睁地看着一家人淹没在水里，从那以后，他的脑子就不大好使了。他不肯相信约翰镇出了事，因为在日后的生活中，他什么都记不得了。只是傻笑着伴随着疑惑的神情浪迹天涯。他忘了自己是谁，做过什么，就这样他碰到了萨尔托斯伯伯，伯伯刚好要去阿里根尼城。我母亲一半的亲戚都住在宾夕法尼亚

【名词解释】

地道：没有异物；纯正的，正宗的、未掺杂的

州。萨尔托斯伯伯心地善良，把他收留了，知道他遇到了事故，就把他带到东部，叫他在自己的农场上帮忙。"

"难怪昨天晚上小船撞到一起的时候，我听他称宾为农民。那么说你的萨尔托斯伯伯也是个农民了？"

"农民？"丹质问道，"这里到哈利路斯之间的水都不能冲净他靴子上的泥垢。他是个地道的农民。哈维我跟你说，有一次太阳落下山，我见他一直提着桶喝水，他转动水桶塞的样子像是在拧母牛的乳房。他就是这样的地道。他和宾在爱赛特周围打理农场。今年春天，萨尔托斯伯伯把它卖给了一个波士顿的阔佬，据说那家伙要盖一栋用来避暑的别墅。伯伯也由此得到了一大笔钱，本来两个傻家伙可以这样地一直过下去，后来摩拉维亚教派，发现他流浪以及定居下来的踪迹，于是给萨尔托斯伯伯写信。不晓得他们究竟说了些什么，总之萨尔托斯伯伯对此很生气。他多半是个圣公会教徒，为了不叫他们逮住，伪装成浸礼会的教友，说着绝不会放弃宾，不会让任何人把他带走。上一次出海的时候，他拉着宾来见爹，说为了保持身体健康，必须参加捕鱼。我想他可能认为摩拉维亚教派不会为了捉宾跑到纽芬兰浅滩上来。爹批准了他，因为在没有投资肥料之前的三十多年里他一直在捕鱼，况且，'海上号'里还有他四分之一的股份。果然，出海给宾的确带来了不少好处。爹也习惯了带他出海。有一天，爹跟我们说，宾会有想起他妻子和孩子的那一天的。想起约翰镇，到那时他可能会昏过去，爹这么说。你可千万别和宾谈起约翰镇的事，要不然萨尔托斯伯伯一定会把你扔到海里的。"

"可怜的宾，"哈维小声地说，"看着他们，我怎么也想不到是萨尔托斯伯伯一直在照顾他。"

"但是，我们大家都喜欢他。"丹说，"我们有责任照顾他，我提前跟你说一声。"

此时，他们已经靠近了双桅船，其他小船紧随其后。"吃饭之前不用把平底船吊上来，"甲板上的屈劳帕说，"孩子们，

我们赶快把桌子架起来，把弄好的鱼放到舱里。”

“看起来比鲸鱼留下的小窝还要深一些。”丹眨着眼睛说道，去张罗加工的用具了。“你看从早上到现在有多少船向我们驶过来，它们都在盯着爹的动静。哈维你看见了吗？”

“对我而言，都一样。”确实，对于一个不懂航海的人来说，边上那些颠簸的双桅船在他眼里都是一个模子里造出来的。

“可是它们就是不一样，黄斑船脏兮兮的，斜杠倾斜得已不成样子。这是‘布拉格希望号’。船主是尼克·勃拉弟，是纽芬兰浅滩上最自私的人，假如我们撞到了礁石上，你就知道他是什么样的人了。那边的那个是‘白天眼睛号’，开船的是杰拉德兄弟。那条船是哈维奇的，速度快得惊人。运气不赖。即便是爹在坟场里也能找到要打的鱼。那边的三条，分别是‘玛奇·斯密斯号’‘玫瑰号’和‘伊迪斯·沃伦号’，都是和我来自一个地方的。我想我们明早上能看到‘阿培姆·提令号’。爹，你说是不是？他们都是从怪水滩那边穿过来的。”

“丹尼，明天你就见不到这么多船了。”屈劳帕管自己的儿子叫“丹尼”，他只有心情好的时候才这么叫。“孩子们，我们在这里太挤了，”他招呼爬上甲板的水手说，“还是让他们用大饵钓小鱼吧。”他看了下鱼栏里面的鱼，除了哈维的那条大些，多半是小的，都没超过 15 磅。

“我等着变天呢，”他补了一句。

“你要自己看清楚了，屈劳帕，我们看不出什么征兆来。”朗杰克说着扫视了一下清晰的地平线。

可是半个钟头之后，他们仍然在加工鱼，笼罩着他们的是浅淡的迷雾。鱼跟鱼都分不清楚了。浓雾还在源源不断地袭来，在水面上升腾打滚。水手们默默地停下了手里的活儿。朗杰克和萨尔托斯伯伯把绞盘制动器插在插座上，动手起锚。湿漉漉的大缆绳缠绕在大琵琶桶上，绞盘发出了刺耳的声响。最后，梅纽尔和汤姆·泼拉特也上去帮忙。锚被拉了上来，那声音极像低声的哭诉。停泊帆鼓了起来，操纵舵轮的是屈劳帕，他让它稳定下来。"把三角帆和前帆升起来。"他说。

"把他们滑到压档上，快！"朗杰克大声地喊着。三角帆被勒紧，余下的人去把前帆升了起来，紧接着前帆杠也响了起来，"海上号"调整了方向，扎进了白雾中。

"雾后一定有风。"屈劳帕说。

哈维惊奇地听不到任何声响，简直是难以形容，他只听见屈劳帕时而哼的几声，末尾处总是"行，很好，我的孩子。"

"从前没见过起锚吧？"汤姆·泼拉特跟哈维说。哈维已经在前帆边上看呆了。

"嗯，没见过。我们这是要去哪儿？"

"捕鱼去，找停靠的地方，你到了船上不出一个星期就知道了。你对这一切都会觉得特别新鲜，可是我们从来就不知道会碰到什么事情。相信我，汤姆·泼拉特也从未想到过……"

"浪是有点多。"那个有过水兵经历的大汉回答说。

这时船头有撞击海浪的啪啪声和汩汩的水声不断地传了过来，有时候也能够听到低沉的重击声，浪花竖起一小股水柱又哗啦一声砸在前甲板上。索具上有寒冷的水滴往下滑落，水手们都懒散地停靠在避风的位置，只有萨尔托斯伯伯直挺挺地端坐在主舱盖子上面，揉搓他那被"草莓"刺疼的两只手。

"我看应该把支索帆撑起来。"屈劳帕说，一只眼睛滚来滚去地望着他的兄弟。

"我看撑起来也不起什么作用。浪费帆篷没什么好玩的。"那个农民出身的水手回答道。

舵轮在屈劳帕的手里几乎看不出有什么转动，片刻之后，一个浪尖呼啸而来，斜穿过双桅船，重重地打在了萨尔托斯伯伯的双肩间，使他看起来像个落鸡汤一样，从头到脚都湿漉漉的。他气急败坏地咒骂着把身子站直，不料刚朝前跨出一步，又有一个浪头扑面而来。

【阅读理解】

时间在慢慢过去，随之而来的就是各种紧急时刻的来临。在海上首先会碰到的问题便是风暴，随之而来的海浪足以把船掀翻。面对天气的突然变化，船员都开始了积极的避难措施，而哈维明显被这一幕吓坏了。

"你瞧爹在甲板上把萨尔托斯伯伯盯得乱成了一团，"丹说，"萨尔托斯伯伯认为他的四分之一股份就是咱们的帆篷，两次出海，爹就像赶鸭子一样死死地盯住他不放。嗨，他往哪里躲浪头就打到哪里！"萨尔托斯刚躲避到前桅的地方，一个浪头又汹涌而来，打在他双膝以上。从屈劳帕的脸上看不出丝毫表情，就像舵轮除了一个圆轮没有其他东西一样。

【同步思考】

船只遭遇了什么事件?

"你就把最高的轻帆撑上去吧，"受害者在又一个浪花袭来时，咆哮道，"只是有什么意外发生了，你别怪罪到我身上。宾，你立即给我下舱去喝点咖啡，你该学聪明点，像这样的鬼天气别在甲板上逛来逛去。"

"这样他们会一杯接着一杯地喝咖啡，毫不停歇地下棋的，"在萨尔托斯硬逼宾下前船舱时丹说，"依我看，有那么一段时间我们都得那么做。纽芬兰浅滩捉鳕鱼的人，不捉鱼的时候除了打打牌是不干什么正事的。"

"我很高兴你这样说，"朗杰克高声说，他正在盘算怎样打发时间。"我几乎忘得一干二净了，我们还有一乘客，就是戴丁字形码头帽的那个。有人不懂他们的绳子，他们就会闲不着。把他弄到这儿来，汤姆·泼拉特，我们来当他的老师。"

"这次可不是我出的花花点子，"丹咧嘴笑了起来，"你得亲自去学。我就是爹教会我打绳结的。"

1个小时里朗杰克把哈维支使得忙晕了头，还教他说："一个人在海上就算眼睛什么也看不见了，就算喝得人事不省，或者瞌睡困倦，这些事情也都要弄明白。"一条70吨的双桅船带有一根像树桩一样的前桅，索具却很少，朗杰克却自有一种把它们说得一清二楚的才能。当他希望哈维注意斜桁尖头的升降索的时候，他往哈维的脖子后面用指关节戳了戳，让哈维仔细打量。他强调前后的不同，几乎总要让哈维在几英尺长的帆杠上将鼻子擦擦，为了了解每根绳子的走向，都会让哈维摸一下绳头，铭记在心。

上这种课的时候，如果甲板上空空荡荡的，事情就会好处理得多。但是这个地方似乎什么东西都可以往上面堆，却没有一个能站得下脚的地方。前面平躺着绞盘和滑车索具以及锚链和大麻缆绳，跨越过去都相当费劲，前面甲板上有火炉的烟囱管，前舱盖那个位置有盛鱼肝的碎肉桶。这些东西的后面是前帆杠跟主舱的活盖小舱口，几乎把所有的空地都占去了，甭提还有那些水泵跟加工鱼栏了。再过去靠后甲板有一组平底船在环端螺栓上悬挂着，舱房周围还捆绑着许许多多零碎的玩意儿，最后有一个 60 英尺的主帆杠支在支架里，在这个长度范围内什么东西都可能会刮过来，需要随时准备躲避或蹲下。

汤姆·泼拉特当然也要参与进来，他一路跟着过来，对老"俄亥俄"号上的帆篷和帆杆作了很多不必要的陈述。

"他说的那些你别去理会，听我的。你这个头脑简单的家伙，汤姆·泼拉特，你再自吹自擂，也不可能把我们招呼上'俄亥俄号'，却把那孩子弄糊涂了。"

"开头就这样从船头到船尾走马观花似的看一番，他一辈子也学不会，"汤姆·泼拉特反驳道，"得让他有机会对一些主要的原理有所了解。航海是一门技艺，哈维，要是你能让我站在前桅平台上，我就让你了解清楚……"

【名词解释】

走马观花：指大略地观察一下。

"我知道你打算讲什么。你就会讲一些死板的、不起任何作用的东西。你给我停下来，汤姆·泼拉特。来，哈维，我讲了很多，你说说如何收下前帆？不用急，想好了再答复。"

"把那个拉过来。"哈维用手指了指下风处说。

"干吗？要把北大西洋拉过来？"

"不，拉那个帆杠。然后再拉一下你给我看过的那根绳子，拉到那后面……"

"那样不可以。"汤姆·泼拉特插嘴说道。

"别打岔！他正在学，有的一些名称他还说不好。继续讲，哈维。"

"哦，那称作收缩帆篷的短索，我将滑车钩在收缩帆篷的短索上，然后让帆徐徐地下来……"

"落帆，孩子，应该说落帆！"汤姆·泼拉特说，作为专业人士，他容不得搞错一个字眼。

"落下咽喉卡与斜桁尖头的升降索。"哈维继续说道。那些名称已经深深地烙刻在了他脑海里。

"你把手放到这些东西上面，做出个样子。"朗杰克说。

哈维照他的要求去做。"降下绳圈，哦，那不叫绳圈，叫做索眼，套在帆杠上。然后我依照你说的方法把它捆起来，紧接着我把斜桁尖头和咽喉升降索重新扯起来。"

"你忘了把帆角上的耳索扯过来，但时间过得一长，就需要多帮帮你，你能够学会的。船上每一根绳索都有它存在的价值，要不早就扔到船外面去了。你明白我的意思吗？我这是在朝你的口袋里塞钱，你这个瘦小的货物经管员，你有了本钱以后，就可以驾船从波士顿到古巴去，告诉他们是朗杰克教的你。来，我跟你再转一会儿，我把一根绳的名称说出来，你用手指出那根绳来。"

他道出了一个名称来，哈维觉得有些劳累，慢慢吞吞地走向那根绳子。出乎意料的是，一根绳子啪的一下打在了他的两肋上，让他颇为惊讶。

"你做了船主尽管踱方步，"汤姆·泼拉特说，目光十分严厉，"眼下你听到命令后，就得直奔过去。再来一次，认准了！"

哈维本来就练习得面红耳赤，挨了这一鞭更加浑身燥热。他是一个非常机警灵活的孩子。父亲很聪明，母亲很敏感，由于来自各个方面的惯宠，原来很犟的脾气现在更加变得像骡子一样固执。他看了看其余的人，甚至丹脸上也不挂丝毫笑容。显然所有这些都是看起来稀松平常的，尽管很厌恶，受到了伤害，他还是强忍了下来，没有说什么气话，也没有咬牙切齿表示愤怒。同样，他蒙骗母亲一再奏效的那种机灵劲儿，也使他断定船上可能除了宾之外，谁也不会把这种毫无意义的反感放在心上。

【阅读理解】

既然到了船上，船长也同意雇佣顽劣的哈维，那就该把这一系列的工作都做到最好，而且要一步一步地学习船上的知识，以便让自己能够轻松地完成这些工作。水手们都在严肃地教哈维学习那些知识。

【名词解释】

咬牙切齿：切齿，咬紧牙齿，表示痛恨。形容极端仇视或痛恨。也形容把某种情绪或感觉竭力抑制住。

谁不是在命令的语调下学会了一大堆事情的？朗杰克又叫出了五六根绳子的名称，哈维在甲板上扭动着身子蹿过来蹿过去，仿佛退潮时的鳗鱼似的，一只眼睛还不住地瞟着汤姆·泼拉特。

"很好，干得很棒！"梅纽尔说，"吃过晚饭之后，我让你看看我所做的双桅船模型，上面具备了所有的索具种类。我们可以再认真学一下。"

"对一个乘客来说，那真可以竖一下大拇指了，"丹说，"爹刚才答应，在你有可能会被淹死以前，让你做一个称职的水手。爹可不会随便夸奖人。下次我们一起守夜的时候，我会再教你一些东西的。"

【同步思考】
面对水手们态度严厉的教导，哈维的表现如何？

"往上高一些！"屈劳帕小声哼唧着。他在船头上弥漫的浓雾里四处张望，船首三角帆的帆杠在急速松缆，再过去10英尺以外就什么也看不到了，而船头两旁黑压压的灰色大浪连续不断地翻滚，又相互轻轻拍打着，发出低吟的声音。

"现在我来教你朗杰克不懂的几招。"汤姆·泼拉特高声叫喊道。他从船尾的一个柜子里面找出了一个砸得七凸八凹的深海舵，那舵的一端有一个凹孔，他又拿过来了一满碟羊脂，在凹孔里面涂满了羊脂。"我来教你怎么放飞这个蓝鸽。嘘！"

屈劳帕动了一下舵轮，将双桅船刹住了，与此同时梅纽尔在哈维（那个心高气傲的男孩）的帮助下，落下了船首三角帆，在帆杠上堆成一大摞。汤姆·泼拉特一圈接着一圈地挥着水砣，从里面传出了深沉的嗡嗡声。

"快甩啊，伙计。"朗杰克心浮气躁地对他说，"我们在大雾中不会前去距离火岛吃水25英尺深以外的地方。这里没有任何技巧。"

"别妒忌，伙计，"双桅船在徐徐朝前颠簸，海砣猛地脱手甩了出去，扑通一声掉进了前面远处的海里。

"测量水的深度那可是一门技巧，"丹说，"要使你的深水砣听话，你至少得花一星期的时间才可以。爹，你看有多深？"

屈劳帕的脸松弛了下来。他的技巧跟名声是众所周知的，就连各个船队里的行家里手都不敢和他相媲美，据说他蒙上眼睛也可以对纽芬兰浅滩了若指掌。"要是让我下定论的话，我说多半可能是 60 英尺，"他瞟了一眼舱房窗口那只小小的罗盘答道。

"60 英尺。"汤姆·泼拉特唱出了水深，把一大圈湿透的绳子收了起来。

双桅船又加快了前进的速度。"扔！"过了一刻钟屈劳帕大声叫道。

"这次你看会有多深？"丹悄悄地说，他十分自豪地看着哈维。但哈维正在为刚才自己的表现给人留下了深刻的印象而自豪，没注意别的。

"50 英尺，"丹的父亲说。"我不认为我们正在过格林浅滩的缺口，我们还待在 50 到 60 英尺的老地方。"

"50 英尺！"汤姆·泼拉特吼叫道，他那雾中的身影模糊不清，他们几乎看不见，"船再过去不到一码的行程就是缺口，仿佛炮弹打在'福特·麦肯号'上开出的裂口似的。"

"装饵，哈维。"丹说，把手朝卷轴伸了进去，抽出了渔线。

双桅船好像漫步一样穿过浓雾，头帆砰砰作响，在猛烈地来回鼓动着。船上的人都等着观看两个小伙子钓鱼。

"嗨！"丹的渔线在遍体鳞伤的栏杆上抽动，"你说爹究竟是如何知道的？帮个忙吧，哈维。那是一个大家伙，还被鱼钩死死地钩住了。"他们俩一起朝外拉线，拉上来一条鳕鱼，眼珠突出，足有 20 多磅的重量。它将鱼钩和鱼饵一股脑儿吞进了肚子里。

"嗨，它全身都是小蟹在爬来爬去，"哈维叫着把它全翻了过来。

"凭大锚起誓，它们已经生出了虱子，"朗杰克说，"屈劳帕，你的眼睛捎带多注意点龙骨下面。"

大锚下去了，无数水花四溅开来，他们把渔线全都抛了出去，每个人在舷墙上都占据了一个位置。

"它们就如此嘴馋吗？"哈维喘着气，又拖上来另一条遍体都是小蟹的鳕鱼。

"当然。它们已经生出了虱子，那是它们成千条群集在一起所留下的迹象，而且它们这样咬钩说明它们已经饿到<u>饥不择食</u>了。你胡乱装上些饵就可以了。即使鱼钩上没有饵，它们也照样吞下去。"

"唷，这条可真够大的！"哈维喊叫道，那鱼上了船，嘴张得大大的，呼着气，蹦跳着，发出劈劈啪啪的声音，果然和丹所说的一样，差不多把整个钓钩全都吞了下去。"以后不管干什么，我们都在大船上捕鱼，这样就不用再放平底船下海去了。"

"我们开始加工鱼之前，这个样子是不行的。那以后鱼头和下脚料会把鱼吓跑到到芬地湾去的。大船捕鱼根本就算不上先进，除非你像爹一样了解得非常多才行。我看今天晚上我们要放下排钩去。这活会让你感到腰酸背痛，不像平底船上捕鱼那样轻松自如，对不对？"

那活确实让人腰酸背痛，因为在平底船上钓鱼，鳕鱼最后提起来之前，一直潜在水里面，它自身所具有的重量让水的浮力抵消了不少，用力也可以说是和你的肩部相互平行的，但双桅船上舷的几英尺高度使举起提杆时，变得格外吃力，而且人伏在舷墙上也撞得腹部疼痛得要命。他们在整个过程中一直都在剧烈地运动着，直到甲板上堆满了鱼，海里的鱼不再咬钩他们才停下来。

"宾和萨尔托斯伯伯在哪里？"哈维问道，把防水布上滑腻腻的东西用手拍了下来，模仿着别人小心谨慎地把渔线缠绕在卷轴上。

"在喝咖啡下棋吧。"

【名词解释】

饥不择食：择，挑拣。不管什么都吃。比喻需要急迫，顾不得选择。

有一盏灯，悬挂在绞盘的柱子上，弥漫出昏黄的亮光。前甲板的桌子已经放下撑了开来，有两个人端坐在那里，对捕鱼和天气一点也不问不闻，在他们中间放着一副棋盘。宾每向前迈一步，萨尔托斯伯伯总是咆哮一阵子。

"现在有什么事？"萨尔托斯伯伯说，那时哈维一手抓住梯子顶上的皮圈，身子悬在上面对厨师喊话。

"爬满虱子的大鱼，一堆连着一堆，"哈维答复道，他引用了朗杰克的话，"棋下得如何？"

小个子宾的下巴松松地垂了下来。"他还能不出问题，"萨尔托斯伯伯大发雷霆，说，"还对别人的话一个耳朵听一个耳朵冒。"

"快死了，是不是？"丹说。哈维提了一桶热气腾腾的咖啡从船尾踉踉跄跄地走了过来。"我们今天晚上就不用打扫卫生了。爹是个讲公道的人，这活得让他们亲自来干了。"

"据我所知，他们打扫的时候，两个年轻人还应该给排钩装上一桶鱼饵什么的。"屈劳帕自鸣得意地猛地将手中的舵轮甩了一下。

"哼！那我还是去打扫吧，爹。"

"这点*毋庸置疑*。不过你不会的。动手加工鱼下舱，加工鱼下舱！宾扔鱼，你们两个去装饵。"

"你们放钩钓鱼，两个孩子也不向我们说一声，你们倒一点也不不责备他们，这究竟是什么原因？"萨尔托斯伯伯拖着脚朝他那桌边的位置走了过去，"这把刀钝得实在不能用了，丹。"

"要是缆绳放完后你还搞不清楚，我看你最好自己叫来一个仆人，"丹说。许许多多放满了排钩渔线的桶被冲到了向风一面的舱房跟前，暮色中丹在这一堆桶中跨着步走来走去，"哦，哈维，你是不是下来跟我一起装饵？"

"按照我们的方式装饵，"屈劳帕说。"我不认为盯在鱼群后面捕鱼会有什么收益，鱼群已经过去了。"

这就是说两个孩子要在钓鱼的时候，选用一些鳕鱼的下脚料装饵，用这种改进的方法就不用光着手在小饵料桶里摸过来摸过去了。那些桶里盘着一圈圈整整齐齐的渔线，每隔几英尺的距离便会有一个鱼钩。仔细检查好每一个鱼钩，然后给它装饵，把装好饵的渔线缠绕好，一旦从平底船上将它放出去，而且能够全部放光，那可真是一门大学问。丹看都不怎么看，在黑暗处就能做得很好，而哈维的手指一不小心扎在了倒钩上，尽在那里唉声叹气。那些钩子在丹的手指上飞快地来回走动着，就像编花边的梭子在老婆婆的腿上穿来穿去一般。"我还没有完全学会行走时，就在岸上帮忙给排钩装饵了，"他说，"不过不管怎么说这也只是一种磨磨蹭蹭的活。哦，爹！"他朝着舱口喊，下面屈劳帕与汤姆·泼拉特两个人正在腌鱼，"你看咱们需要多少盘渔线？"

"三盘。快点！"

"每桶里应当有 300 寻渔线，"丹向他解释道，"今天晚上放出去就可以了。噢，那里漏掉了，让我来干。"他把手指戳进嘴里，"哈维，你听我说，在格罗萨斯脱无论出多少钱也休想雇我上一条正规放排钩的渔船，这种船也许相比之下先进一些，但除了这一点之外没任何好处，他们干的是世界上最为磨蹭也最为腻烦的活。"

"我不清楚我们所干的活能不能算得上正规放排钩，"哈维紧绷着脸说，"我的手指头都被扎烂了。"

"呸，这正是爹的一种糟糕透了的试验。除非具备充分的理由，他一直以来都不放排钩。爹脑子里清楚，这就是要按照他的方式装饵的原因。我们应当让钩子整个儿向下坠，要不我们拉起来的时候一根鱼鳍都别想看到。"

宾和萨尔托斯伯伯依照屈劳帕的吩咐做了打扫的活，但两个孩子也没得到什么便宜。放排钩的桶刚刚装好，一直在平底船里提着灯笼东照西照的汤姆·泼拉特和朗杰克便把他俩招呼过去，把桶和一些油漆过的排钩小浮标抬到了船上，接下来又把平底船从大船上放下来，投入进哈维看来正在波浪滔天的大海。"他们会被活活淹死的。哎呀，被装得满满的平底船像一节货车似的。"他连连喊道。

"我们一定会回来的，"朗杰克说，"只怕你们不愿意我们回来吧，因为要是排钩搅在了一起，我们非痛打你们俩一顿不可。"

平底船被浪潮高高抛了起来，就在看来不可避免地要和双桨船撞在一起的一瞬间，从波脊滑了过去，消失在雾气茫茫的暮色中。

"你在这里拉住这个东西不住地摇。"丹说着把打钟的短绳递到了哈维手里，那口钟恰好挂在绞盘后面。

哈维浑身是劲地打着钟，他觉得平底船上的两条命要想活下来，就完全靠他了。屈劳帕却在舱里面，向航海日志里潦潦草草写着一些东西，他看上去并不像是一个凶神恶煞的人，他去吃晚饭时甚至还向焦虑的哈维干笑了一下。

"天气还不算很坏，"丹说，"排钩的事咱俩对付得了！他们并没有走出多远，只求不缠住缆绳，能不间断地听到我们的打钟声就可以了。"

"当！当！当！"哈维又敲打了半个小时，有时声音十分沉闷，这时响起了碰撞船边的声音和像狮子大叫似的怒吼声。梅纽尔和丹朝吊平底船的滑车吊钩奔了过去。朗杰克和汤姆·泼拉特都爬到了甲板上，好像在他们身后刮来了半个北大西洋的风暴，那平底船也随着吊入空中，又哐啷哐啷地放了下来。

"一个渔钩也没有缠住，"汤姆·泼拉特说道，身上的水往下滴着，"丹，下次还这么干。"

"很荣幸能跟你一起去大吃一顿，"朗杰克说，他像头大象一样活蹦乱跳，靴子里的水一边往外冒，一边还发出咯吱咯吱的声音。他举起穿着油布雨衣的手臂蹭了蹭哈维的面孔，"我

【名词解释】

潦草：不仔细，不工整。

们要把架子放下来，抬举第二批吃饭的人跟我们共同进餐。"于是他们四个全都摇摇晃晃地去吃饭了。哈维让鱼杂烩和煎饼将肚子填得饱饱的，倒下来就睡熟了。梅纽尔从柜子里取出了一只 2 英尺长的船模，十分可爱。那是他模仿着第一次带他出海的"梦西·福尔摩斯"号而制作的，他想给哈维看一下船模上的绳索，可哈维的手指连碰都没有碰它一下，宾就把他扶到了铺位上去了。

"这一定是一件让人伤心的事，一件十分伤心的事，"宾说，他目不转睛地瞧着哈维的脑袋，"他的母亲和父亲还以为他已经死了呢，以为失去了一个孩子，还是个男孩！"

"走到那边去，宾，"丹说，"你到船尾去跟萨尔托斯伯伯把那盘棋下完。告诉爹要是他没意见的话，我代替哈维值班，他已经感到筋疲力尽了。"

"一个蛮好的孩子，"梅纽尔说，他把靴子脱掉，逐渐消失在下铺的黑影里，"但愿他能够成为一个优秀的水手，丹。我看他非常正常，跟你爸爸说的不一样。嗨，你为什么笑？"

丹咯咯地笑了起来，但笑声最后竟然变成了鼾声。

天空一片阴霾，并且正在起风，那些年纪相比之下比较大的水手延长了守夜时间。来自舱房里时钟敲响的声音，听起来格外清晰。突出的船头遭到了海浪的撞击和拍打，前甲板炉子的烟囱发出丝丝声响，水花溅到了上面，传出噼啪的声音。孩子们还没醒过来，屈劳帕、朗杰克、汤姆·泼拉特和萨尔托斯伯伯替换着换班，每次巡逻都要迈着沉重的步子去船尾观察一下舵轮，去前面瞧瞧铁锚有没有松动，或者放松一点缆绳以避免擦伤，当然最后也要瞅一瞅暗淡的锚灯是否还亮着。

【阅读理解】

虽然在我们看来，水手们对于这个孩子并没有什么好印象。一方面是因为他是个娇生惯养的孩子；另一方面则是因为他太顽劣了。宾对于哈维还是有些同情的，不过不是针对哈维本身，而是他的父母。

第四章

哈维醒来后，看到第一批吃饭的人正在吃早餐；前船楼的门敞着，发出嘎嘎的声响，双桅船的每平方英寸都吟唱着自个的曲调。身高马大的黑厨师在小厨房中伴随着炉膛里的火光一起摇晃着。在炉灶前面的一个位置，有个凹陷进去的木头架子，每当船朝前冲一下，上面的锅盘便发出一阵阵刺耳的吵声。船首楼好像在向高处攀升，颠簸着，抖动着，越爬越高，接着又忽然利索得像镰刀刷的掉进了海里去。他听得见船向外倾时船首斩浪所发出的咯吱咯吱的声音，只有在分开来的水倾泻到甲板上之前，这种声音才稍微有间歇。随着锚链孔里的缆绳发出混沌的声响，卷纫机有时叽叽嘎嘎，有时咕噜咕噜。"海上号"有时左右摇转，有时反冲，有时抛起，然而它仍然劲头十足重复着这些动作。

"我说，在岸上，"他听到朗杰克在说话，"你总有七零八落的事情，不管天气晴朗还是下雨都得去做。我们在这里跟船队相距很远，也没有七零八落的事情，这也算是我们的福气。晚安，大伙儿。"他仿佛一条大蛇一样从桌子游到自己铺位去，并且拿出烟抽了起来。汤姆·泼拉特仿照他的样广；萨尔托斯伯伯领着宾，一路跌跌撞撞攀上梯子去值班；厨师在为第二批吃饭的人准备早餐。

第二批吃饭的人从铺位爬了出来，抖动了一下身子，打了个呵欠，而另外一些人又钻进了自己的铺位。第二批吃饭的人吃得十分饱了，才消停下来。这时侯，梅纽尔在烟斗里装满了劣等烟丝，靠在制转杆与前方一个铺位之间，双脚跷起放置在桌上，面孔上带着懒洋洋软绵绵的笑容。丹全身躺在铺位上，正心无旁骛地拉着一只华而不实的手风琴，乐声伴随着"海上号"的颠簸忽高忽低。厨师肩膀依靠在柜子上，柜子里搁着煎饼（丹就喜欢煎饼）和削好皮的土豆，一只眼睛还注视着烟囱，考虑着会不会滴下许多水来；至于船舱里的一般气味和弥漫散开来的浓烟那就不用去多加描述了。

哈维正想着心事，奇怪自己仍然好端端的，竟然没有晕得死去活来。他又再次爬上了自己的铺位，把它当作最舒坦最安全的地方。"我可没想过到你的铺位上去拉琴。"丹继续拉他的琴，尽量在剧烈的颠簸中不让自己跑了音调。

"那要多长时间才过去？"哈维问梅纽尔。

"等稍微风平浪静了，我们就可以划船去查看排钩了。可能今天夜里，也可能要再过两天。你不喜欢吗？啊，你在说什么？"

"一个星期之前我就已经晕得昏天黑地了，可此刻好像也没让我感到哪里不舒服。"

"那是因为这几天里我们将你变成了一名渔夫。我如果是你，回到了格罗萨斯脱，为了自己的好运，我就去商店买上两三支大蜡烛。"

"给谁？"

"当然给我们山上教堂中的圣母啊。她一向很照顾我们渔夫。正因为这一个缘故，我们葡萄牙几乎没有水手遭到过灭顶之灾。"

"这么来说你是一个天主教徒？"

"我是来自马德拉群岛的人，不是波多黎各人。难道要说我是个会侵犯礼教的教徒吗？啊，你说什么？我有时到格罗萨斯脱去买两三支蜡烛，甚至更多一些。慈悲的圣母从不会忘掉我梅纽尔。"

【阅读理解】

每当休闲的时候，海上的水手们总是很无聊地找点事情干，比方说像这样，互相谈论一下过去的经历，从经历中可以获知对方的一些信息，比如国籍、宗教、信仰等，从这些地方我们也可以窥探到西方人的一些精神层面的东西。

"我不赞成这样，"汤姆·泼拉特在自个儿的床铺上插嘴，当他吸烟斗的时侯，火柴的亮光照在他那张带有刀疤的面孔上，"海就是海，这才是最合情合理的说法。讲到这件事，你碰到什么就用什么，用蜡烛或者煤油都无关紧要。"

"不过能在最后审判的法庭上拥有一个朋友总是一件大好事！"朗杰克说，"我支持梅纽尔的想法。大约 10 年之前，我在一条南波士顿货船上做水手。我们刚好碰上一阵东北风吹到了米诺特暗礁，立刻头又碰上比燕麦牛奶粥更稠的大浪像山一样直逼而来。那个掌舵的老家伙仿佛喝酒喝得酩酊大醉一样，下巴在舵柄上不停歇地摆个不停，那时我暗自说，'如果我的船钩还能钩在码头上，我一定要让圣徒们瞧瞧救我命的那条船究竟是个什么模样。'现在我在这里，你们都能看得一清二楚，而这就是那条'老凯思琳号'的模型。我用了一个月的时间才把它做好，后来，我把它送给了牧师，牧师挂在祭坛前面。供奉一个模型那就是供奉一件艺术作品，比供蜡烛有趣得多。你随便在一个小铺里就能买到蜡烛，可是一个模型能够向慈悲的圣徒表示你曾经遭受过的浩劫，并且对你受到的护佑表示感激。"

"你信不信，爱尔兰人？"汤姆·泼拉特用胳膊肘推搡着大厨师。

"我要是不相信这种说法，又能把它如何呢，'俄亥俄号'上的老兵？"

"哇，昂纳克·福勒制作过一只'老俄亥俄号'的模型，现在放在卡雷姆博物馆里。模型做得非常棒，不过我看昂纳克制作它决不是为了献祭圣徒：我是这样觉得的……"

这下就引起了话题，足以让他们互相讨论上 1 个小时，渔夫们就喜欢这种无休止的讨论，讨论到后来，一伙人对另外一伙人大声叫嚷，谁也不能把谁说服，要不是丹奏响了一支欢快的乐曲，他们还会一直争论不休：

"背上有条纹的马鲛鱼在跳舞，

主帆已经收拢好，鱼网正在向上吊起，

因为那是狂风呼啸的天气……"

这时朗杰克随着乐声唱了起来：

"那是狂风呼啸的天气，

风乍起时，大伙手中都拿起了烟斗！"

丹小心谨慎地瞧了汤姆·泼拉特一眼，接着在铺位上捧着手风琴把身子向下压得低低的，然后继续接着唱：

"木讷的鳕鱼蹦起来，

到主人那里把铅砣抛；

因为那是狂风呼啸的天气……"

【名词解释】

木讷：指反应不够敏捷，迟钝。

汤姆·泼拉特仿佛在寻找什么东西。丹把身子弯得更低了，却唱得愈加响亮：

"游在海底的比目鱼蹦了起来。

木讷！木讷！留神你在那里测量深度！"

突然一只特大号的胶靴飞过船舱打在汤姆·泼拉特举起的臂膀上。"要是你对我的音乐不感兴趣，就把你的提琴取出来嘛。我可不想在那里整天干躺着，听你和朗杰克为蜡烛的事争论不休。快把提琴取出来，汤姆·泼拉特；如若不然，我可就教哈维唱这个小曲了！"朗杰克说。

汤姆·泼拉特慢慢弯下腰来，在一个柜子里取出了一把白色的旧提琴。梅纽尔一只眼睛眨巴了一下，从制转杆后面不知什么地方取出了一把有弦的小乐器，它和吉他有点相似，他把它称作四弦小吉它。

"乐队要开始演奏啦，"朗杰克说，他在烟雾中一副春光满面的样子，"简直和正规的波士顿乐队一样。"

舱盖启开了，一股水花恰好泼溅了进来，屈劳帕身穿黄色的油布雨衣，走了下来。

"你来得正是时机，屈劳帕。外边如何？"

"就那么回事！"海上号向前猛冲一下，又被高高地抛了起来，他一股脑儿坐在一排柜子上。

"我们正在唱歌，它有利于消化早饭吃下去的食物。屈劳帕，领唱这个位子当然得归你啦。"

"我知道的还不就是那么两首旧歌，这两首歌你们都听过。"

汤姆·泼拉特奏响了一首非常忧伤的曲子，仿佛是风的呻吟和桅杆的吱嘎作响，中断了屈劳帕推辞的话。屈劳帕两眼望着上面的横梁，唱起了一首非常古老的小歌，汤姆·泼拉特用手转了一圈让乐声跟歌声合拍起来：

"有一班客货轮，闻名遐迩的客货轮，

它从纽约出发，它的名字叫做'无畏号'。

你说快船有多少："燕尾号"还是"黑球号"，

可"无畏号"比它们都强。

"现在'无畏号'停在莫色河中，

拖船就要将它拖出海，

什么时候它前去近岸水域，

你马上就会知道。

（合唱）

它是利物浦的客货轮。哦，天啊，让它过去吧！

'无畏号'将汽笛鸣响，横穿纽芬兰浅滩，

那儿海水浅又浅，海底沙连沙。

游来荡去的各种小鱼都这样说：

（合唱）

它是来自利物浦的一辆客货轮，哦，天啊，让它过去。"

那首歌加在一起有几十句，因为从纽约抵达利物浦，"无畏号"每行驶 1 英里路，汤姆·泼拉特便要唱上一句，在唱的时候顺便留神是否遗漏歌词，就跟他在那艘船的甲板上差不多。他身边的手风琴在轰轰作响，提琴在吱嘎吱嘎低吟。紧接着汤姆·泼拉特唱了一首"粗暴的领航员麦克金"。随后他们点到了哈维的名，要他来一首。哈维感觉受了抬举，因此，很想给大家助助兴，唱首歌，但是他只记得一首叫做《船长艾尔森的航行》的歌，那是他在阿迪朗达克暑期学校里跟别人学的，他觉得这首歌特别适合这里的气氛。不料他刚一说歌的题目，屈劳帕便嘭地一下跺起了脚，大声叫嚷："年轻人，别唱啦。那是一个错误的判断，糟糕透了，再说曲子听起来也很刺耳。"

"我该提前警告你，"丹说，"一唱那首歌爹就大发雷霆。"

"那首歌哪里不对头？"哈维说，他大为惊诧，也有点生气。

"你且听我讲，"屈劳帕说，"这首歌彻头彻尾错透啦，那全怪惠蒂尔。我并不是刻意跟哪个马勃尔海德人作对，但文尔森没有错。我父亲多次跟我说起过此事，事情的真相却并非像这样。"

"都说过很多遍啦。"朗杰克轻轻插上一句。

"倍恩·艾尔森是'贝蒂号'船长。年轻人，他从纽芬兰浅滩起锚往家赶，那是 1812 年战争之前的事。不过尽管事情已经过去，正义却不变。他们看到波特兰的'积极号'，但没有发现鳕鱼岬的信号塔，行入了危险地区，那条船的船主是波特兰的一个姓吉本斯的人。那时正刮着呼呼的大风，'贝蒂号'急于归家。他们拼命让船向前快速行驶。艾尔森说这种时候让一条船在大海上冒险不是理智的做法，船上的人都不支持他的观点，他又向他们提出留在'积极号'周边，等大海稍微风平浪静了再前行的建议。但他们还是不愿意听从，说无论有没有注意到信号塔，这种天气里一味地逗留在海峡附近总不是办法。他们就这样升起支索帆驶出发了，当然也带上了艾尔森。第二天海上就平静了很多（那些不肯停下来的人压根没想到这点），马勃尔海德人对他不肯冒险气得肺都快炸了。'积极号'里的有些人被一个名叫屈鲁洛的人带走了。他们到了马勃尔海德之后，就添油加醋地说艾尔森怎样给家乡脸上抹黑等等。艾尔森手下的人看到公众对他们抱有仇视态度，就畏惧起来，竟背叛艾尔森，发誓说整个事情应该全盘由他负责。后来，艾尔森不

【名词解释】

添油加醋：比喻叙述事情或转述别人的话，为了夸大，添上原来没有的内容。

怪妇女和那些给他身上涂柏油并粘上羽毛的人，因为马勒尔海德的妇女不会做出这种事的；要怪就怪那些男人和孩子让他坐在一只陈旧的平底船里，用马车载着游街示众，一直游到船底掉下来才肯罢休。当时文尔森告诉他们说，他们总有一天会为这件事感到后悔的。当然，后来事情全搞明白了，但对一个已经蒙受了不白之冤的人来说还有什么用呢，什么都晚了。他们总是搞这种事。惠梯尔到那里去，提炼出一些谎言中的细枝末节，编造成了歌谣，再次给死后的艾尔森全身涂上柏油并粘上羽毛。那只是惠梯尔的一时大意，不过这样做确实不公平。因此丹把歌片从学校拿到家中后，我把他噼里啪啦地揍了一顿。你当然不清楚底细，可我已经把实话给你说了，以后你要永远牢记。倍恩·艾尔森绝对不是惠梯尔胡乱编造的那种人。我父亲跟他非常熟，这件事从头到尾的详细情况他都了解得一清二楚。年轻人，不可匆忙下结论。再唱下一个！”

哈维从来没听屈劳帕长篇议论过，脸红得像苹果一样，腼腆地低下了头。多亏了丹连忙补充说：“一个男孩只可能学到一些课本里的东西，再说人的一生也十分短暂，不可能搞清楚海岸线上的每一个谎言。”

接着梅纽尔叮叮咚咚地奏起了四弦小吉它，声音不怎么和谐，调子也稀奇古怪，他还用葡萄牙语唱了一曲《天真烂漫的尼娜》，最后他整个手在琴弦上一扫，歌声便戛然而止了。后来大家又起哄，逼着屈劳帕唱了他的第二支歌，那是一支听上去仿佛在嘎吱嘎吱作响的古老的曲子，大家都参与了和唱。那是其中的一部分：

　　“四月就要匆匆而过，冰雪已经慢慢消融，
　　我们就要乘船离开新贝都福，
　　我们是捕鲸的渔夫，
　　从没看到过小麦抽穗。”
　　唱到这儿有一段小提琴轻柔的独奏，紧接着又唱：
　　“麦穗，麦穗，我们心中的花，心中的歌，

麦穗，麦穗，我们出海去捉鱼，

麦穗，麦穗，我们把种子呈交给了你，

等我们归来时，你已变作了饭桌上的面包！"

这支曲子几乎使哈维哭出了声音，尽管他弄不明白那究竟是什么缘故。但等到厨师将手里的土豆丢到一边，伸手取回来提琴以后，他的情形就更加的不妙了。那厨师仍然停靠在柜子的门上，奏响了一支曲子，那曲子像在倾诉一种凄惨的厄运，无论你怎样设法躲避，这个厄运注定还会向你袭来，降临到你的头上。片刻之后，他唱了起来，唱的词谁也听不懂是什么意思，他那大大的下巴在琴托上支着，他那白色的眼球在灯光下熠熠闪光。哈维为了听得更为真切，从铺位上荡了下来；在船骨嘎嘎作响和海水的冲刷声里，这个曲调既像是在低吟浅唱又像是在哀怨诉苦，又像是从茫茫大雾中传出来的惊涛拍岸声。唱到最后简直就是一声长长的悲叹。

"吉米尼·克利斯麦司！这首歌听上去很难过，"丹说，"这到底是什么歌？"

"这是芬·麦库尔去挪威的途中所唱的歌。"厨师说，他说起英语来一点也不会含糊不清，非常清晰，就仿佛从留声机里放出来的声音似的。

"我发誓，我也曾经去过挪威，却从没有听到过这种令人愉悦的声音。不过歌倒像是首很老的歌。"朗杰克一边说一边唉声叹气。

"让我们换换口味，来一些别的风格的曲子吧。"丹说着。接着他用手风琴奏出一支活泼欢快的曲调来，唱道：

"我们已经有 16 个星期的时间

没有看到陆地，

我们运着 150 公担的货物，

150 公担堆得非常高的货物，

在老奎尔洛和大纽芬兰浅滩之间行驶！"

【阅读理解】

我们从很多地方可以了解到渔民们生活的具体方面。比如说平日的劳作，也比如说劳作闲暇时的歌唱和娱乐。人民群众的文化是纯朴的，所以在我们看来，这些民歌才会带有如此感人的特色。

【阅读理解】

纵然渔民都有纯朴善良的一面，但是在一个虽然大多时间看起来很安全，有时候又要面临大风暴的时期来说，任何可能带来灾难的象征都会引起人们的反感和对抗，就比如说唱一个被认为不吉利的歌谣等。

【同步思考】
丹唱的歌为什么会引起众人的不满？

"住口！"汤姆·泼拉特喝道，"你这是故意让我们这次出海倒霉吗，丹？这首歌肯定是约拿邪魔，只有用完了盐才可以唱。"

"不，绝对不会的。是不是，爹？只要最后末尾的一句不唱就不会出现什么问题。在约拿邪魔这种事上你别想教训我！"

"怎么回事？"哈维说，"约拿邪魔是什么呀？"

"任何带来倒霉运气的东西都是约拿邪魔。有时候是一个人，有时候仅仅是个孩子，有时候也可能是只水桶。我清楚有一把剖鱼的刀是约拿邪魔，那是我们后来才逐渐意识到的，两次出海坏事都因为它！"汤姆·泼拉特说，"有各式各样的约拿邪魔，吉姆·布尔克是个约拿邪魔，后来他在乔治湾淹死了。我决不肯跟吉姆·布尔克一道同船出海，就是受饥挨饿也不干。'以斯拉洪水号'上有一条绿颜色的平底船，那也是约拿邪魔，而且是糟糕透顶的约拿邪魔，它淹死了整整四个人，而且夜里吊在大船上还经常散发出红色的光晕来。"

"你也相信这些？"哈维说，他还记得汤姆·泼拉特说过的关于蜡烛和船模的那些话，"难道我们不都是应该碰到什么就得用什么的吗？"

这时周围的铺位上传出了一阵纷乱的嚷嚷声，他们都表示不赞成这样。"船外是如此，船上却并不这样，无论什么事情都有可能发生！"屈劳帕说，"年轻人，千万不可嘲笑约拿邪魔。"

"嗨，哈维可不是什么约拿邪魔，从我们救他起来的第二天起，"丹插嘴说，"捕到的鱼非常多。"

厨师的头朝上一甩，忽然笑了起来，笑得相当古怪，让人感觉不怎么舒服。他是一个有时让人感到惶恐不安的黑人。

"你这个要人命的家伙！"朗杰克说，"你以后别再来这一套，大厨师。这种笑容我们承受不起，受不了。"

"难道我说错话了吗？"丹说，"难道他并不是我们的吉星，难道自从我们把他捞上来开始算起，上钩的鱼不是一直都不少吗？"

"哦，是的！"厨师说，"这个我心里明白，不过捕鱼还没有结束呢。"

"他绝不会干对我们有害的事情，"丹激动不已地对他说，"你为什么要拐弯抹角地暗示我们？为什么不明说呢？他没有哪个地方不对头。"

"不会对我们造成伤害。不错，不过迟早会有一天他会成为你的主人的，丹。"

"你把话说完了没有？"丹说，"他不会的，没有任何可能性。"

"他是主人！"厨师用手指了指哈维说，"你是伙计！"说着他又向丹指了指。

"这倒是桩新闻。什么时候会有这样的事？"丹笑着说。

"就在这几年时间里，我会看到的。主人和仆从——伙计和主人。"

"你究竟为什么会冒出这种念头？"汤姆·泼拉特说。

"在我的脑海里，我能看到我脑海里的东西。"

"什么看法？"其余的人都异口同声地问。

"我也不清楚，不过事情的结局一定会是这样。"说着他低垂着头，削起了土豆，他们休想从他嘴里抠出半句话来。

"那好，"丹说，"在哈维成为我们的什么主人之前还会发生各种各样的一大堆事情。不过大师傅既然没把他当作约拿邪魔，我感到由衷的高兴。还有，萨尔托斯伯怕由于他的特殊运气被船队里的人称作最最糟糕的约拿邪魔，这种说法我一点也不信。哪怕它被说得像天花一样蔓延开来我也不相信。他应该把这种说法的帽子扣在'卡里·匹脱曼号'上才对，那条船本身就是约拿邪魔，这是有目共睹，千真万确，毋庸置疑的！无论什么样的水手，无论什么样的索具都不可能让它不偏航。吉米尼·克里斯麦司！它在风平浪静的海里也会遭到破坏，变得支离破碎。"

"无论怎么说，我们摆脱了船队，"屈劳帕说，"无论是'卡里·匹脱曼号'，还是另外所有的船。"这时甲板上有一阵敲击声传了过来。

"萨尔托斯伯伯抓住了这次好机会。"丹在他父亲走时说道。

"雾给吹散开啦。"屈劳帕叫道。

整个舱里来回翻滚着一股新鲜的空气，迷雾已经逐渐消失不见，但随着阴沉沉的大海掀起了滚滚的滔天巨浪。"海上号"像平时一样滑入了长长的浪谷。那些浪谷仿佛是凹陷的沟渠和林阴道，要是它们待在那儿原封不动的话，倒给人一种两旁仿佛都是房子能够遮风挡雨的感觉。可是它们无时无刻不在无情地发生着变化，一会把双桅船抛到成千上万座灰色山峰一样的浪尖上，让风吹得索具呼啦啦直响，一会儿船又弯弯曲曲滑到海浪的斜坡那里。在远处的海面上迸溅起一片乱哄哄的泡沫，紧接着别处海面上好像接到了信号也纷纷一同迸溅起泡沫来。到后来竟变成了一幅白色与灰色交织的美好画卷，使哈维看得眼花缭乱。四五只小海燕在空中盘旋着，吱吱直叫，忽地一下子冲上来，又被风荡起，吹出了船头。一两阵暴雨在濒临绝望的茫茫大海上毫无目的地四处游逛，被狂风压下来，又被狂风压回去，消失得不见踪影。

"我似乎看见那边有一个闪烁不定的东西。"萨尔托斯伯伯用手指着东北方向说。

"绝对不可能是船队里的一条船。"屈劳帕说，这时结实的船头又坐落到了波谷里，他用一只手撑在前甲板的舷门上，一双浓眉大眼认真地搜索着海面。"海水像加上了润滑油，流得非常快。丹，你是不是可以跳到高处，瞅瞅我们排钩的浮标如何？"

丹脚上穿着大靴子，与其说他是爬上了主桅杆，还不如说他是三步两步飞跃上去（这点可把哈维嫉妒得要命），手脚钩住了旋转的桅顶横桁，目光东张西望，最后看到了1英里之外浪涛中浮标上小小的黑色旗帜。

"浮标没问题！"他大声喊道，"嗨，看到船了！在正北方，像股烟一样朝这里漂了过来。那也是一条双桅船。"

他们又等了足足半个小时，天空逐渐地放晴起来，<u>病恹恹</u>的太阳露出面孔来，海水上呈现出一块块橄榄绿的颜色，然后有一截又粗又短的前桅升起来又降下去消失不见了，后来随着第二个浪头的到来，又有一个高高的船尾升了起来，上面有陈旧的木头吊艇架，像蜗牛角一样。那些帆都是红棕色的。

"法国人！"丹大声喊道，"不，不是，爹！"

"那根本不是什么法国船，"屈劳帕说，"萨尔托斯，你那倒霉的运气攫住了你，比小桶盖上面的螺丝拧得还要紧。"

"我瞧出来了，那是阿比歇舅舅。"

"真被你说对了，的确没错。"

"那是所有的约拿邪魔中的大王，"汤姆·泼拉特呻吟道，"哦，萨尔托斯，你怎么不上床去睡觉？"

"这叫我怎么说呢？"可怜的萨尔托斯说。

这时那条双桅船又被抛到海面上来了。一点也没错，它正是那条"荷兰飞人号"，慢吞吞脏兮兮的"荷兰飞人号"，甲板上每根绳索每根柱子全部都是邋遢不堪的。它那老式的后甲板看起来足有四五英尺高，像鞋子被钉上了一只后跟，它那索具到处飞来飞去，疙疙瘩瘩地缠绕在一块。就跟码头边的野草差不多。它正在抢风飞快行驶，船身左右晃荡，非常可怕。它那支索帆挂了下去，被当成另一张前帆使用。它的前帆杠还用牵索拴在船边上，弄得紧紧的，很牢固；它那第一斜桅翘了起来，跟 18 世纪装有大炮的快速帆船差不多；它那船首三角帆的帆杠是从水里面捞出来，截除一段，用夹钳夹，用钉子钉，再也没办法修理好。当这条船一颠一颠向前移动和它那宽大的船尾坐落下去的时候，活像一个蓬头垢面既苍老又丑陋的坏女人正在

【名词解释】

病恹恹：形容景物萎靡，模糊的样子。

斜着眼看一个长得很漂亮的姑娘。

"那是阿比歇，"萨尔托斯说，"船上尽是些杜松子酒和一些不务正业的人。普罗维登斯的法官们都在等待机会逮捕他，就是从来也没有抓到过他。他这是要到密克隆岛去，要到那里去停靠。"

"他会把船倾翻的，"朗杰克说，"这种天气里帆与索具都不完备。"

"不可能，要不他很久以前就已经完蛋了。"屈劳帕回答道，"他看上去好像正在算计着如何把我们的船弄沉进海里。那条船船头下去的时候稍微有些不大自然，你说呢，汤姆·泼拉特？"

"像它这样装货非常危险，"那个水手慢腾腾地说，"要是堵塞船缝的麻絮散出来了，可就麻烦了，他最好马上去加快泵水。"

一个人影猛烈地摇晃着站了起来，看样子正在声嘶力竭地喊叫着什么。他把头对着风，好让声音传进耳朵里。

一撮灰白胡子从舷墙探了出来，晃动着，传来一个混浊不清的声音，正在叫嚷着什么，哈维听不明白，但屈劳帕的脸立即阴沉了下来。他不顾冒着每一根桅杆都可能随时被折断的危险，给我们捎来了坏消息。

他说咱们在转风时会骑虎难下的。可他的情况更加糟糕。"阿比歇！阿比歇！"他手臂上下挥舞着，做着打泵布的手势，又把手指向前方。那条船上的所有水手们都嘻嘻哈哈地讥笑他。

"你们在不停地颠簸，砍掉桅杆，赶紧起锚！"阿比歇舅舅叫嚷道，"狂风来了，狂风来了，把你们这些格罗萨斯脱黑线鳕全都翻了过来，弄了个肚皮朝天，那是你们最后一次出海捕鱼啦。你们再也看不到格罗萨斯脱了，永远也看不到了！"

"完全疯了，像往常一样，"汤姆·泼拉特说，"但愿他别再死死地盯住我们不放。"

那灰白头发的家伙还在哇哇喊叫着什么公牛湾的跳舞和前

甲板上的一个死人之类的话，可那条船已经漂了过去，消失得无影无踪。哈维不由自主地打了个寒颤。他看到了邋邋遢遢倾斜的甲板跟那些水手凶恶的目光。

"吃水竟然这么深，用不了多长的路就要漂到地狱里面去了，"朗杰克说，"真不清楚他在岸上究竟都做了哪些伤天害理的事情。"

"他是使用拖网捕鱼，"丹跟哈维解释道，"他在整个海岸线上随意四处停靠，就是不去家乡那里，从来没有去过。他在那边东海岸和南海岸一带做买卖。"他面向无情的纽芬兰浅滩点了点头。"爹从来不带我在那里上岸。他们是一群野蛮骄横的家伙，其中阿比歇最最野蛮骄横。你发现他的船了吗？唉，据说已有差不多70年了，是老式马勒尔海德船中所剩下的最后的一条。他们现在再也不制造那种厚的甲板了。阿比歇从不停驻马勒尔海德，他不愿意到那里去。他就这样四处漂泊，到处欠别人的债，到处用拖网捕鱼，到处对人指指点点，满口脏话，这你应该已经听到过。他很多年以前就成了约拿邪魔了。他从印第安人船上弄回来了烧酒，喝得酩酊大醉之后，便专干制造咒语和呼风唤雨之类的骗人勾当。我看他一定是疯了。"

"今天晚上下去检查排钩也没有用。"汤姆·泼拉特说道，他声音很轻巧，却显得大失所望。"我宁愿不要全部的收入，也要瞅瞅他吊在舷梯上，我们'老俄亥俄号'在放弃鞭打以前就是这么做的。六七十下，山姆·摩卡塔就能把他们打得皮开肉绽！"

那条乱糟糟的船如同"钉了后跟"般喝醉了酒一样，跳着舞随风飘去，所有的目光都汇聚到了它身上。突然厨师用他那留声机般的声音高声叫嚷："那是他自己死到临头才把这些话说出来！我跟你们说，他死到临头像着了魔一般。瞧！"船驶进了三四英里开外的一片让阳光照射得很晃眼的水中。但是那片水阴沉了下去，在整个海面上逐渐消失不见，接着阳光又射了过去，那条双桅船也无影无踪了。它掉入浪谷后，再也没有从里面出来。

"天哪，它往下沉呢！"屈劳帕大叫着朝船尾跳了过去。"不管他们是喝醉了酒，还是头脑一直保持得很清醒，我们都必须去救他们。快点把缆绳卷起来，起锚！快！"

船首三角帆和前帆都撑了起来，他们为了缩短时间，快速地卷起缆绳，猛一下将铁锚连根拔起，又一面开船一面起锚，船身剧烈地震动了一下，把哈维忽地抛到了甲板上。除非碰到这种生死攸关的事情，他们在一般情况下是不使用这种蛮力的，这时小小的'海上号'像个人一样不停地发出了抱怨声。他们赶到了阿比歇那条船所消失的地方，除了一只杜松子酒瓶和两三只放排钩的桶，以及一条上面装火炉的平底船，什么也没发现。

"让它们去吧！"尽管谁也没有提醒他把它们捞出来，屈劳帕还是这样说道，"哪怕是阿比歇船上的一根火柴我也不想要。看样子应该是全沉了下去。船上填絮一定有一个礼拜不起什么作用了，他们就压根没有想到泵水。又有一条船载着烂醉如泥的水手再也抵达不了港口了。"

"这不好嘛！"朗杰克说，"假设他们浮到水面上来，我们还不得不去营救他们呢。"

"我也是这么想的。"汤姆·泼拉特说。

"注定要死的！注定要死的！"厨师骨碌着眼珠子说，"他把坏运气带走了。"

"我看这的确是件大好事，我们看到船队就给他们说一声。啊，你说什么？"梅纽尔说。"要是你这样抢风行进，船缝又裂开口子的话……"他伸出双手做了一个难以描述的手势。这时宾坐在舱房里面对整件既觉得很可怕又觉得很可怜的事感到手足无措，于是哭了起来。哈维对于他在广阔的海面上看到了死亡的阴云感到不可思议，不过他也非常难过。

丹爬上了桅顶横桁，屈劳帕在雾还没有再一次在海面弥漫开来以前，让他们驾船回到了能看到排钩浮标的地方。

"我们在这周围驾起船来行进得相当快，"丹就和哈维说了几句话，"年轻人，你好好想一下这是什么原因。那是因为水中含有酒。"

午饭以后海面比较寂静无声，能够在甲板上钓鱼，宾和萨尔托斯伯伯这次非常卖力。钓上来的都是大块头的鱼，数量也不少。

"阿比歇很快把倒霉运气带走了，"萨尔托斯说，"狂风没有刮过来：既没有风生起，也没有风停息。排钩如何？不管怎么说，我是鄙视迷信的。"

汤姆·泼拉特一直坚持把所有的都拉上来，再重新找出一个锚位。厨师却说："运气是一分为二的。你去瞅瞅就会什么都明白了。这点我心里清楚。"这句话说得朗杰克乐呵呵的，他把汤姆·泼拉特说服了，两人一齐下了双桅船。

检查排钩就是把它拉到平底船的一旁，除掉上钩的鱼，重新装上饵，然后又把它重新放到海里——有点和在一条晾衣绳上一边收衣服一边晾衣服，一边把夹子去掉，又一边重新夹上夹子相似。这是一个相当花费时间的活，也要冒很大的风险，因为垂在水下漂来漂去的鱼线非常长，一转眼的时间就能把一条船缠得紧紧的。他们一直到听见茫茫大雾中传过来滚滚雷鸣般的歌声，"现在为你，哦，船长。"海上号的水手们这时候才放下了心来。平底船载得满满的，在大船旁边不停地打着转，汤姆·泼拉特大声喊梅纽尔让他去接应。

"运气果真分成了两个对半。"朗杰克说着把鱼叉进了大船，哈维一动不动地站在那里，颠簸的平底船由于他们高超的技术居然没有被撞碎，看得他目瞪口呆。"一半尽是'南瓜'。汤姆·泼拉特想拉起来打道回府；可我说，我要给大厨师一个交代，再看一眼，另一半上来的果真都是些沉甸甸的大鱼。快，梅纽尔，带过来一桶鱼饵。今天晚上会有好运气降临。"

伙伴运过去鱼饵，他们刚刚装上，鱼又过来开始咬钩了。

【名词解释】

颠簸: 上下震荡。

汤姆·泼拉特和朗杰克沿着排钩不停地上下来回移动，船头在湿漉漉的鱼钩线下摇来荡去，他们把叫作"南瓜"的海黄瓜扯了下来，又把新捉到的鳕鱼使劲扔到了船舷里，然后重新装上饵。梅纽尔把鱼运回到大船，一直干到黄昏时刻。

"有他在旁边附近漂来漂去，我根本就不想冒这个险，"那时屈劳帕说，"阿比歇一个星期也不会沉下去。把平底舱吊起来，吃过晚饭之后，我们一起加工下舱。"

他们加工了许许多多的鱼，有三四条吹气的逆戟鲸在海上跟他们做伴。工作一直到九点钟才完毕，哈维把解剖好的鱼抛进底舱时，连续三次听到屈劳帕在咯咯地笑。

"我说，你转变得倒是蛮快的，"当他们在磨伙计们替换下来的刀的时候，丹说，"今天夜里海上不大太平，我倒没有听见你曾经说过什么。"

"忙晕了头，顾不上说，"哈维拭了拭刀口答道，"想起来啦，大海是一个爱好踢高球的家伙。"

小小的双桅船一直困着铁锚在银色的浪尖中欢腾地跳跃着，它看到绷直的缆绳假装大吃一惊，朝后面跳了一下，接着又像小猫似的蹦到它上面，掉落下来的时候，迸溅的水花打在了锚链孔里面，发出像开枪一样的爆裂声响。它摇晃着头，仿佛在说："唉，我很对不起，再也不能和你待在一块了，我要去北方。"这时候，它侧身而去，却又一下子停下来，它的索具传出戏剧性的嘎嘎声响。我倒要认真瞧瞧。"它又好像开腔道，好像是一个醉鬼似的一本正经地对着一根灯柱说着话。其余的话语都统统消失在它的一阵阵狂躁不安中（当然它的说话形式都是靠哑剧动作表演出的），这时它的表演就像是一只母鸡割去头，一只小狗在噬咬一根绳子，像一个笨头笨脑的妇女在马鞍上横坐着，像一只母牛被大黄蜂蜇了一口，全看大海的狂想怎样打发它了。

"你看它正在表演节目。现在它是帕特里克·亨利了。"丹说。

它在一个滚滚的巨浪上斜着荡开来，用船首三角帆的帆杠从左舷至右舷打着手势。

"至于我吗，不给我自由就宁愿去死！"

啪地一声，它在水面上一条白花花的波纹里停了下来，洋洋自得地用一个戏剧性的动作行了一个屈膝礼，要不是从舵轮的齿轮箱里发出了一阵嘲讽的窃笑声，给人留下的印象就会足够深刻。

哈维哈哈大笑起来。"怎么回事，你说得它就跟活的一样。"他说。

"它稳固得就像一幢坚实的房子一样，干燥得仿佛是一条鲱鱼。"丹一脸热情地说，那时一个浪花忽然把他拍打到了甲板的另一头。"把浪头挡开去，把浪头挡开去，"丹还说，"你千万别靠近。你看它，你倒是好好瞧瞧它呀！天啊，吓了我一大跳！你真该好好瞧瞧一条'尖刀船'用起锚机把铁锚从 15 <u>里</u>的水里面拉起来的场景。"

"什么叫尖刀船，丹？"

"它是一种先进的船，用来专门捕黑线鳕和鲱鱼。朝前开比游艇还要漂亮，船尾也似乎跟游艇一样，有又尖又长的船头斜杠，舱房比我们的底舱还要庞大。我听别人说伯吉斯为三四条这样的船制作了模型。爹因为它们行驶起来前后颠簸还有点震动晃荡，深思熟虑之后没买下来。不过有这种船可以赚到很多钱。爹会寻找鱼，然而他绝不可能是使用先进工具的人，他赶不上时代潮流。那些船上具备许许多多能够节省劳力的特种钓鱼钩设备之类的东西，你看到过格罗萨斯脱的'选举人号'吗？它即便在尖刀船里也是一流水平。"

"这种船的价值是多少，丹？"

"钞票可以摞成山。大约要 15 000 元，也可能还要更多。你不妨认为它价值连城。"丹说罢哈维悄声自言自语道，"要是我能有这样的一条船，我就称它'哈蒂·埃斯号'。"

【名词解释】

里：市制长度单位，一里为 150 丈，合 500 米。

第五章

　　丹告诉哈维为何他想把他那条平底船的名字转让给了虚构中的尖刀船、一条模仿伯吉斯船模造出来的船。这在他们俩的谈话中还是第一次说这么多，原来哈蒂是一个格罗萨斯脱姑娘的名字，丹讲了许许多多关于她的事情。哈维还看见了她的一张照片和她的一撮头发，头发是那年冬天丹坐在她后面的位置"钓"到的，一说到她的头发，丹总就觉得漂亮得无法用语言形容。哈蒂十四岁左右，对所有男孩全都不屑一顾，在整个漫长的冬天，丹的心被伤透了。所有这些话都是在哈维发誓说绝对严守秘密的情况下，丹才向他把心窝里的话推心置腹地说出来。这时往往是在月光下面的甲板上，或是在四周一片漆黑中，或是在让人窒息的浓雾里，后面总有不停地呜咽的舵轮，而在海浪里往上爬的甲板的前面，总是看不到奔腾不息的大海。两个小伙子变成了无话不说的好朋友。尽管这样，有一次他们还是互相殴打了起来，从船头开始打，一直打到了船尾，后来宾来了才将他们拉开。他们要宾答应不把这件事供出去，告诉屈劳帕，因为他认为值班时打架比睡觉还要糟糕。哈维在体力上比不上丹，不过在最近的体力劳动中发挥了很大的作用。尽管战败了，却没有想过用不光彩的阴谋诡计跟丹打个平手。

　　那是在他治好疖子以后所发生的事情。他的胳膊肘和手腕之间的部位生了一连串的疖子，那是湿羊毛衫和油布将皮肤擦破后引起的。疖子沾到海水后，会感到非常刺疼。疖子熟了之后，

【名词解释】

疖子：疖子是指发生在肌肤浅表部位感受火毒，致局部红肿、热痛为主要表现的急性化脓性疾病。

丹用屈劳帕的剃刀进行疗治，并且向哈维做了保证，说他此刻已经成了真正的纽芬兰浅滩的捕鱼人，生脓疮的皮肉之苦代表着这种人高贵的标记。

由于他是一个男孩，又整天不停地干活，所以并不会由于牵肠挂肚而大伤脑筋。他为母亲感到十分难过，经常渴望看到她，特别是想把自己最为了不起的新生活说给她听，把自己出色的表现一一详细地告诉她。另一方面他宁愿不去多想她当初断定儿子必死无疑以及怎样遭受打击这种事情。可有一天他站在前舱的梯子上跟厨师打招呼，厨师指责他和丹将他的煎饼"钓"去了，这时哈维突然想起了在包租的班轮上，他受到吸烟室里的一些陌生人冷眼相对的情景，与这相比，他现在所受的待遇不知有多好。

现在他已经被公认为"海上号"的一份子，并且正式参与"海上号"的所有事情，饭桌上有他的座位，舱房里有他的床铺；刮风下雨的天气里，他也能够跟大家一起参加漫无边际的长篇大论，其他人往往对他所谈的岸上的生活饶有兴趣，尽管他们把他所谈的事称作"神话"。要不了一天半会儿，他就会明显感觉到，一旦他谈起自己似乎已经非常久远的生活，除了丹，没有一个人会真正相信他，即使是丹也是经过了种种难堪的盘问后才开始确信无疑。所以他讲这些时，<u>总在幻想中假造一个朋友，还说自己听说这个朋友居住在托莱多，偶尔驾一辆四匹小马拉的小型双层马车。举办一场德国华尔兹舞会，一下子定做五套衣服。出席舞会的姑娘年龄最大的也不超过十五岁，可所有的礼物却都是货真价实的纯银所做的。萨尔托斯伯伯抗议说，这种奇谈如果不说它亵渎神明，那么至少也算得上极端邪恶的，不过他听得跟其他人一样津津有味。讲完之后，他们的批评给了哈维一个改头换面的崭新观念，他对德国华尔兹舞会、金叶嘴香烟、衣服、戒指、怀表、香水、香槟、牌局、冷餐会、旅馆设施都有了不同于以前的看法。</u>慢慢地他提到自己那位朋友时语调发生了转变。朗杰克给那位朋友起了"傻小子""裹

【阅读理解】

哈维从来到船上的那一刻起，就注定了要像一个新人一样，重新学习很多东西，包括成为一个渔夫的很多知识等。自己的学习过程，也是和旁边的一群水手共同生活和熟络的过程，渐渐地，哈维也融入了他们当中。

金的娃娃""吃奶的大蠢货"等等亲昵的绰号，他把穿胶靴的
脚没礼貌地跷在桌子上，还会编制一些丝绸睡衣裤，特地从国
外进口的围巾之类的故事，让那位朋友更加臭名远扬。哈维是
一个适应性非常强的小伙子。他有敏锐的目光和听觉，善于察
言观色，能从中听出周围人的话音。

很快哈维知道了屈劳帕在他的枕套底下放有一个绿颜色的
包皮的旧象限仪，等他测量到了太阳的位置，翻开老农的历书，
找出了纬度时，哈维跃到了下面的小房间里，用钉子在生锈的
厨房烟囱管上刻录上推算和日期。这下，恐怕就连班轮上的机
械师也不能跟他相媲美，他摆出一副水手老长辈的架势，先小
心谨慎地往边上吐了一口唾沫，这才宣布了双桅船当天的位置，
这架势只怕具备 30 年工作经验的机械师学到一半就算相当不错
了。从这以后屈劳帕就不用再使用象限仪了。当然所有这些事
情里都得按规矩来办。

上面所提到的象限仪，老农的历书，埃尔里奇的海图，以
及勃伦特的《沿海航行指南》和鲍迪奇的《船舶驾驶员》都是
屈劳帕所拥有的法宝，除了这些之外深海里用的测深锤也是他
的另外一只眼睛。汤姆·泼拉特第一次教哈维怎样飞"蓝鸽"
时，哈维差点没把宾活活地砸死。后来，尽管他的力气经不起
在错综复杂的海域上连续测深，但是等到风平浪静的时候，如
果是遇到浅水，屈劳帕经常会随便打发他去使用 7 磅重的测深
锤测量水的深度。正如丹所说："爹并不需要搞清楚水的深度，
那仅仅是抽样检查。哈维，你要把油脂好好涂抹到测深锤上。"
哈维在锤底的凹坑上抹了一些油脂，然后专心致志地把沾在上面
的沙子、淤泥、贝壳或者别的东西都取了下来，全交给了屈劳帕，
让屈劳帕沾在手指上用鼻子闻闻，并从中作出判断。正如前面所
说的那样，屈劳帕考虑到鳕鱼的时候，他就像鳕鱼一样思考问题。
凭着一些久经考验的直觉再加上经验，他让这个"海上号"从一
个停泊处挪动到另一个停泊处，总能捕获到大量的鱼，就像一个

【名词解释】

媲美：一般都用
于一种东西可以
和另一种东西相
比较。

会下盲棋的人在一张看不到的棋盘上来回移动着棋子一样。

然而屈劳帕的棋盘却是大纽芬兰浅滩，一个呈三角形的地带，每边都足有250英里，那是一片波浪汹涌的苍茫大海，笼罩着阴暗潮湿的雾，时常有大风肆虐横行，浮冰嚣张作祟，但在它的上面有疏忽大意的班轮，也有捕鱼船队的星星点点的帆影。

在很多天里，他们一直雾中操作。哈维负责敲钟，后来他也逐渐对这种浓雾了如指掌，便跟汤姆·泼拉特一道出去，只是心好像要蹦出嗓子眼似的。雾不会立即散去，鱼却在咬钩，当然谁也不会提心吊胆什么也不做，干等上6个小时。哈维全神贯注地使用着他的渔线和鱼叉，汤姆·泼拉特把鱼叉称作"水兵棍"。他们凭着钟声的引导和汤姆的直觉把平底船划回到双桅船。梅纽尔的海螺声也在他们周围隐隐约约可以听到。但这是一次稀奇古怪的经历，因为在一个月的时间里，哈维还是头一次隐隐约约感到平底船四周雾气腾腾的水面在移动，渔线好像完全消失在虚无缥缈之中，他把眼睛睁得大大的，目光所及的也不超过10英尺，而且除了上面的雾气正在下面的海面上逐渐消散外，什么都看不到。几天以后他跟梅纽尔把鱼线抛到了水深40寻的地方去，不料铁锚放下去40寻还是不能够到海底，哈维不由自主地变得极端恐怖起来，他觉得跟地面失去了最后一点联系。"鲸鱼洞，"梅纽尔说，他将铁锚收了起来，"这真是跟屈劳帕开了个天大的玩笑。来！"他把平底船划回双桅船，看到汤姆·泼拉特跟别的人正在讥笑船长，因为这一次他把他们领到了深不见底的鲸鱼洞，它是大纽芬兰浅滩的空洞。他们在迷雾中又找到了个可以停泊的地方，可这次哈维从梅纽尔的小船下来时，恐惧得连头发都竖了起来。在白色的浓雾中，有一个白色的影子在移动，它吐出坟墓般的阴森森的气息，海上一片雷鸣般的轰响，又是颠簸，又是喷水。这是他第一次看见纽芬兰浅滩夏天那吓人的冰山，他吓得东躲西藏，趴在船底瑟瑟发抖，让梅纽尔捂着嘴笑了好一阵。有这么几天，风和日丽，天气暖烘烘的，这个时候，除了手中懒洋洋地持着一根钓鱼线，用一把桨拍击漂在水里的炽热烈日，仿佛做其他的事情都是一种罪过。还有那么几天雾气相当稀薄，他们就吩咐哈维把双桅船从这个停泊处驶到那个停泊处。

当他手攥舵轮把柄，前帆衬着蓝天像长柄大镰刀一样来回晃动，第一次感觉到龙骨听从了他的指挥，从长长的浪谷滑了过去，他激动得浑身颤抖。这真是扣人心弦的不凡场面，尽管屈劳帕说如果有条蛇追随他的尾波定会粉身碎骨。他们是把支索帆升起来抢风行驶的。哈维为了让丹看一下自己的技术是多么的炉火纯青，猛地把它升了起来。前帆膨的一声扫了过来，前斜杠直刺支索帆，把它戳了个很大的窟窿，当然这么一来也避免了把整个支索帆毁坏掉。他们在一片可怕的静默中降下了破烂的帆，幸亏它原本就很陈旧。从那以后的几天里，哈维利用空闲时间，在汤姆·泼拉特的指导下学习怎样使用针线和顶针。丹却兴奋得欢欣雀跃起来，因为他很早就说过，自己早年的时候也曾经捅过这样的大娄子。

像其他男孩一样，哈维轮流着模仿所有成年人的举止，到后来屈劳帕俯身舵轮的特殊姿态，梅纽尔在平底船中曲背划船有力的动作，朗杰克用手挥舞鱼线的模样，以及汤姆·泼拉特在甲板上的那种"俄亥俄号"式的昂首阔步走路的样子，他全都学得惟妙惟肖。

"看他模仿我们的样子可真有趣。"朗杰克说。那时正值中午，浓雾到处弥漫，哈维在卷扬机旁边朝海上张望。"我敢用我全年收入下赌注，他多半不是学着玩的，他还自以为是个英勇的水手呢！你瞅瞅他现在的背影啊！"

"我们刚开始的时候都是这样，"汤姆·泼拉特说，"男孩们大都一直在伪装，装到他们自己欺骗自己成为顶天立地的男子汉大丈夫，一直装到他们老死才消停，始终在装。我清楚我在'俄亥俄号'上也是如此干的。我第一次值班，那是在港口的时候，我就觉得自己比法勒盖德还要能干。丹的脑海里也溢满了这种想法。你瞅瞅他们的一举一动，哪一点不像日内瓦绿毛龟和地道的斯德哥尔摩水兵，简直都像到骨子里去了。"紧接着他对舱房扶梯下说道："屈劳帕，我看你那些判断又出了一次差错。究竟是什么缘故让你一直跟我们说那个小男孩脑袋出了问题？"

"是出过问题的，"屈劳帕回答道，"刚到船上时，像个傻瓜一样，看上去疯疯癫癫的。不过我得说自从那以后他的头脑变得大大地清醒了。我把他医治好了。"

"他讲故事讲得很好，"汤姆·泼拉特说道，"那天夜里他跟我们讲一个跟他年龄一样大的小伙子驾一辆小巧玲珑的双层马车，让四匹小马共同拉着，在托利多和俄亥俄到处转来转去，多半他是这样说的，还邀请了一大帮年纪差不多的孩子们吃饭。他讲得出神入化，像神话一样，不过挺有意思的。他肚子里有几十个这样的好故事。"

"我看这全是他那个脑袋瓜胡编乱造的，瞎想出来的。"屈劳帕在舱房里高声说道，他正在那儿忙着写航海日志。"我说这都是不真实的，自然有充分的理由。除了丹，谁也不相信这些故事。他还曾经嘲笑我，我亲自听到过他在背后嘲笑我。"

"你们有没有听说过关于西蒙·彼得卡德翁的故事，人家撮合了他妹妹希蒂跟劳林·杰拉尔德的姻缘，小伙子们编织谎言跟他和乔治一家人开玩笑？"萨尔托斯怕伯拖腔拉调地说，他正在右舷的下风处放平底船的地方，汗水顺着脸孔静静地流淌着。

汤姆·泼拉特在吞云吐雾，他一言不发表示不理会这些事。他是科特角人，二十多年前就已经对这个故事熟烂于耳了。萨尔托斯伯伯一面粗声粗气的发出咯咯的笑声，一面继续往下讲。

"西蒙·彼得卡德翁就当着劳林的面说起来，'镇上有一半人对另一半该死的傻瓜都这么说。他们告诉我，我妹妹嫁了个非常富有的人'。西蒙·彼得卡德翁嘴上毫无遮拦，就这样把话说了出去。"

【阅读理解】

这段文字非常有哲理。我们平常在阅读文章的时候，总是有这样那样的感触。作者总是在文章中试图通过人物的口来说出自己的一些关于人生的思考和体验，这里的内容便是作者对于男性的一些思考。

【名词解释】

赫赫：显著盛大的样子。

"他可不讲宾夕法尼亚的荷兰话，"汤姆·泼拉特顶了他一句，"你最好让科特角的人讲讲这个故事。在很早的时候卡德翁一家还是吉卜赛人呢。"

"嗯，我承认自己不是什么赫赫有名的演说家，"萨尔托斯伯伯说，"我只是想说说故事里有益的启示。我们的哈维不也是这个样子嘛！镇上有一半人对另一半该死的傻瓜说。居然有人相信他是个非常富有的人。哎哟！"

"你们有没有试着想过，跟一船姓萨尔托斯的水手一起出海该是多么欢快啊？"朗杰克说，"一半在粪堆里，一半在犁沟里，卡德翁不用开口说话，就能断定他是个渔夫！"

有一阵子大家都把萨尔托斯当成笑柄。

屈劳帕并没有插嘴，他正在专注地写航海日志，用的是瘦长而又尖削的方形字体，在一页又一页脏兮兮的纸上写着这样一些话：

"7月17日。这天雾大，鱼不多。向北停泊。这天就这样过去了。

"7月18日。白天到来浓雾就四处弥漫。捕获到了少量的鱼。

"7月19日。白天到来有很小的东北风，阳光明媚。船在东边停泊。捕获了很多鱼。

"7月20日。这一天是安息日，白天有雾与微风。这一天就这样过去了。这周捕鱼加在一起的总数为3478。"

他们星期日从不工作，碰上了好天气就只洗洗澡刮刮胡子，宾就唱会儿赞美诗。有一两次，他建议道，要是他们认为可行的话，他可以稍微布一会儿道。萨尔托斯听到了他竟然冒出这样的念头差点直扑过去掐住他的喉咙，他警告宾，他并不是什么牧师，千万不要去想这种事情。"万一我们让他想起了约翰镇，"萨尔托斯解释道，"那可如何办？"作为妥协，他们让他高声朗诵一本名叫《约瑟篇》的书。那是一本皮面装的大书，散发出上百次航海的气味，十分结实，跟《圣经》非常相似，只是都是针对一些战斗和围城的生动描述，这部书他们几乎从头到尾都看了一遍。在其他方面宾是个不爱说话的小伙子。他有时可以三天始终不言语一句，不过他跟别人下棋，听别人唱歌和讲故事，听了也会不自主地哈哈大笑。有时他们想鼓动他讲上一会儿，他就说："我并不是不合群，只是我真的没什么可讲的。我觉得我的脑子空荡荡的。我差点忘了我叫什么名字。"这时他便会扭过头去瞅一瞅萨尔托斯伯怕，面带期望他帮忙说句话的微笑。

【同步思考】

他们在安息日工作吗？

"你不是叫宾夕法尼亚·勃勒特吗？"萨尔托斯大声叫嚷着说，"下次你会把我的名字也一块忘了的！"

"不，绝对不会忘。"宾会这样说道，说完就紧紧闭嘴不语。"宾夕法尼亚·勃勒特，错不了。"有时他也会把这个名字一遍又一遍地重复来重复去，有时倒是萨尔托斯会记不清楚这个名字，告诉他说他是哈斯京斯，里奇或马克维蒂，一直到下次再重新纠正，宾只要听他说出一个名字也就心满意足了。

他一向对哈维非常体贴，他同情哈维，把他当作一个被人一不小心丢失和精神错乱的孩子。萨尔托斯看到宾喜爱这个孩子，也不担心了。萨尔托斯伯伯称不上是一个和蔼可亲的人，他认为让孩子们规规矩矩是他应尽的责任。有一天一点风也没有，海面看上去异常平静，哈维战战兢兢，第一次攀到主桅杆顶上去（丹在他身后准备随时帮上一把），他认为自己应该负责把萨尔托斯的大海靴挂上去，那是在旁边的双桅船面前出萨尔托斯的洋相。对屈劳帕哈维却不敢随意放肆，倒不是因为老人会直接向他发号施令，像对待其他水手一样对待他，说"你是不是想干这干那？"和"我看你最好还是去……"之类的话。他那胡子剃得光光的面孔和堆满皱纹的眼角，对年轻人沸腾的血液自有一种强有力的镇静作用。

【阅读理解】

从这些地方我们可以看出来，哈维学会了很多东西，并且和周围的水手也可以和睦相处，甚至还可以偶尔搞个恶作剧。可是对于船长，他还是不敢轻易放肆的，因为船长渊博的知识和由于岁月带来的镇定的气度，都让哈维敬畏三分。

屈劳帕给他看那张翻得稀巴烂、标有许许多多点子的海图，说它有重大的意义，所有政府出版物上都印有这样的一张图。

他还手把手让哈维持着铅笔，把整个纽芬兰浅滩的一连串停泊位置全都查了一遍，有里哈佛尔，彭克洛，西部湾，圣彼埃尔，格林湾和大纽芬兰浅滩，与此同时他还谈及到鳕鱼，还向他说明测象仪的工作原理。

在这方面哈维远远超过了丹，因为他继承了擅长于计算数字和善于捕获信息的思维，他只要一看见纽芬兰浅滩阴沉沉的太阳，便能使所有的机智都激发出来。至于别的航海的事，他的年龄阻碍了他。正像屈劳帕所说的那样，他应该在 10 岁的时候就开始航海生涯才对。丹能在伸手不见五指的黑暗中给排钩装饵，想抓到哪一根绳子就能抓到哪一根绳子，而萨尔托斯伯伯即使手心烂掉了，在关键时刻，他也仍然能够凭借触觉加工鱼下舱。而屈劳帕他在无论多大或者多小的风中，光凭脸上对风的触觉便能驾船，把"海上号"调整到刚好吃风的位置。当他在调节索具或者使平底船成为自己身体中和意志里的一部分时，这些事情都是在不知不觉中发生的。可是他没办法把这些知识传授给哈维。

碰到暴风雨的日子，即使他们躺在前舱或者坐在船房的柜子上，还是有许许多多普通的见闻在双桅船上传播着，这时谈话一旦停下来总能够听到铅锤、吊环螺栓以及铁环的备件在那里滚动而发出的嘎嘎作响的声音。屈劳帕谈及到关于纬度 50 度的捕鲸故事，巨大的母鲸如何在它们的幼崽身旁被杀害，它们在黑浪滚滚中怎样进行了垂死挣扎，它们的血怎样一下子喷到了 40 英尺的高空；还谈到小船怎样被撞得支离破碎；打鲸鱼的火箭怎样意外地从后边猛地窜出来，在吓得发抖的水手中轰然炸开；中间他还插入了关于 1871 年寒潮的故事，三言两语谈及到 1200 多人在冰上三五里的范围内整得无家可归，非常可怕。这些故事听起来都不错，又都是真实可靠的。不过最最精妙绝伦的还是他讲的那些有关鳕鱼的故事，他有声有色地讲到它们如何在龙骨下面的深处争论和思考自己的事情。

朗杰克的兴趣更倾向于神奇的东西，他讲起鬼故事来大多数情况下能让大家变得鸦雀无声，这类鬼故事里有摩诺莫依海滩的"哼嗬鬼"，他讥笑孤独的挖蛤蜊者，把他们吓得要命；有出没沙丘和沙滩的鬼魂，他们由于得不到安葬而四处作祟；有基德手下人的阴魂，他们在火岛上一直守卫着宝藏，有一些船在迷雾中行驶竟会鬼使神差直奔屈罗洛乡而去：缅因州某一个港口除了不熟悉的人没有一个人能够两次把锚抛在同一个位置，原来有一伙水手深更半夜里驾着他们那种老式的小船，铁锚放在船头，在这一片划来划去，一边划一边发出呼啸声，他们从不喊叫，只发出呼啸声，因为抛锚人的灵魂搅乱了他们的安息。

哈维有一种想法，他家乡的东海岸德塞特峰以南的地方，那里主要居住着一些夏季的赶马的人，他们住在铺硬木地板、挂门帷的乡下房子中。他讥笑鬼故事。在一个月以前的时候，他是不会这样的。不过听到最后他还是毛骨悚然地坐在那儿像根木头一样一动不动。

汤姆·泼拉特讲的是"俄亥俄号"围绕着合恩角无休止地航行的故事，当初鞭刑还存在，没有被废除，他们有一支舰队，现如今这支舰队像毛里求斯的渡渡鸟一样已经灭绝了，毁于南北大战。他告诉他们火红的炮弹如何纷纷掉落到大炮旁边，他们跟其中一颗只相差一小块湿泥的距离，钻进木头里的炮弹冒着青烟，"密斯杰姆巴克号"上有一个水手把水泼洒在炮弹上，还对着炮塔大声喊叫，让他们也尝试尝试。他还讲到了关于封锁的故事，一连好几个星期船抛了锚在水上摇来摆去，只有蒸汽船来了又回，才打破一会儿单调无趣的生活，后来他们的煤也用尽了，帆船更加没辙了；还讲到大风与寒流，寒流让200多人昼夜不停地在结冰的缆绳上、船台上和索具装置上不停地捣呀，砍呀，那时厨房里像炮台上开出去的炮一样火红，人们用提桶来喝水，解决口渴。汤姆·泼拉特没有在蒸汽船上耽误过。在那玩意儿还是潮流的时候，他的服役就已经结束了。他认为

【名词解释】

蛤蜊：软体动物，壳卵圆形，淡褐色，边缘紫色，生活在浅海底，有花蛤、文蛤、西施舌等诸多品种。其肉质鲜美无比，被称为"天下第一鲜""百味之冠"，而且它的营养也比较全面，它含有蛋白质、脂肪、碳水化合物、铁、钙、磷、碘、维生素、氨基酸和牛磺酸等多种成分，低热能、高蛋白、少脂肪，能防治中老年人慢性病，实属物美价廉的海产品。

【同步思考】

谁喜欢给哈维讲鬼故事？

那仅仅是和平时期一项中看不中用的发明，他满怀热忱希望帆船有一天能够重振雄风，有一些装有大炮的万吨快速帆船问世，帆杠的长度足足有 200 英尺。

梅纽尔说起话来慢条斯理，语调也软绵绵的，他老讲马德拉岛一些长得漂亮的姑娘在河边洗衣服，那时月亮皎洁似玉，香蕉树摇曳生姿；还讲一些关于圣人的传说，以及在寒冷的纽芬兰中途碰到的一些稀奇古怪的舞蹈和搏斗。萨尔托斯则主要谈论的是农业，因为尽管他读《约瑟篇》，还常常对这部"圣典"作出详细的解释，他的一生的使命还是要证实绿肥，特别是三叶草的价值而反对其他任何形式的化肥，他一旦提及到化肥就禁不住要大肆攻击，他从铺位上抽出一些油腻腻的图书，多半是橘子大王贾德所写的著作，开始拉腔拉调地朗诵起来，还朝哈维不住地摇晃手指头，哈维却一句也听不明白。要是哈维嘲笑萨尔托斯的演说，小个儿宾就会感到彻心彻肺的痛苦，因此哈维只能管好自己，受罪也保持应有的礼貌和沉默。

那个厨师理所当然是不会参加这些谈话的。一般情况下，他只在绝对必要的情况下才讲上几句话。不过有时候一种古怪的演说天赋也会猛然降临到他身上，那时他也会将自己的看法发表一下，一半用盖尔语，一半用结结巴巴的英语，一说就是足足 1 个小时。他跟两个孩子特别能谈得拢，而且他决不改变他的预言，说迟早有一天哈维会成为丹的主人，而且说他一定能够看得到这一天。他告诉他们冬天布雷顿湾运送邮件的方法，描绘狗拉雪橇到科特雷的情形，还谈论了北极破冰船的事，那种船打破了大陆跟爱德华王子岛之间的冰层。后来他又把他母亲讲给他听的故事——详细地告诉了他们，还说到了有关于遥远南方的生活，那里的水从来就不结冰，他还说他死后他的灵魂会在一片白色的沙滩上得到安息，那里气候温暖，有棕榈树在上面枝叶招展。孩子们感觉这个念头稀奇古怪，因为这个人活到现在还从来没看到过棕榈树呢。还有，每当吃饭时，他时常询问哈维，而且只问哈维一个人，饭菜合不合他的口味，他这样问，第二批吃饭的人经常会哈哈大笑。不过他们还是相当尊敬厨师的看法，因为在他们的心底里也认为哈维有许多事情的结果证明他的确是一个吉星。

哈维的每一根毛孔都在吸收新的知识与新的事物，身体也因为经常呼吸到新鲜的空气而愈来愈结实，这时"海上号"一直在向前航行，做着纽芬兰浅滩上的捕鱼工作，底舱里长方形的大腌箱里鱼压得很紧，而且越堆越高。每天的工作十分正常，只是这种平常的日子一天紧随着又一天。

自然，一个像屈劳帕那样赫赫有名的人，许多人的眼睛都汇聚到了他身上，照丹的说法，这些邻船的人都死盯着他爹，可他自有一套非常奏效的绝招，经常在浓雾弥漫流水悄悄的纽芬兰浅滩上给他们一个不告而别。屈劳帕避免跟他们结伴而行有两个响当当的理由，首先他希望按自己的探索方式来完成，其次他强烈反对各国的渔船胡乱地混杂在一块组成船队。这一大批船主要来自格罗萨斯脱，也有来自占丹、哈维奇、普鲁温斯城的零零星星的船只和一部分来自缅因州各港口的船。至于那些船上的水手就不知道他们来自什么地方。冒险往往会产生鲁莽冲动行为，再加上贪婪掺杂其中，在拥挤不堪的船队中，发生的各种各样事故便层出不穷。就好比一大群羊，围在一头谁也不肯认账的一头羊身边挤作一团。"就让那两个杰罗尔德家的汉子去统领他们吧，"屈劳帕说，"在东部浅滩上我们不得不在他们中间呆留上一段时间，不过要是运气不错的话，也不会耽误太长时间。我们现在在哪里？哈维，现在有没有考虑找出一个合适的陆地？"

"是吗？"哈维说，他正在打水（他刚学会怎样摆动提桶），刚才他们在加工鱼，花费了很长时间，这时已经消停了下来。"这么说来，变换一下花样，碰碰倒霉的陆地倒也感觉挺好。"

"所有的陆地中我最想看见的是东部的倾角，可我并不想

【同步思考】

为什么船长并不想和其他船结伴而行？

去碰它，"丹说，"看样子我们不必在浅滩上呆留两个多星期了。哈维，你能碰到船队上的人啦，你不是一直想撞到他们吗？到时候我们就得真心实意地干活了。谁也别想正儿八经吃顿饭。'饿着肚子拼命地干，眼睛睁不开了再去睡。'好家伙，干得你一个月以后还恢复不了你以前的老样子，到了弗吉恩滩我们也不会再让你打扮得有模有样了。"

哈维从埃尔里奇的海图上知道了老弗吉恩滩和一个名字稀奇古怪的浅滩休息地是渔船游弋的转折点，而且运气不错的话，他们在那里能够用完盐的储存。但是看看那个弗吉恩在海图仅仅是一个不引人注意的小点，他怀疑就算是屈劳帕，运用象限仪和铅锤也未必可以找到。他后来才清楚，屈劳帕对所有人的事情都是一视同仁的，而且甚至会乐意帮助别人。舱房挂着一块 4 × 5 英尺的大黑板，哈维一直不清楚那是干什么用的，直到几个大雾天以后他才搞明白，那天他们忽然闻到一阵刺耳的嘟嘟声，那是从一种脚踏的雾角机里发出来的声响，跟得了痨病的大象吼叫起来一个样。

他们赶紧临时抛锚，让铁锚在下处拖着走。"横帆在吼叫，说要留给它自由活动的余地。"朗杰克说。这时一条三桅帆船从雾中行驶了过来，几张红色的前帆湿漉漉的。"海上号"用海上的信号朝那条船敲了三次钟。

那条大船中桅帆扭转了方向，减慢了速度，船上传来此起彼伏的尖叫和欢呼。

"法国人，"萨尔托斯伯伯一副瞧不起的样子，"从圣马洛来，密克隆岛上的船。"那个农夫在海上却有着不受天气干扰的锐利目光，"我的烟丝马上要抽完啦，屈劳帕。"

"我也同样，"汤姆·泼拉特说。接着又用法语叫道，"嗨，你们往后退，往后退！走到一边去，你们这些呆头呆脑的好好先生！你们从圣马洛来，嗯？"

"啊哈！好好先生！对，对！克洛斯波莱—圣乌洛！圣彼埃尔跟密克隆！"大船上那伙人大声叫喊，一边舞动着帽子哈哈大笑。接下来又齐声叫道："黑板！黑板！"

"把黑板拿过来，丹，美国那么大，却到处都是他们的船，我算是大开眼界了。告诉他们这儿是 46° 49′ 就够了，我看纬度也差不多是这个样子。"

丹用粉笔在黑板上写下了这个数字，然后他们把黑板悬挂到主索具上，三桅帆船上传过来了一片齐声道谢的声音。

"看样子只能就这样让他们大摇大摆走掉了，确实有点不讲交情。"萨尔托斯用手摸摸口袋，想出了一个方法。

"自从上次出海以后，你有没有学懂点法语？"屈劳帕说。"我可不想有更加多压舱的东西都堆到我们船上来，也不希望你像上次在勒哈佛那样再去访问那些密克隆船，你不是把那些船称作'不起眼的交趾鸡'吗？"

【名词解释】

压舱：为了保持船舶平衡，而专门带上的东西。

"哈蒙·勒胥说过那是抬举他们的表示。非常清楚，对我说来，美国就已经够好的了。可我们烟草都寥寥无几。年轻人，你会说点法国话吗？"

"哦，我可以，"哈维壮着胆子说，接着他就大声地用法语叫道，"嗨，嗨！你们快停下来！稍等一下！我们来要一些烟草。"

"啊，烟草，烟草！"他们高声叫嚷，紧接着又哈哈大笑起来。

"他们听明白了。说什么我们也得放过去一条船，"汤姆·泼拉特说，"我的法国话并没有百分之百的把握，不过我了解另一种话，我看也能顶用。来，哈维，你过去翻译。"

汤姆·泼拉特和哈维被七手八脚地拉到了黑色的三桅帆船上，当时的乱劲儿简直没办法形容。那条船的舱房里贴满了光辉灿烂的圣母像，他们说它是纽芬兰的圣母，哈维意识到他的法语在这里根本不起作用，所以他的对话仅限于微笑和点头。汤姆·泼拉特挥舞着臂膀，尽管弄得晕头转向，却跟他们打成了一片。船长给他喝一种怪味的杜松子酒，那些水手，看上去像滑稽演员一样，说话带着令人不快的喉音，头上戴着红色的帽子，腰间佩戴着长长的弯刀，把他当成兄弟一样表示热烈地欢迎。接着交易正式开始了。他们有货真价实的烟草，非常多，都是美国的，而且他们从来没有向法国政府交过税。他们要饼干和巧克力。哈维划过自己的船，让厨师和掌管储藏室的屈劳帕特意安排此事，他又回三桅船上去，在法国人的舵轮旁当面点清可可罐头与饼干袋。当时的场景和海盗船上的坐地分赃真有点像。汤姆·泼拉特从那条船上下来的时候，身上捆绑着卷成细条的黑颜色的烟草，口袋里也装满了一块块抽的或者嚼的烟丝。那些快活的法国水手驾船驶进了浓雾里面，走掉了；哈维最后听到的是他们的一首轻松的合唱曲：

【同步思考】

法国人用什么货物和他们做了交易？

"我姑姑家后面，

有棵漂亮的树，

夜莺在那棵树上

昼夜不停地歌唱。

是谁引你到这里来？

你在唱些什么，活泼可爱的小鸟？

我在唱着北克，

索尔和圣但尼。"

"怎么我的法语不顶用，你打手势倒非常管用？"当物物交易来的东西在"海上号"上分掉时，哈维问道。

"打手势！"泼拉特朗声大笑起来，"对，这是一种用手势交谈的语言，不过比你的法语要古老得多，哈维。他们法国船上共济会会员多的是，道理就蕴含在这。"

"那你也是一个共济会会员喽？"

"乍一看有点相似，对不对？"那个曾经在战舰上当过差的人说道，他烟斗里塞满了烟丝。哈维又有了另一个关于海的秘密让他去费心思琢磨了。

第六章

　　有些船在宽广的大西洋上游来荡去，看上去漫不经心，这点给他留下了最为深刻的印象。正如丹所说的那样，许多渔船理所当然都期望邻船有航海的行家能手来相助，不过人们都以为轮船的情况要相对好一些。有一天他又看到了另一种很有意思的情景，当时他们让一条行动迟钝的老式牲口船追逐了 3 英里之多，那条船上的甲板全部都是用木板拦着，从中散发出成千上万个牲口的气味。一个异常激动的船员拿着话筒朝他们大声喊叫，那条牲口船行驶的速度越来越慢，在水上不知所措地游荡着。屈劳帕把"海上号"驶到了它的下风，指责起那个船长来："你这是要朝哪儿开，嗯？哪里也过不去呀。你们的船的体积大得跟谷仓差不多，挡在公海中央位置，大模大样地胡乱瞎往前闯，也不为你们的邻船考虑考虑，难道你的眼睛搁在咖啡杯里，而不是长在你那个又呆又笨的脑袋上吗？"

　　那个船长在船台上气得乱蹦乱跳，还谩骂屈劳帕自己不长眼睛。"我们已经有三天没接到观测报告了。难道你以为我们愿意蒙着眼睛驾船吗？"

　　"哇，我就能办到，"屈劳帕顶他说，"你们的铅锤到哪里去了？吃掉了吗？难道你就不能用鼻子嗅嗅，估计一下海底有多深，是不是因为你那些牲口太臭气熏天了？"

　　"你们喂牲口，让它吃些什么呢？"萨尔托斯一本正经地问，牲口棚的气味唤醒了他身上所具有的农夫的本能。"听说在海上牲口要死掉不少。这当然跟我没什么牵连，不过我脑子里有一个想法，只要砸开碾碎油籽饼……"

"天哪！"一个看管牲口的人，穿着一身红色的运动衣，从船沿上探出脑袋张望。"这是哪个救济院把这个老爹给放出来了？"

"年轻人，"萨尔托斯从前桅索具那里站起来说，"趁我们还没有走远，让我实话告诉你，我曾经……"

船台上的船员摘下便帽，一副彬彬有礼的样子。"请原谅，"他说，"不过我有我自己的打算。要是有一个泥脚杆也来瞎出七扭八歪的主意的话，那么海绿色斜白眼的藤壶也会前来给我们留下启示。"

"瞧你，萨尔托斯，又在这给我丢人现眼。"屈劳帕恼火了，对他说。他受不了这种独特的交谈方式，再也不去责怪他们，一下子把经度纬度亮了出去。

"哼，那是一船疯子，绝对是，错不了。"那个船长说，他跟机房里通了话，又把一捆报纸放置在双桅船。

"在所有那些该死的傻瓜中，他和他的那些水手要算最可爱了，我还的确没有见过，和你差不多，萨尔托斯。""海上号"滑行开去时屈劳帕说。"我刚想把我的看法全盘告诉他，像个走失的孩子似的在这一带水域里转悠，那是一种自欺欺人的做法，你却非要插进来说你那一套愚昧至极的套路。难道你就不能把一码事跟另一码事分开吗？"

哈维、丹和其余人在后面站着，相互眨着眼，开心极了；但屈劳帕和萨尔托斯板起脸嘟嘟哝哝一直吵到了傍晚，萨尔托斯争辩说一条牲口船实际上相当于蓝色海上的一个牲口棚，屈劳帕却坚持说即便这样，一个渔夫的体面和自豪感要求他"把两件事分开清楚。"朗杰克一言不发地站了好长时间。船长发怒。船员最后不欢而散。后来吃晚饭的时候，他才向桌子对面的屈劳帕开枪说话：

【阅读理解】

海上的生活总是伴随着各种各样的事情。在作者看来，除了打渔、腌鱼之外，和水手们平常的聊天和嬉戏也是这美好生活的一部分。可以这么说，美好的生活来源于各种各样的事情，工作和娱乐缺一不可。

"斤斤计较他们说的话没什么好处？"他说。

"他们会把这个故事议论上好几年来笑话我们的，"屈劳帕说，"把油籽饼碾碎，我呸！"

"当然还得放进去点盐。"萨尔托斯一点悔改的意思也没有，他正在读那些一星期以前旧报纸上刊登的农业报道。

"这恰恰伤害了我的所有感情。"船长继续说。

"不可以这样看，"朗杰克息事宁人地说，"你瞅瞅，屈劳帕，在今天这样的天气里，有没有一艘班轮遇到了一艘不定期的轮船，会特意把自己的计算告诉那艘船，尤其是会把一些驾船之类的大学问给他们讲解一下？把这些事忘掉吧。他们当然不可能会这样做。那些谈话虽然仅仅三言二语，可对他们来说，是受益无穷的。至于双倍的较量、双倍的玩笑，这些对我们来说都是无所谓的。"丹在桌子下面踢了哈维一脚，哈维正喝着可可，差一点给呛住。

"是啊，"萨尔托斯说，他觉得自己在一定程度上挽回了面子，"我开口就说这可能跟我没什么牵连。"

"这就可以啦，"汤姆·泼拉特说，他在礼仪和纪律方面颇有经验，"还有，我认为，屈劳帕，这类谈话依照你的看法，无论怎样不应该再继续谈下去，你也应该请他不要再说才对。"

"我也不知道怎么会搞成这个样子，"屈劳帕说，他也看出这样能够保住他的尊严，体体面面地作出让步。

"可不是吗？事情原本就是这个样子，"萨尔托斯说，"你是班长，你只要稍微暗示一下，我也很乐意不再往下继续说。倒不是因为你是这里的头或者你的话有说服力，我是为了在我们那两个该死的孩子跟前做个表率。"

"我不是已经跟你说过吗？哈维，我们什么也没干，事情照样也会拐着弯落到我们头上来的。什么事情都会降临到我们身上。不过就算少分我半份大比目鱼，我也不愿意错过这场好戏。"

【名词解释】

息事宁人：息，平息；宁，使安定。原指不生事，不骚扰百姓，后指调解纠纷，使事情平息下来，使人们平安相处。

【同步思考】

水手们为何开始争吵的？

"不过，一码事跟另一码事总得分开来说。"屈劳帕说。萨尔托斯正在揉碎一小块板烟塞进烟斗里，他的目光中又闪出重新争吵的欲火来。

"把一码事跟另一码事分开的确有好处。"朗杰克说，他也想让这场争吵平息下来。"斯丹宁和哈尔公司的斯丹宁派柯那罕代替卡泼会当'马里拉德柯本号'的船长时就已经发现这一点了。卡泼·纽顿以前是那条船的舨长，得了风湿病，没办法出海，那个柯那罕我们都称他为航海家。"

"尼克·柯那罕每天晚上不知在什么地方喝上一磅朗姆酒后才上船，而且账目都记在货物单上，"汤姆·泼拉特一边说一边忙着侍弄他的铅锤，"他时常在波士顿的那些船运公司里转悠，让老板根据他的才能应聘他当一条拖轮的船长。住在大西洋街的那个塞姆·考依，听了他的胡诌瞎扯，让他白吃白住了整整一年有余。航海家柯那罕！喷！喷！他死了足足有 15 年啦，对不对？"

"我看足足有 17 年了。他死于'卡斯派麦克维克勃号'下水那年；他就是一个永远不把一码事跟另一码事分开来的主儿。斯丹宁之所以用他的理由是贼偷热火炉——到了实在没辙的地步，因为那个季节找不到其他人。人人都去纽芬兰浅滩啦，柯那罕招收了一伙非常难对付的家伙当水手。用朗姆酒呗！你们谁都可以驾'马里拉号'，船跟一船货物都是保了险的。他们离开波士顿港朝大纽芬兰浅滩开去，当时从他们后面吹过来一股呼啸的西北风，他们的手中没停闲，人人握着酒瓶对着口喝。老天也可真照顾他们，因为他们鬼都不派一个前去守夜，而且鬼都没有一个碰过一根绳子，一直到十五加仑的一大桶劣酒喝到可以看见桶底为至。那大概有一个礼拜，柯那罕才稍微清醒了过来。（但愿我有他讲故事的本领！）那一阵子风依旧在洋洋自得地吹，时间在夏季，他们升起前桅中桅帆，减慢速度，继续前行，于是柯那罕拿出测象仪抖抖索索忙碌了一段时间，测出了一个数，拿它跟海图和他脑袋里的嗡嗡声去核对，说他们在赛布尔岛以南的地方，一切平安无事，没话可说。于是他们又开始在一小桶酒上开孔打眼，走了开去，海阔天空胡乱瞎扯一气，说还会再次出现奇迹。'马里拉号'在波士顿灯塔从他们的视线里消失以后就这样交到了他们手中，它从来就没有升起过下风的横档，一直都是倾斜着匆匆忙忙朝前行驶。但是他们既看不到海藻也看不到海鸥和双桅船；他们这才注意到 14 天以来他们都仿佛置身在一件事以外，可又不相信他们的纽芬兰浅滩会就此消失掉。所以他们测量起水的深度来，一测是 60 寻。

'我就是如此，'柯那罕说。'每次我都是如此。我已经替你们把船驾到了纽芬兰浅滩上，让它的帆始终在哗哩哗啦地作响。我们到了 30 寻的地方，就可以像小孩似的去睡觉啦。柯那罕更安心得像个乖巧的娃娃，他说，要不我怎么会被称为航海家柯那罕呢！'

"下一次他们测出的深度是 90 寻。柯那罕说：'不是测出深的绳子拉长了，就是纽芬兰浅滩往下沉了下去。'

"他们将铅锤拉了上来，在这种情势下，他们几乎相信了这个合乎情理的解释，他们坐在甲板上数起了节数，把绳子弄得乱七八糟的。马里拉减慢了速度，可还在往前行驶。很快他们遇到了一条不定期的货船，柯那罕朝它叫话。

"'这次你们有没有看见什么渔船吗？'他吊儿郎当地问道。

"'有大批船从爱尔兰海岸离开了。'那条船答道。

"'啊哈，你给我清醒清醒吧，'柯那罕说，'我跟爱尔兰海岸又有什么牵连呢？'

"'那你干吗到这儿来呢？'那条船上的人说。

"'遭受苦难的基督徒呀！'柯那罕说，每当他咕嘟咕嘟灌酒而又感到心里不是滋味的时候总说这句话。'遭受苦难的基督徒！'他说，'我这是在哪里？'

"'克莱阿角西南偏西 35 英里，'那边答道，'这下你总应

【名词解释】

趔趄：立脚不稳，脚步摇晃。

【阅读理解】

这些话语是在叙述一段经历。海上的形势往往是风云突变的，所以很多时候，你并不能预测到什么事情会发生，什么事情不会发生。就跟梅纽尔曾经说的这段话一样，有时候真的是不走运啊。

该宽心了吧。'

"柯那罕倒吸了一口冷气，一个趔趄使他退后了足足有四英尺七英寸，那是厨师给他量出来的。

"'宽下心来！'他厚着脸皮说，'你们以为我有什么担心的？离克里湾35英里，从波士顿灯塔到这儿只花14天时间。遭受苦难的基督徒，那可真是一个纪录。这样看来，我的老家在斯基勃林。'你想想，他就如此无耻！不过你们可以从中看出来，他就是永远分不清一码事跟另一码事的主儿。

"水手们大部分都是爱尔兰的科克人和克里人，只有一个美国马里兰州的人要返回去，其他人便骂他是捣蛋鬼，他们把老'马里拉号'，驶进了斯基勃林，这下他们在故乡耽误了一个星期，寻亲访友好不爽快。然后他们往回驶，花费了32天的时间才重新又抵达到纽芬兰浅滩上。这时候已将近秋天，船上的食物还不够充足，柯那罕便把船驶到了波士顿，船上除了骨头之外，没有任何可以吃的东西。"

"那公司是怎么说呢？"哈维问道。

"他们还能说些什么？鱼在纽芬兰浅滩，而柯那罕在码头上大谈特谈他朝东航行的纪录！他们只能寻找自我安慰，说这首先是由于没有把水手跟朗姆酒分开来，其次是把斯基勃林跟奎尔洛混合在一起了。航海家柯那罕，但愿他的灵魂能得到安息吧！他可是一个想说什么就说什么的演说家！"

"有一次我在'罗西福尔摩斯号'上干活，"梅纽尔用他软绵绵的音调说，"格罗萨斯脱船上的鱼没人要。嗨，怎么办呢？我们的鱼压根儿卖不到好价钱。于是我们就渡海而去，想卖给一些贾约尔岛的人。这时一阵疾风刮了过来，我们感到模糊不清。嗨，怎么办呢？后来风愈刮愈大，我们都躲到了舱里去了，船走得像箭一样迅速，天知道要驶到了哪儿。我们逐渐望见了一块陆地，天也变得燥热起来。这时有两三个黑人划着一条船过来了。嗨，怎么办呀？我们问他们这是什么地方，你们猜一下，

他们问那个地方叫什么名字？"

"加那利群岛。"屈劳帕顿了一下说。梅纽尔笑着晃了晃头。

"白朗哥。"汤姆·泼拉特说。

"不，比这还要糟。我们在贝赞戈斯河的下游，那条船来自于利比里亚！于是我们就把鱼在那里卖掉了！不坏吧？你们说的对不对？"

"我们这样的一条双桅船可不可以直接驶到非洲去？"

"要是值得走上一趟，食物又充足的话，可以绕过合恩角去，"屈劳帕说，"我父亲驾的是一条班船，那是一种尖头帆船，我看大约有 15 吨，名叫'洛勃特号'，他就曾经把船驾到过格陵兰的冰山那里去，当年我们一半船队都考虑着到那里去捕鳕鱼。不仅是这样，他把我母亲也带了过去，让她看看钱是如何挣的，我料想他们全都让冰给封住了，我就出生在狄斯柯。对于这些我当然什么也记不得了。我们到春天冰开始融化的时候才回去，他们就用那个地方给我取了一个名字。这看上去有点像是跟一个婴儿开玩笑似的，不过在我们的一生的时间中是注定要犯一些错误的。"

"的确如此！的确如此！"萨尔托斯摇头晃脑地说，"谁都避免不了会犯点错误，我告诉你们这两个孩子，一旦你们犯了一个错误，最好还是像堂堂男子汉那样敢作敢当，爽爽快快地承认。不过不可在仅仅一天里就犯上一大堆错误。"

朗杰克用力地眨了一下眼，除了屈劳帕和萨尔托斯，船上其余的人都心领神会，这一段小小的插曲总算是彻底结束了。

他们又朝北行驶，在一个又一个地方停泊下来逮鱼，平底船差不多每天都下海。这样就沿着大纽芬兰浅滩东边的边沿，跑遍了 30 到 40 寻范围的海域，每天都有不小的收获。

就在这一带哈维碰上了*枪乌贼*，那是一种可以用来捕鳕鱼的很好的饵料，只是很难猜测出它们的脾气。一个伸手不见五指的夜晚，他们在铺位上正睡着觉，被萨尔托斯一阵阵"枪乌

【同步思考】

争端是如何结束的？

【名词解释】

枪乌贼：又称句公、鱿鱼、柔鱼，是软体动物门头足纲管鱿目开眼亚目的动物。身体细长，呈长锥形，有十只触腕，其中两只较长。触腕前端有吸盘，吸盘内有角质齿环，捕食食物时用触腕缠住将其吞食。喜群聚，尤其在春夏季交配产卵期。

贼来啦"的喊叫声惊醒。有一个半小时船上的每一个人都拿着专门钓枪乌贼的钓鱼钩钓鱼，那种钓鱼钩是一个红漆的铅块，底部的位置装着一圈朝后弯的针，模样有点像半开半张的伞骨。枪乌贼不知什么缘故喜欢缠在那东西周围，来不及避开那些针便给钓了起来。但枪乌贼从水里出来以后先喷白水后喷黑水，捕鱼的人往往给它喷得满脸都是。看着那些人的头东躲西闪，黑水喷着是挺有意思的。一阵忙碌之后，他们都一个个黑得跟扫烟囱的人差不多，不过有一大堆枪乌贼在甲板上堆着。装蛤肉的钓钩上装上一小块枪乌贼熠熠发光的触手，那些大鳕鱼极其容易上钩。第二天他们捕到了许许多多鱼，碰到了'卡里匹脱曼号'，大声告诉他们自己交上了好运气，他们想做一个交易，用七条鳕鱼换取一条比较大的枪乌贼，屈劳帕表示不同意，'卡里号'只好闷闷不乐拉在后面下风处，并在半英里以外的地方抛了锚，盼望他们自个能碰上好运气。

屈劳帕一句话也没说，直到吃晚饭以后他才派丹跟梅纽尔出去给'海上号'的缆绳装上浮标，并且声明他打算在停泊地转向时动用阔板斧避免其他的船靠近。'卡里号'派了一条平底船前去打听他们不在岩底抛锚却要在缆绳上装上浮标的缘由，丹自然也就把他爹的说话重新复述了一遍。

"爹说他一点也不信任你们5英里范围内派出的渡船。"丹很高兴地嚷嚷道。

"那他为何不走开呢？谁把谁妨碍啦？""卡里号"上的人说。

"因为你们恰好在他船头的下风处，他不乐意任何一条船靠得如此近，别说是你们这样一条经常漂流装备不齐全的船。"

"这次出航它可没有漂流过。"那人恼火他说，因为卡里·匹脱有着经常损坏抛锚用具的坏声誉。

"那么你们是如何靠岸停泊的？"丹说，"那可是它航海技术好坏的最好标志。要是它不漂流的话，那么你们究竟为何要用一个新的第二斜帆呢？"这下果真击中要害。

"嗨，你这个拉手风琴的葡萄牙小子，带着你的小聪明到格罗萨斯脱去吧。你还是去学校里再学上几年吧。"那边答道。

"工装裤！工装裤！"丹大声叫嚷，他清楚"卡里号"的水手里有个人在去年的冬天曾经在一家工装裤厂里劳作过。

"矮个子，格罗萨斯脱矮个子！快点滚一边去，你这个初出茅庐的小家伙！"

"你们才是初出茅庐的小家伙呢，你们这些在市镇上混不下去的家伙！你们这些查塔姆岛专门干抢劫失事船只勾当的家伙！你们光着脚板跟你们那条船一起滚蛋吧！"于是*唇枪舌剑*的双方开始分道扬镳，查塔姆人显然没占上风。

"我清楚它会怎么样，"屈劳帕说，"它已经吃到了风。船上应该有人想方设法不让它漂移。它会一直打鼾到半夜，我们刚要睡觉它就会漂流走。好在我们没跟其他的船挤在一块。不过我可不打算为查塔姆人起锚。它说不定能够挺住。"

这时风向已经有所改变，风吹着，比日落的时候大了许多，越吹越猛烈。尽管这时浪潮并不是很大，但是平底船的锚绳还是吃不住，可'卡里匹脱曼号'却单枪匹马行动了起来，两个男孩在守夜快到头的时候听到了从它那甲板上传过来了劈里啪啦的枪声，那是一支巨大的前装手枪正在放枪。

"赞美上帝，赞美上帝，赞美神！"丹欢唱了起来，"它来了，爹，大头尾部先过来，像在梦游一样，它在奎略就这样干过。"

要是换了别条船屈劳帕有可能会冒上一次险，可现在他也把缆绳砍断了，因为"卡里匹脱曼号"吃足了北大西洋的狂风，正东倒西歪地径直冲他们撞来。"海上号"在停泊帆和船首三角帆的双重作用下，并没有超出绝对必要的距离，屈劳帕不想花费一星期的工夫去搜索自己的缆绳，只是趁"卡里号"在听得到呼叫的距离内，漂过去的时候抢风让开了片刻。那条默默发怒的"卡里号"，舷侧倾斜，彻底陷入了纽芬兰浅滩的海藻

【名词解释】

唇枪舌剑：嘴唇像枪，舌头像剑。形容辩论激烈，针锋相对。

之中。

"晚上好，"屈劳帕说，把他的安全帽举了起来，"你们的花园种得如何？"

"到俄亥俄去租上一条骡子，"萨尔托斯伯伯说，"我们这里还不需要农夫。"

"要不要我将平底船的铁锚借给你们试用一下？"朗杰克叫道。"把你们的舵卸下来插进泥里。"汤姆·泼拉特说。

"喂！"丹那又高亢又尖锐的嗓门也响了起来，他正在舵轮箱附近。"喂，喂！工装裤厂是不是罢工了，还是他们只雇姑娘干活？你这亚马逊的游民！"

"把转舵索放松一下，"哈维也叫道，"把它们钉在海底里。"这个带咸味的俏皮话是汤姆·泼拉特曾经教给他的。梅纽尔也在船尾探身出去嚷嚷道："邪魔摩根在拉手风琴中！哈哈哈！"他用一种轻蔑透顶的手势不停地挥动着他那阔大的大拇指，而小个儿宾却好像沐浴在一片圣徒的光轮中，尖声他说："稍微向右转一点！到这里来，呃！"

夜晚剩余的时间里，他们一直让锚链牵引着朝前行驶。哈维发现船那样行动异常别扭，走得神速，却很快就卡住了。他们花费了半个上午才把缆绳重新系好。两个男孩的意见是一致的，他们认为由于取得了辉煌的胜利，为这次麻烦所付出的代价还是很值得的，但是一旦想起他们对"卡里号"败北所说过的那些尖酸刻薄的话，心里又觉得非常过意不去。

【阅读理解】

渔船在捕鱼的时候，其实都是在劳动中争夺资源，在这个时候，大家在船上的人都开始各为其主了。在一个较好的位置，"海上号"取得了胜利，并且对"卡里号"实施挑衅。这件事做得有点不大光彩。

第七章

　　第二天他们落入了许多帆船的包围之中，全都开始从东向西偏北的方向缓缓挪动。他们刚想前往弗吉恩浅滩附近，迷雾开始弥漫开来，他们于是下了锚，周围响起了一阵叮叮当当的钟声。那里并不能捕获到多少鱼，只是有的时候平底船跟平底船在雾中相遇，能互相交换一些新闻。

　　那天夜里将近黎明的时候，丹和哈维由于白天睡了大半天，醒了过来，一路跌跌撞撞地去"钓"煎饼。没法说他们为何不明目张胆地公开去拿，只是他们觉得这样吃起来更有一番滋味，而且还能够气气厨师。甲板下面的臭味和热空气把他们赶到了甲板上，身边带着他们偷来的赃物，他们发现屈劳帕正在钟附近，他将打钟的事交给了哈维。

　　"钟声不可停下来，"他说，"我似乎听见了什么。要是真有什么的话，我最好站在这里把他搞清楚。"

　　这个小小的叮当声在大海里显得如此可怜兮兮，浓厚的雾气好像从四面八方聚拢过来，把它压得听上去有点沙哑。在钟声的间歇，哈维听到一艘班轮的汽笛在鸣叫，声音也像是被捂住了一般，他对纽芬兰浅滩已经相当了解，明白这件事意味着什么。

　　他突然回忆起了往事，尽管很遥远，却还是不寒而栗。那时有一个穿樱桃红颜色运动衫的男孩——如今他身为一个渔夫十分鄙视那种花里胡哨的运动衫——如何愚昧无知和凶恶残暴，

【阅读理解】

这段文字看似记叙的是回忆，哈维的回忆，可是从这些回忆当中，无疑折射出很多东西。由这件事想起了往事，想起了过去的自己，然后就是曾经自己那奢华的生活，可是突然又想到了人之间巨大的贫富差距。

竟说轮船要是把一条渔船撞翻该多么有趣。那个男孩有一间头等舱，浴室里有冷热水，每天早上要用上十分钟时间在一份金边的菜单上挑选饭菜。可现在同一个男孩——不，该说是比他那个年龄大好几岁的哥哥——四点钟就已经起来了，海上还刚好模模糊糊地看到一些曙光，他身穿劈啪作响的油布雨衣，敲击着一口钟，那口钟比班轮上侍者摇的饭铃还要小，可这样做的目的实实在在是为了拯救宝贵的生命，因为就在附近不知什么地方正有一个 30 英尺高的船头以 1 小时 20 英里的速度一路冲了过来！尤其令人感到伤心的是，所有那些人们躺在装饰华丽而又非常干燥的舱房里，根本就不会知道他们在早饭以前就倾翻了一条船，残杀了那条船上的人。因此哈维打钟更加用力了。

"嗯，他们那只该死的螺旋桨有点缓了下来，"丹说，他刚才正在聚精会神地吹梅纽尔的海螺，"不允许超过法律限制的速度，一旦我们都沉到海底里去，他们也能够找到一些自我安慰。听！船上正在拉紧急警报！"

"喔——呜——嗡！"那应该是汽笛声；"叮当—叮叮当"那应该是钟声；"呃——呜！"那应该是海螺声。但是大海和天空在乳白色的雾中融成了一片。哈维只感觉到有一个物体在他旁边不停地移动，他的头越抬越高，望见一个船头湿淋淋的边沿，好像一个悬崖峭壁似的从雾中跳出来，就从双桅船的头上闪了过去。它的前面有一个微小的水波在不停地打着转，轻轻地荡漾开去，当船头越升越高的时候，出现了一个长长的罗马数字阶梯——ⅩⅤ，ⅩⅥ，ⅩⅦ，ⅩⅧ等等，记录在了橙红色闪烁微光的船边上。它前倾一下又带着一种使人心都要窒息的"咝咝咝呜呜呜"的声音落了下来，那个数字阶梯消失不见了；一长溜包铜的舷窗闪了过去，一股蒸汽喷了出来，哈维来不及闪躲，只能本能地伸手去阻拦，热水柱在"海上号"的船栏边呼啸而过，小小的双桅船在急速打转的漩涡中挣扎和震颤，这时班轮的船尾在雾中已经消失。哈维正以为自己要昏厥过去或恶心呕吐，或两者都具备，突然听到轰的一声，像是一根壮大的树干扑倒在人行道上的响声，接着又有一个声音传了出来，尽管又细又小，像从遥远的地方打过来的电话一样轻柔曼妙，却听得像真的一样，那声音仿佛是一个人在拉长腔调说："顶风停船！你们撞沉了我们的船！"

"那是我们这条船吗？"他差点憋过去。

"不是！是那边的一条船。打钟！我们去瞅瞅！"丹一边说着，一边跑去放平底船。

很快，除了哈维、宾和厨师之外，全部下了小船划了过去。没过多长时间就有一段被拦腰截断的双桅船前桅在船头旁漂了过去。接着有一条绿颜色的空小船漂了过来，撞到"海上号"的船边沿，仿佛它想让"海上号"将它吊上去。再下来还有什么漂过来，原来是一个人的前半段身子，头向下，身穿一件蓝色的运动衫。宾脸色骤变！屏住了呼吸。哈维什么也不顾地打钟，担心他们随时会沉下去，他们那伙人返回的时候，他一听到丹的喊叫，跳起来直扑了过去。

"杰尼卡希曼号，"丹神经质地说，"给拦腰撞断，倾翻了，弄了个底朝天，支离破碎得稀里哗啦！距离这儿还不到1/4英里。爹把老人救了上来。别人全完蛋啦，包括他的儿子。哦，哈维，哈维，我受不了！我亲眼看到……"别人把一个满头灰白头发的老人拉上船时，丹抱头呜咽起来。

"你们为何要把我救起来？"那个陌生人呻吟道，"屈劳帕，你为何要救我？"

屈劳帕把他那只强健有力的手放在那人的肩头上面，那人看着静默不语的水手们，眼眸里映射出疯狂的目光，嘴唇不停地抖擞。这时候宾夕法尼亚·勃勒特跨上前去说起了话，这个人想起了萨尔托斯伯伯忘了他的名字，同时又称他哈斯京斯、里奇或马克维蒂。他的脸色也发生了变化，不再是一个呆头呆

【名词解释】

支离破碎：形容事物零散破碎，不成整体。支离，零散，残缺。

【同步思考】

班轮撞沉了哪条船？

脑的傻瓜，而且成了一个十分聪明的老人，他用一种深沉而又铿锵有力的声音说："主所赐予的，主收了回去，请赞美主吧！我是福音的牧师，把他放心地交给我吧。"

"哦，你是……是你？"那人说，"他们祈祷我的儿子回到我的旁边！祷告9000美元的船和1000公担的鱼来到我身旁。要是你们刚才对我不加理睬，我的寡妇还会继续相信上帝活下去，靠干活丰衣足食，永远也不会知道，永远也不会知道这件事。可现在我不得不亲口把事情向她说清楚。"

"总会有办法的，"屈劳帕说道，"最好还是瞒着点，杰逊·奥莱。"

一个人在短暂的30秒间失去了儿子，失去一个工作了一个夏天还没来得及收获的庄稼，也失去了赖以维生的一切！发生这样的状况，对于别人的安慰，他是很难接受的。

"所有格罗萨斯脱人不都是这个样子吗？"汤姆·泼拉特说，他也没有任何办法，瞎摆弄着一条平底船的环索。

【名词解释】

跟跟跄跄：指走路不稳，跌跌撞撞的样子的意思。

"哦，那可不全是这个样子，"杰逊一边说着，一边拧干他的胡子，"今年秋天我如何划船到东格罗萨斯脱去见那些失去亲人的家属。"他<u>跟跟跄跄</u>走到栏杆那里唱道：

"快活的小鸟一边唱一边飞翔，在您上帝的祭坛上来回盘旋！"

"跟我过来，去下边！"宾说道，好像他有权力发施号令似的，他们的目光撞到一起，斗了差不多十几秒钟。

"我不知道你究竟是谁，不过我听你的，跟你下去。"杰逊顺从他说，"说不定有些……9000美元里还有些可能刮到我的身边来。"宾把他领到舱房里去，随手把门闭上了。

"那不是宾，"萨尔托斯大声叫道，"那是雅各布，鲍勒，他想到了约翰镇！在随便哪一个活人的脑袋上我从来没看到过这么一对眼睛。这可如何办？这可叫我如何办？"

他们可以听到宾和杰逊在互相说话的声音。后来宾一个人继续往下说，萨尔托斯把自己的帽子摘了下来，原来宾正在做祷告。很快那个小个子走到了梯子上，面孔上淌着豆大的汗珠，他盯着船上的伙计们认真地瞧，丹还在舵轮旁呜咽。

"他不认识我们了，"萨尔托斯呻吟道，"一切又得从新开始，真是变化莫测，难以捉摸。他可能会对我说些什么呢？"

说的都是心里话，但他们所听到的仅仅是一个陌生人的说话。"我已经祷告过了，"他说，"我们的人全都相信祷告。我为那人儿子的性命做祷告。我的亲人就在我眼前活活地被淹死，她跟我最大的孩子，以及其他孩子。人怎么会比造物主还更聪明呢？我没有为他们的全部性命做祷告，但我为那人的儿子做了祷告。主一定会把儿子送还他的。"

萨尔托斯用恳求的目光目不转睛地看着宾，看看他是否真能记起以前的事。

"我已经疯了多久啦？"宾忽然问道，他的嘴巴也歪曲了。

"呸，宾！你从来就不曾疯过，"萨尔托斯开口说，"只是看上去像是有点心烦罢了。"

"起火之前，我看到那些房子撞在桥上。别的我什么都记不起来啦。那是多久之前的事？"

"我受不了了！我受不了了！"丹叫嚷起来，哈维十分同情，也抽噎起来。

"大约五年。"屈劳帕说，声音禁不住抖动了起来。

"这么说来，这些年来我一直都是人家的负担了。他是谁呢？"

屈劳帕用手指了指萨尔托斯。

"哪里的话，哪里的话！"那个海上农夫绞着双手说，"你靠能力赚取的钱是你平时开支的两倍，除了我在船上有四分之一股份应得一半以外，其余的，全是你的钱，是你干活挣下的。"

"你们全是好人，我从你们脸上就能够看得出来。不过……"

【阅读理解】

这是书中的一处戏剧化的描写，老人的遭遇非常悲惨，因为他不但失去了自己的船员，而且失去了船，失去了一个夏天的收成。有时候人在绝对逆境之中却可以收获些许安慰，就比如说他一直为自己的儿子祈祷，最后儿子安然无恙。

"'慈悲的圣母呀！'朗杰克低声细语地说道，"他跟我们一起出海了这么多次！谁能猜出来他以前竟是完全中了邪的。"

有一条双桅船敲着钟在徐徐靠近，雾中传过来了喊叫声："喂，屈劳帕！有没有关于'卡尼卡希曼号'的消息？"

"他们寻到了他的儿子，"宾叫喊了起来，"你们好好站着，看清楚，这是主让他得救了。"

"我们把杰逊救到了船上，"屈劳帕答道，他的声音还在不停地颤抖，"你们救了什么人吗？"

"我们发现了一个。碰到的时候，他正缠在一大堆乱七八糟的东西，或许是前舱吧。他的头皮有点蹭破了。"

"他是谁？"

"海上号"上的人一个个心咚咚直跳，等着答复。

"应该是小奥莱吧。"那个声音拉腔拉调地说。

宾双手举了起来，用德语说着什么。哈维敢赌咒发誓说他抬起头来的时候，灿烂的阳光铺洒到了脸上。那个拉腔拉调的声音还在接着说。"嗨！你们这几个家伙昨天晚上可把我们挖苦得够呛。"

"现在我们可不想再挖苦啦。"屈劳帕说。

"我知道，不过跟你们实话实说，刚才我们遇到小奥莱时，我们感到又有那么一点……有点漂移。"

这就是不负责任的"卡里匹脱曼号"，从"海上号"甲板上传出一阵笑声，声音虽然相当响亮，却好像有点拿不定主意应不应该笑。

"你们有没有考虑到把老人送到我们船上来呢？我们正忙活着找出更多的鱼饵和拾掇抛锚的索具。我看你们应该不会收留他吧，我们这个该死的绞车把我们整得人手都不够数啦。我们会照顾好他的，他的老婆是我女人的姑妈。"

"船上无论什么东西我都可以送给你们。"屈劳帕说。

【同步思考】

另一艘到来的船救出了谁？

"什么也不需要，不过要是有一个管用的铁锚，我会收下它的。啊！小奥莱受了刺激有点不大对劲，把那个老人送过来吧。"

宾把他从绝望的昏迷中唤醒了，汤姆·泼拉特划船送他过去。他临走时一句感谢的话也没说，也不知道到底发生了什么事，接着浓雾将他们离去的身影和小船遮盖了。

"这会儿，"宾长叹了一口气，仿佛准备讲道理一样。刚才还直挺挺的身子突然沉了下去，像一把剑插进了剑鞘；一对亮得出奇的眼睛里的光亮也暗淡了下去；过去那种可怜巴巴细小微弱的傻笑声又回来了。"这会儿，"宾夕法尼亚·勃勒特说，"我们下一盘棋子你看是不是有点早呢，萨尔托斯先生？"

"我刚才想说的也正是这个问题……正是这件事情，"萨尔托斯立即大声嚷道，"真是怪事，宾，你是如何猜透一个人的心思的呢？"

那个小个儿脸刷地一红，乖乖地跟随着萨尔托斯走了。

"起锚！快！让我们从这片稀奇古怪的海水离开。"屈劳帕大声叫嚷，水手们听从了他的命令，也从来没有如此迅速过。

"对于这一切，不知道你到底有什么想法？"朗杰克说，他们当时又在浓雾中劳作起来，像摸瞎一样，碰到的全是湿漉漉滴答着水的东西。

"我是如此想的，"屈劳帕在舵轮旁边说道，"杰尼·卡希曼的事像堵墙一样塞在我们空空的肚子里面，让我们很难受……"

"那个人——我们看到有一个人漂了过去。"哈维呜咽着说。

"当然，把那个人从水里整出来，就像让一条船搁浅一样；我认为该把他立即拉到岸上，你们就回想回想约翰镇、雅各布、鲍勒之类的旧事吧。是的，那边会安慰好杰逊，逐渐把他扶起来，就像把一条船弄到岸上一样。起先他很软弱无力，一次次

【名词解释】

搁浅：船只进入水浅处，不能行驶；比喻事情遭到阻碍而中途停顿或帆船运动技术术语。

扶住又一次次滑了下去，他会一路一直这样滑下去，不过瞧着吧，他会重新成为一个天生的好水手的。这就是我内心真实的想法。"

他们都认为屈劳帕的想法完全是对的。

"如果宾重新成为雅各布·鲍勒的话，"朗杰克说，"萨尔托斯会整个垮掉的。宾问是谁这些年来一直细心照顾着他时，你们是否看清楚他的脸色。啊，萨尔托斯，事情如何？"

"睡了，睡得死死的。翻起身来像一个孩子似的，"萨尔托斯答道，贴着脚向船尾走了过去，"当然等他醒过来后，该吃些东西才对。你们以前有没有看到过祷告会如此灵验吗？他一劳永逸地把小奥莱从大海洋里'钓'了出来。这是我的信仰。杰逊为他的孩子感到骄傲得要命，我可一向不相信崇拜空虚的偶像，这是一种明智的选择。"

"可有一些人也跟他一样稀里糊涂。"屈劳帕说。

"那可不一样，"萨尔托斯立即回嘴道，"宾根本就没让麻屑填塞进去，我也仅仅是对他尽一些义务罢了。"

那些腹中受饥的人等了足足 3 个小时，宾才重新出现。他面色很温和，脑袋却依然像白纸一样一片空白。他说他相信自己刚才一直在做着梦，接着他想知道他们之所以这样沉默的原因，恰恰是他们不能真实地告诉他。

后来在三四天的时间里，屈劳帕无情地让所有的人不停歇地干活，没法下海时，他就把他们赶至底舱去把库存的东西堆小推紧，给鱼腾出更大的地盘来。一捆捆打好包的东西从舱房的隔间搬到了前舱火炉后面的滑门旁边。屈劳帕还指出要使一条双桅船的吃水状况处于最佳状态，堆放货物有非常大的学问。伙计们整天忙活个不停，精神也终于慢慢恢复了过来。朗杰克使用一个绳头去搔痒哈维，因为他正如盖尔人所说的似的，"为了一些没有一点办法的事情，伤心痛苦得像只瘟猫"。在那些乏味的日子中，他确实想到了许许多多的事情，他还把他想的事情统统告诉丹，丹很赞成他的一些想法，甚至包括为何要去"钓"煎饼而不去向厨师要这件事。

但是一个星期之后，他们在一根棒头上绑上了一把旧刺刀，疯狂地想去刺杀一条鲨鱼，却差一点没把"哈蒂埃斯号"弄翻倒。那个凶残的畜生在平底般旁边擦来擦去，讨一些小鱼吃，他们俩能从三条鲨鱼的追逐中活着逃走就算是不幸中的万幸啦。

最后他们在浓雾中玩足玩够了捉迷藏的游戏。一天早晨，屈劳帕终于在侧首楼上朝下大声叫道："快，孩子们！我们到'城里'啦！"

第八章

　　哈维终生都不会忘记当时的一幕。差不多一周没有看到过的太阳刚刚从地平线升了起来，矮矮的红光照射在一条条双桅船的停泊帆上，抛锚停泊的双桅船上一共有三个船队，一队在南边，一队在北边，一队在西边。总数一共有大约 100 条，式样各不相同，在远处还有一条法国人的横帆船，似乎在朝这 100 条船一一点头行礼。每条船上都有平底小船放下来，就跟从拥挤的蜂房里放出蜜蜂来差不多，喧闹嘈杂的人声，滑车和绳索的嘎吱嘎吱声，船桨击水的声音，穿过汹涌起伏的海面传到了几英里以外的地方。太阳升起时，船帆变幻着各种各样的颜色，先是黑色的，后来是蓝灰色的，最后是白色的。还有更多的船只摇摇摆摆地穿过浓雾向南驶了过去。

　　平底船汇聚成一堆，又忽地分散开来，三五成群，后来又再次分开再次组合，但都向着一个方向划了过去，人们相互喊叫，相互打着唿哨，有的在不停地起哄，有的在唱着歌谣，水面上斑斑点点全是船上扔下来的垃圾。

　　"这是一座城市，"哈维说，"屈劳帕说得非常正确，这是一座城市！"

　　"我看这还算是小的呢，"屈劳帕说，"仅仅有千把个人，那边就是弗吉恩滩。"他指了指一片绿茵茵的非常宽阔的海，那里却没有一条平底船。

　　"海上号"在北边的分船队外围绕了整整一圈，屈劳帕向一个连着一个的朋友挥手招呼，然后像赛季完毕以后的游艇一样，干净利索地抛下了锚。纽芬兰浅滩的船队对航海技术高超的船总是默默放过去，而技术逊色的船往往一路都要受到他们的奚落。

"正好赶上捕毛鳞鱼。""玛里恰尔顿号"叫道。

"加工的盐快用完了吧？""菲里浦国王号"问道。

"嗨，汤姆·泼拉特！今天晚上过来一起吃饭吗？""亨利·克莱号"说。这样的一问一答在船与船之间不住地飞来飞去。这些人以前驾平底船在雾中逮鱼时都遇到过，但是不像在纽芬兰浅滩的船队中，有那么多闲聊的时间。他们好像都清楚哈维被救的事情，都问他是否已经成了称职的水手。年轻的水手们爱跟丹开些玩笑，丹说话伶牙俐齿，用他们家乡的绰号称呼他们，问他们近来身体状况可好，这些绰号都是他们不情愿听到的。梅纽尔也叽里呱啦用家乡话跟同乡人闲聊；人家甚至看到喜欢沉默寡言的厨师也骑在第二斜桅上用盖尔话向一个黑得跟他一样的朋友说话。弗吉恩浅滩四周都是岩底，一不注意就可能会擦伤抛锚的索具，有漂移的潜在危险，所以他们给缆绳安上了浮标，然后他们的平底船便前往停泊在 1 英里开外的船群，跟别的平底船汇聚在一起。上下颠簸的双桅船为了做好安全保障，跟它们隔开了一段距离，像母鸭观望着它们的一窝窝小鸭，而那些平底船的举动也确实像一群肆意妄行的小鸭。

当他们划入这一片相互碰撞得乱七八糟的船群时，对哈维划桨品头评足的吵闹声萦绕在哈维的耳畔，几乎把他的耳朵给震聋了。从拉布拉多到长岛一带的方言中夹带着葡萄牙语、那不勒斯语、混合语、法语和盖尔语，有的叫，有的唱，有的吵，有的骂，花样层出不穷，全在他周围成为乱哄哄的一片，并且他似乎成了众矢之的，那几十张粗狂野蛮的脸伴随着摇摇晃晃的小船忽起忽落。在他们中间他生平第一次感到那样失落，那样无地自容，那可能是由于长期以来只生活在"海上号"上的

【名词解释】

奚落：指讽刺；讥笑。

【同步思考】

为什么屈劳帕说这个地方是一个"城市"？

【名词解释】

三弗隆：英国长度单位，一弗隆相当于八分之一英里。

缘故吧。一个微微起伏波动的浪潮，从浪尾到浪头仅仅有三弗隆长的距离，也足以轻轻地托起一串漆成不同种颜色的平底船。他们在那儿闲逛了片刻，地平线上似乎展开了一幅起绒的粗呢，非常奇妙，那些人便指指点点叫嚷开来，可是没过多长时间，那些张大的嘴巴，挥舞的胳臂，敞开的胸膛全都消失不见了，而另一个轻浪扬起来的却是另一伙迥然不同的人物，就好像木偶剧场里换了一批纸做的木偶上场。哈维看得都入了迷。"小心！"丹挥舞着长柄捞鱼网时说。"我让你按下去，让你按下去。从现在起毛鳞鱼随时都会成群结队地奔过来。我们停在哪里？汤姆·泼拉特！"

"海军准将"汤姆·泼拉特一边把别的船推开撑到一边，一边跟老朋友打招呼，一边对那些老仇人提出警告，带领着他那小小的船队，稳稳当当地到达了一堆船的下风头，可随即又有三四个人拖着锚想抢先把船划到"海上号"船头的下风处的位置。这时侯一阵笑声传了过来，原来有一条平底船从它占领的地方冲了出来，速度像箭一样飞快，船上的人在发疯般地把锚索往上拉。

"让船减慢下来！"有二十来个声音一块吼叫了起来。"把锚索抖一下，弄开。"

"怎么回事？"哈维说，当时那船已经飞快地向南冲了过去。"他不是都已经下了锚了吗？"

"锚下了，那是肯定的，不过下锚的索具似乎移动了，"丹笑着说。"鲸鱼将它缠住了……按下去，哈维！毛鳞鱼要过来啦！"

他们周围的海一下子暗淡了下去，骤然变成了一片黑水，然后一群群密密麻麻的小银鱼开始嘶嘶作响，与此同时五六英亩范围内的鳕鱼像5月的鳟鱼一般活蹦乱跳起来，而鳕鱼后面又有三四条灰色的阔背鲸鱼在水中兴风作浪。

人人都大声叫嚷着想起锚插到鱼群中去，一不小心缠住了邻船的渔线，兴奋地七嘴八舌地议论开来，拼命地将长柄捞鱼网按进水里，不是尖声高语地告诫同伴，就是给他们出一些主意，这时深沉的嘶嘶声听上去就像刚刚揭开盖子的汽水，鳕鱼、人以及鲸鱼一齐朝那些不幸的小银鱼扑了过去。哈维差一点被丹的鱼网长柄打落进水里。但在这一片大混乱中他所注意到并终生难忘的是一只一动不动迸射出凶光的小眼睛，有点像马戏团里瞪视着观众的野兽的眼睛。那是一条贴着水面飞快游过来的鲸鱼，眼睛恰好跟海水处在同一个平面上，因此他说鲸鱼向他眨了眨眼皮。有三条船看到他们下锚的索具被这些横冲直撞的海中猎手缠住了，拖了差不多有半海里之多，这匹"野马"才把"缰绳"挣脱掉。

没过多长时间毛鳞鱼游开去了，五分钟之后再也听不到它们的声音，只有铅坠抛出去的啪啪声、鳕鱼的击水声以及人们又到它们时用杀鱼棒猛烈地敲击的声音。这次捕鱼真是令人万分惊诧。哈维可以看见水下面微微发亮的鳕鱼，成群结队慢慢地游来游去。即使咬住了钩也不慌不忙。平底船在弗吉恩滩或东部浅滩上被禁止在一条渔线上装上一个以上的钓钩，纽芬兰浅滩的法律中有这项明确的规定，但是小船如此密集，一根渔线就算仅仅有一个鱼钩，也缠在一块难以分开。哈维不由自主地跟两旁的人剧烈地争吵了起来，一边是位头发长长的纽芬兰人，模样还算和气，另一边是个叽里呱啦胡乱叫嚷的葡萄牙人。

渔线缠在一块，妨碍不大，平底船水下的锚索缠在一起那可就乱了套。人人都挑一个自以为合适的位置下锚，然后围绕着一个固定点漂浮或者划船。一旦鱼咬钩不够快，人人都想着给锚再寻个好地方，但三个人中总有一个看到他跟四五条邻船紧紧连在了一块。在纽芬兰浅滩上将别人的索具割断是一桩恶劣透顶的犯罪行为，可仍旧有人干这样的勾当，而且干得天衣无缝，查都查不出来。那天也接连着发生了三四起。汤姆·泼拉特当场逮住一个缅因州的人，将船桨举起，把那家伙从船上

【阅读理解】
我们在前面已经经历过了"海上号"劳动的热烈场景，而在此时此刻，这个场景变得更加盛大和热闹，因为这里有很多船一同开始劳作，场景的宏大我们也可以轻易地了解到。

打了下去，梅纽尔也用这样的手段收拾了他的一个同乡人。但是哈维的锚索还是被割断了，宾的锚索也同样，他们的船便改成了运输船，鱼装满以后，便运到"海上号"上面。毛鳞鱼群在黄昏时刻又来了一次，于是那种令人疯狂的喧嚣周而复始。天黑了他们才把大船划回去，在鱼栏边上的煤油灯下进行加工。

那有一大堆鱼，他们加工着便禁不住打起了瞌睡。第二天有几条船就在弗吉恩岩顶上捕捉鱼，哈维跟他们一道去了，他朝下一看就能看到那块孤零零的岩石上铺满了海草，那块岩石跟水面相距不到 20 英尺，鳕鱼在那儿像几个庞大的军团，在像皮革一样的巨藻上面庄严地行进，它们吞起饵的时候，集体一起吞，停下来的时候，也集体一起停。中午的时候，他们才慢慢松弛下来，开始四处寻找消遣。当他们的平底船也来加入捕鱼时，丹第一次看到"布拉格希望号"刚刚到，迎面就有人询问了一个问题，也算是打招呼吧。"谁是船队中最最小气的人？"

300 个人一起兴高采烈地答道："尼克·勃兰弟。"那声音听上去真跟管风琴伴奏下的大合唱差不多。

"谁偷走了灯芯？"那是丹的提问。

"尼克·勃兰弟。"条条船上都这样唱。

"谁曾经用咸鱼饵煮汤？" 1/4 英里以外不知哪个家伙在暗地里叫嚷道。

又是一阵欢天喜地的大合唱。按说勃兰弟并不是特别小气。不过他就有这样的名声，而且大多是船队里的人*胡编乱造*出来的。后来他们又看到了一个人，是从一条"屈罗洛"船上走下来的，那人 6 年之前曾经被起诉用了一条带有五六个鱼钩的索具，在浅滩一带，这种做法被称作明偷暗抢。这个家伙也就自然而然获得了一个"明偷暗抢贼吉姆"的外号，尽管他从那以后一直在乔奇斯藏着，可后来他每到一个地方就发现自己的坏名声早就在那儿等着他了。他们像爆竹齐鸣一样噼里啪啦地喧闹起来："吉姆！哦，吉姆！吉姆！哦，吉姆！明偷暗抢的贼吉姆！"
这样起哄大家觉得非常开心。紧接着，有一个贝弗利人大声唱
了起来，"卡里匹脱曼号的铁锚丝一点用处也没有……"那个
人颇有诗意，花费了整整一天编造了这首歌，还把这首歌向别
人吹嘘了好几周。这下平底船上的人们好像获得了什么宝贝，
叫唤起来。他们询问那个贝弗利，诗人怎么也会出海挣钱来啦，
原来就算是诗人也不是想做什么就做什么的！条条双桅船上都
有人在轮流替换着起哄。哪里有一个粗枝大叶或者肮脏的厨师，
平底船上便唱起那个厨师和他烧的饭菜。哪条双桅船有什么样
的把柄没让人发觉，便有人认认真真而又详详细细向整个船队
一一介绍。有谁从一起吃饭的伙伴那里"钓"了烟丝，他的名
字便会在这个集会上被说出来，并且在一个紧接着一个的浪头
上抛来抛去。屈劳帕一贯正确地做出判断，朗杰克几年以前把
做买卖的船卖掉了，丹的心上人（丹一听就气得暴跳如雷），
宾使用平底船抛铁锚的坏运气，萨尔托斯对肥料的一些看法，
梅纽尔在岸上有些失态，哈维一旦划起船来就有点娘娘腔。这
些全都成了大家的笑料。太阳底下一片片茫茫的雾霭降落了下
来，在他们身边绕来绕去，那些声音听上去很像有一排看不见
摸不着的法官在宣读他们的判决书。

【同步思考】

勃兰弟是怎么获
得那样一个绰号
的？

　　一条条平底船一边捕鱼，一边漂来漂去，一边争争吵吵，
一直到海上掀起了汹涌的波涛，他们这才开始分散开来，以避
免相互碰撞，有人叫嚷着，海水继续往上涨，弗吉恩非常有可
能会开锅。有一个鲁莽冲动的加洛维人不买他的侄子的账，起
了锚，他们要向那块岩石的顶上划去。许多人叫他们划开去，
可也有不少人鼓舞他们划过去。当一个又一个表面看上去平平
稳稳的大浪推向南边的时候，他们把平底船隐入了浓雾里，越
抛越高，然后又从一片凶险的水域滑了过去，那里起着一些波
纹，有一股向下的强大的吸力，那条平底船在那儿下了锚，离
开隐藏在水下的岩石不到一两英尺，正在绕着铁锚不停地转圈。

【名词解释】

忐忑不安: 忐忑,
心神不定。心神
极为不安。比喻
做事没有把握。

这只是为了逗能在拿生死开玩笑, 其他的船都默默看着不说话,
感到忐忑不安, 后来朗杰克把船划到了他的同乡背后面, 偷偷
割断了他们的锚索。

"没有听到声音有些不对头吗? "他叫喊道, "划出去,
救救他们这两条可怜的命吧! 快划! "

那两个人骂骂咧咧还想继续争论下去, 这时候船漂移起来,
不过下一个大浪却挡住了一些漂移, 就仿佛一个人踩在地毯上
有些绊脚似的, 只听到一个深沉的呜咽声和一个愈来愈大的咆
哮声响了起来, 弗吉恩两英亩的范围之内泛起了一股股不停往
上冒泡的水, 顿时浅海白茫茫一片, 怒涛汹涌, 鬼哭狼嚎。这
下所有的人一起朝朗杰克喝彩, 那两个加洛维人也变得无话可
说。"好看不好看, 怎么样? "丹一边说, 一边把头点得好像
一只在自己家门口的海豹似的。"这下它每隔上半小时就会开
一次锅, 除非浪头正好撞到它上面。汤姆·泼拉特, 它要是发
作了, 每隔多长时间开一次锅? ""每隔15分钟, 分秒也不差。
哈维, 你看见了纽芬兰浅滩最最壮观的奇景了吧, 如果说不是
朗杰克, 你一定还会看到几个死人的尸体。"浓雾深处有一片
片的欢呼声传了过来, 一条条的双桅般敲响了钟。有一条很大
的三桅船小心谨慎地从迷雾中探出身子来, 立刻受到爱尔兰人
的热情欢迎, 他们连连大声叫道: "过来, 过来。亲爱的! "

"又过来了一条法国船? "哈维说。

"你没长眼睛吗? 那是一条巴尔的摩船, 没瞧见它怕得全
身颤抖? "丹说。"这下我们能够把它彻头彻尾奚落一番了。
我看它的船长还是第一次看到咱们船队这个场面吧。"

那是一条看上去非常结实、很吸引人的800吨黑色大船。
它的主帆卷了起来, 中桅帆一有小风吹过来, 便会迟疑不决地
摆动几下。在海上的所有船只当中就数三桅帆船最为娇柔了,
这个家伙高大的身影, 一副踌躇不定的样子, 再加上船头雕饰
上涂满了黄白相间的颜色, 看上去真像是一个手足无措的女人

半提着裙子。在一些坏小子的嘲笑声里，穿过一条泥泞不堪的大街，它清楚自己在弗吉恩栈滩附近的某个地方，也听见了它的咆哮声，于是就问起路来。以下就是它从那些颠簸不稳的平底船上听来的一小部分回答：

"弗吉恩？你在说什么呢？这是星期天早晨的里哈佛尔。你就回家去好好清醒清醒吧。"

"回家去吧，你这个家伙！回家去告诉他们吧，我们马上就到。"

当它的船尾带着滚滚浪花和噗噗气泡向浪谷滑下去的时候，五六个声音用最最动听的调子唱了起来："啊啊啊，这下它可相碰撞了！"

"转舵！赶快转舵逃命！你就在它的头顶心上。"

"下来！拼了命地下来！其他的别去管它了！"

"所有人手都过去泵水！"

"放下船首三角帆，用篙把它撑住！"

船长终于发起脾气，咆哮起来，说了一些话。这时捕鱼立刻停顿了下来，七嘴八舌地回答他，他听到了许多关于他那条船和它下一个停靠港的各种各样的奇谈怪论。他们询问他是不是保险，他那只铁锚是什么时候偷过来的，还说那只铁锚以前属于"卡里匹脱曼号"；他们称呼他的船为运烂泥的驳船，还责备他胡乱地倒垃圾吓跑了鱼群；他们提议由他们来拖他的船，然后去向他老婆要账。有一个胆大包天的年轻人竟然把船滑到船尾突出部的下面，张开五指用手掌使劲拍打那条船，叫喊道："起来，老伙计！"

船上的厨师把一盆灰泼洒到他头上，一部分人用鳕鱼头回击。三桅船上的水手从厨房里扔出小煤块来，那些平底船上的人就威胁要上船拆掉上层甲板。要是那条船真的碰到了什么不测，他们会立即向船上的人提出警告，但是看到它平平安安地离开了弗吉恩，他们也就尽量抓住机会逗乐，西边 1 英里以外

【阅读理解】

渔夫在海上的生活充满了艰辛、危险和各种意想不到的乐趣。在一群的双桅船之中，突然冒出来一艘既漂亮又大的三桅船，往往就会引起人们的关注。善良而又喜欢开玩笑的人们，肯定会在平日无聊的时候，拿那条大船取乐，但是如果它碰到危险了，大家也会伸出援助之手。

【名词解释】

声嘶力竭：声，
声音。嘶，哑。力，
力气；竭，尽。
嗓子喊哑，用尽
力气。形容拼命
地叫喊、呼号。

的岩石再次发出阵阵响声的时候，三桅船受尽他们的捉弄终于
扬帆脱身离开了；这时起哄才算正式罢休。

弗吉恩声嘶力竭地咆哮了整整一个晚上。第二天早上海上
依然展现出汹涌澎湃的巨浪，白茫茫一片的情景。哈维看到船
队摇曳不定的桅杆上部已经作好了准备，只等有哪一个人带头
放平底船下去。但一直到 10 点钟的时候，还是没有人下去，这
时白天眼睛好的两个杰罗尔德，认为海浪会有个稍微平静的间
歇，于是他们领头下了海，其实这个间歇根本没有出现。片刻
之后一半的平底船已经颠簸在一个紧接着一个的连天的巨浪中
了。只有屈劳帕让"海上号"按兵不动，继续做加工下舱的活。
他瞧不出这种"敢作敢为"的行为有什么意义，因此傍晚的风
暴逐渐加剧的时候，他们就抽出空闲时间，去接待那些浑身湿
漉漉的不速之客，那些人在大风中能寻见一个避难的地方真是
求之不得。两个男孩站在拉平底船的索具旁边，其他的人都为
随时拉索做好的准备，他们的一只眼睛都在扫视着汹涌澎湃的
波涛，正是这个波涛使他们不得不放下手中所有的活。拯救宝
贵的生命要紧嘛。从黑暗中往往会传过来一声叫喊"平底船，
平底船！"他们便把钩子放下来，吊上来一个浑身湿透的人和
一条快要沉下去的小船。到后来他们的甲板上堆满了乱七八糟
的平底船，在铺位上也挤满了很多人。哈维跟丹在守夜的时候，
加在一起一共有五次大浪冲上甲板，他们跳上前桅斜帆，不让
它横扫过去打在帆杠上，并用手臂、腿和牙齿与绳子、帆杠以
及浸透水的帆布紧紧缠绕在一起，避免被浪头冲走。有一条小
船被撞得支离破碎，大海把船里的人抛到了甲板上，有一个前
额被撞开了一个大口子。天快亮的时候，大海依旧万马奔腾，
但海天相接之处微微露出了冰冷的白光，又有一个脸色铁青骨
折了一只手的人，像幽灵一样爬到了他们的船上，询问他兄弟
的下落。开早饭他们一下子多出了七张嘴，一个瑞典人，一个
查塔姆船长，一个杜克斯堡人，一个缅因州汉考克的小伙子和

三个普鲁温斯城人。

第二天船队之间进行了一次人员大清查，一条接着一条的小船划过来报告全体水手都已登船，尽管吃饭的时候谁也没有说什么，胃口却都不错。只有两个葡萄牙人和一个格罗萨斯脱老人被淹死，不过被撞破与撞伤的人很多，有两条双桅船断了锚索，给吹到了南边的地方，距离那里差不多有三天路程。法国人的船上有一个人死掉了，那条三桅船曾经和"海上号"做过烟草的交易。它在一个很潮湿并且白茫茫的早晨悄悄地从弗吉恩离开，向一片深水驶了过去，它的帆无论有没有必要，全部都升了起来，哈维从屈劳帕的小望远镜里看见了他们的葬礼。那仅仅是把一个长方形的包滑出船弦去。他们似乎没有举行什么庄重的仪式，但是夜里下了锚后，哈维听到他们在唱歌，好像是一首赞美诗，节奏极其缓慢，美妙的歌声越过洒满星星的黑水飘了过来。

帆船在海上颠簸，

有时打转，

有时倾斜，

牵着我浓浓的情意。

哦，圣母玛利亚，

请为我向上帝祈祷。

永别了，我将离去，

永别了，魁北克。

【同步思考】

三桅船的葬礼是怎样的？

汤姆·泼拉特前去访问了那条船。他说作为一名共济会会员，那个死人就如同他的亲兄弟一样。后来才清楚，一个浪头恶狠狠地把那个可怜的家伙打在第一斜桅底脚上，折断了脖颈。后来又有一个消息像闪电一样散播开来，因为跟平时的习惯做法完全不一样，在法国人的船上举行了一次隆重的拍卖，出售那个死人的物品，那个人在密克隆或圣马洛一个朋友也没有。他所拥有的所有东西全在舱房顶上摊着，从他的红色绒线帽到背后带有小刀与刀鞘的皮带等等都有。丹跟哈维到20寻的水域去捕鱼，自然而然也就划着"哈蒂埃斯号"跟很多人一起去凑热闹。他们划了很长的一段路，在那条船上逗留了片刻，丹买下了那把铜手柄极其古怪的刀。当他们从那条船上下来，把小船划开去时，天上下起了蒙蒙细雨，海上翻起了一些小波浪，这时他们才想起由于耽误了捕鱼的时间，可能会招致一些麻烦。

【名词解释】

簌簌：纷纷落下的样子。

"我看就是揍我们一顿也不会感到痛的。"丹说，身子在油布雨衣里瑟瑟发抖，他们把船划进了白茫茫的浓雾里，那雾跟往常一样，不跟他们打一声招呼，说下就簌簌地下了起来。

"这一带该死的潮水大多数都不是凭直觉就可以相信的，"他说，"把锚抛出去，哈维，我们钓一会儿鱼，等雾消散去。你弯下身去挑拣一个最大的铅锤。在这片水域里就算是3磅的重量也不算多。你看线已经被拉得直直了。"

船头旁的水泡非常少，那里有一些纽芬兰浅滩不可靠的水流拉着平底船，弄得它的锚索绷得直直的，但是他们不管朝哪一个方向看过去，最多也只能看清楚一个船身距离之内的东西。哈维把领子翻了起来，俯身趴在绕线轴上，一副航海家疲惫不堪的样子。现在他对迷雾已经没有多少特别的恐惧。他们默默地钓了一小段时间鱼，发现鳕鱼极其容易咬钩。丹拔出了腰刀，在船舷上擦了擦刀锋。

"这把刀相当不错，"哈维说道，"你怎么花这么少的钱就买下了？"

"那全靠他们那种该死的天主教迷信思想，"丹一边说着一边用刀口东剁西切。"据说他们都不喜欢取走死人身上的铁器。你没看到我要下这把刀的时候，那儿有一个法国人一直向后退吗？"

"但是拍卖并不等同于从一个死人身上拿走东西啊。那仅仅是做生意而已。"

"我们清楚这一点，可他们哪儿有胆量敢违背迷信。这就是在一个进步国家生活的好处。"说着丹吹响了口哨，哈维明白那首歌：

　　"东部岬角已经进入了我们的视线，

　　　屋顶岛的双灯塔，你们还好吗？

　　　在合恩角停泊下锚，

　　　我们就要看见姑娘跟小伙子挥手欢呼！"

　　"那个东港人为何不叫个价呢，他买下来了死人的靴子。难道缅因州不怎么进步吗？"

　　"缅因州？呸！他们见识甚少，要不他们怎么会没有足够的钱粉刷他们在缅因州的屋子？这种人我见过不少。那个东港人说那把刀曾经派上过用场，那个法国船长是如此告诉他的，那是去年在法国海岸上爆发的事件。"

　　"杀了一个人？把杀鱼棒传给我。"哈维把鱼拉了出来，又重新装上饵，把渔线抛了出去。

　　"当然，杀了一个人。我一听到了这点，就更加想得到它了。"

　　"天哪！我早点清楚这些就好啦！"哈维说着转过身子来，"我给你一个美元将它买下来，等我把工资领到手以后，我保证，我到那时候会给你两个美元的。"

　　"你没欺骗我？你真的如此喜爱它？"丹说，他兴奋得脸都涨得通红。"那好，老老实实给你说真心话，我之所以买下它，就是为了要把它赠送给你。不过在没弄明白你对这把刀的态度以前，我是不会轻易让给你的。哈维，它已经是你的了，我心甘情愿交给你，因为我们是一条船上的好伙伴，今天是伙伴，将来也是伙伴，将来的将来也仍然是好伙伴。给，接住，抓住了。"

　　他把刀、刀鞘跟皮带一股脑儿递了过去。

　　"可你瞧，丹，我可不想……"

　　"你拿好，跟我争也白搭。我希望你有这么一把刀，也希望你是它的主人。"

　　那种诱惑力是难以抗拒的。"丹，你是一位心地善良的人，"

【同步思考】

为什么丹要买下那把刀？

【阅读理解】

丹作为哈维的同龄人，在很多事情上都有共同的观点和看法。可以这么来说，他俩人就是玩在一起的。在送刀这件事情上，我们也可以清楚地看出来，丹很珍惜这份友情；对于丹的情谊，哈维也是很感动。

哈维说，"我会今生今世把它留在身边的。"

"这话我听着都感到舒服。"丹说，他快活地哈哈大笑起来。接着他们很快转到了别的话题上。"看上去你的渔线似乎被什么东西牢牢牵住了。"

"我看也是这样，给缠绕住了。"哈维说着把鱼线扯了扯。在他拉上来之前，他紧了紧腰间的皮带，听见刀鞘的尖尖在坐板上卡嗒卡嗒作响之后，他心里有说不出的愉悦。"事情不大对劲！"他叫道，"好像是碰到了'草莓'底，可这里全是沙底呀，对不对啊？"

丹伸出手来使劲扯了一下掂量了掂量。"大比目鱼不高兴的时候往往就是这个样子。那不是什么'草莓'底。你猛地将它拉了一两下。它跟着走了，准不会错。我们还是把它拉上来弄个清楚。"

他们俩一起往上拉，一圈又一圈结结实实地缠绕在羊角上，那个隐藏在水下的重物慢慢升了上来。

"真是了不起的大家伙，哦，使劲拉呀！"丹哇哇大叫起来，然而哇哇大叫最后变成了惊恐万状的尖叫，原来从水面上露出来的正是两天以前葬进海底的法国人。鱼钩咬住他的右胳肢窝，他就直挺挺地在水里摇来晃去，露出了脑袋和肩膀，非常可怕，他的两只胳臂缚在身体的两侧，而且他——他已经没有了面孔。两个男孩仰面跌进了船底，跌成了一团，爬也爬不起来，这时那玩意儿由于绳子收短了，在船边不停地上下浮动着。

"潮水，潮水把它带上来啦！"哈维嘴唇抖抖索索地说道，两只手在战战兢兢地摸索着皮带的扣子。

"哦，天哪！哦，哈维！"丹呻吟道，"快！他是来要那东西的。让他拿走，赶快让他带走。"

"我不要它了，我不要它了！"哈维大声叫道，"我寻不到皮带的扣子。"

"快，哈维！他就落在你的鱼线上！"

哈维坐起身来把皮带解了下来，面对着那个没有面孔、头发却在往外冒气的头颅。"他反倒一动也不动。"他对丹小声说道。丹瞧瞧，然后拔出了自己的刀子割断了渔线；哈维则把皮带远远地扔了出去。那尸体发出噗噗的声响。飞快地往下沉，没多少长时间就沉了下去。丹这才小心谨慎地跪起了身子，脸色变得比迷雾还要苍白。

"他是特意来取它的，他是特意来取它的。以前我看到过渔网捞出来一具腐烂的尸体，那时我并不感到怎么害怕。可这次他有针对性，是专门来找我们的。"

"要是我能够没收下那把刀该有多好啊。那时他就会到你那根鱼线上来啦。"

"我看不出来这有哪些区别。我们都被吓得算是十年白活了。哦，哈维，你看到他的头了吗？"

【阅读理解】

一个杀过人的刀，拿到了之后又带来了一系列的麻烦，而这些厄运都无一例外地降临了过来。丹和哈维面对如此的情况，也感到恐惧，于是就努力地想要通过一系列的办法来摆脱这种厄运的纠缠。

"怎么没有看见？我永远也不会忘记。不过你瞅瞅，丹，他不可能是故意那样做的。那应该只是潮水的缘故。"

"潮水！他不是来取那些东西的，哈维。可不，他们沉他下去是在船队向南 6 英里的地方，我们现在距离船队停泊的地方又有 2 英里的距离。他们告诉过我，他身子上系了一寻半链索，让他沉进水里。"

"不知他用那把刀在法国海岸上到底都干了些什么？"

"总不是什么好事。我猜他一定得带着这把刀去接受最后的审判，所以……你拿这些鱼干吗？"

"把它们从船上抛下去。"哈维说。

"干什么？我们又不可能吃这些鱼。"

"我不管。我在取下皮带时，设法没看他的脸。你钓的鱼你尽管自个留下，我钓的全都不要了。"

丹什么也不说，把他的鱼也都扔掉了。

"我看最好还是小心谨慎为好，"他最后嘟嘟哝哝地说，"要是雾能消散开来，我一个月不拿工资白干活也心甘情愿。下雾

【名词解释】

嘟嘟哝哝：连续地小声地自言自语。有时也带有抱怨的意思。

的时候四周总会有一些'唷嚙鬼'和冤鬼之类的东西在作怪，晴天是看不见的。有点还算比较走运，他是躺在水中浮着过来的，而不是直挺挺地走着过来的。不过很有可能他还会走着来的。"

"别说啦，丹！我们现在就处于他的头顶上面，但愿我一直平平安安地在大船上，就算是被萨尔托斯伯狂揍一顿我也认了。"

"很快他们就会寻找我们的，把喇叭递给我。"丹拿起了吹开饭号的洋铁皮喇叭，不过一吹，手就不忍心放下了。

"吹吧，"哈维说，"我可不想一整夜都在这儿呆着。"

"问题是不清楚他有什么想法。岸上有一个人曾经告诉我，他以前有一次在一条双桅船上，他们甚至没胆量对平底船吹号，因为船长，不是当时那位船长，而是驾过那条船有五年之多时间的一个老船长，他曾经在船侧，烂醉如泥地活活淹死过一个男孩，从此以后船长把小船划到大船侧的时候，那个男孩总跟别人一道叫喊'平底船！平底船！'"

"平底船！平底船！"雾中一个瓮声瓮气的声音传了过来，他们又被吓了一大跳，丹手里的喇叭都抖得掉了下来。

"等等！"哈维叫道，"那是厨师在喊叫。"

"真不清楚到底是什么让我想起了那个愚蠢的故事，"丹说。"那个是大司务，千真万确。"

"丹！丹尼！喂，喂，丹！哈维！哈维！喂喂，哈维！"

"我们在这里。"两个男孩齐声叫道。他们听见了划桨声，但是什么也看不到，一直到厨师划近他们身边，才看清楚他那张水淋淋发光的脸。

"发生了什么事？"他说，"回大船你们一定会挨揍的。"

"那正是我们盼望的呢。没人揍我们，我们才受不了这个地方。"丹说。"回大船就跟回家差不多，我们就已经心满意足啦。刚才和我们作伴的，我们可真忍受不下去。"厨师递给他们一根绳子时，丹把详细经过一一告诉了他。

"是的，他是来要刀的。"最后他仅仅说了这么一句。

在雾里，厨师把他们带回到了"海上号"。摇摇晃晃的小小"海上号"对他们来说，从来没有如此亲切过，他们觉得简直跟回到了老家一个样。从小小的舱房里面闪出了温馨的红光，送来一阵阵令人食欲大增的饭菜香味。屈劳帕和别的一些人都一个个活活泼泼地在栏杆上探出身子来，发誓要狠狠地打他们一顿。不过厨师是一个耍花招的行家能手，他不着急让他们把小船拉上去，却让小船绕着船尾磕磕碰碰，把故事最精彩的部分绘声绘色地讲完，还替哈维作了辩护，说他是福星高照，有神灵护佑，让种种不测的厄运无计可施，所以两个男孩上了大船反倒像是神秘的英雄，人人都询问了他们一大堆各种各样的问题，压根就没有因为他们惹出了麻烦而动他们一下。小个儿宾发表了一通议论，大力抨击愚昧的迷信，但是公众都一致强烈反对他，支持朗杰克的说法，他讲了一些最最让人毛骨悚然的鬼故事，一直讲到将近半夜的时候。在这种影响之下，除了萨尔托斯跟宾，人人都对偶像崇拜得说不出一句话来。厨师在一块木瓦板上放上一枝点燃的蜡烛、一只面饼、一撮盐和一杯水，让它们在船的尾端漂开去，乞求还未曾安息的法国人赶快安息下来。蜡烛是由丹点的，因为是他买的。

对于那条皮带，厨师咕噜咕噜念了许许多多咒语，直到火光沉进水中消失不见为止。

值完班回去睡觉的时候，哈维对丹说："对进步和天主教的迷信你还打算说些什么？"

"哼！我看我跟别人一样进步和开明。一个圣·马洛死水手为了一把三角钱的刀竟然把两个可怜的男孩吓得半死，这一点厨师能够完全理解我。我不相信外国人，无论是活的或者死的。"

第二天清晨除了厨师之外，大家都对这样的仪式感到很难为情，因此都不分昼夜地工作，相互说话都非常生硬。"海上号"跟"帕里诺曼号"最后扫尾的速度差不多是齐头并进，竞赛相当激烈，以至于整个船队的人都在密切地关注着，而且在拿烟草打着赌。所有的人手都在钓鱼或者加工下舱，干到后来连站着都能打瞌睡，从天没亮就起来干活，一直到天黑得什么都看不清楚才收工。他们甚至让厨师扔出鱼，让哈维下底舱把盐递过来，丹则帮忙前去加工。幸亏"帕里诺曼号"上有个人从前舱摔了下来将脚脖子扭伤了，"海上号"才最后得以领先。哈维看不出来船上还能再多装上一条鱼，但是屈劳帕和汤姆·泼拉特却一次又一次往上堆垛，把压舱物中的大石头抛下去，再使劲压压，又总是还能再放一些加工好的鱼货。屈劳帕等到所有的盐全部用尽了，也不向他们通告一声，他一路跌跌撞撞地到船尾小间后面的储藏室中去把那张最大的主帆拖出来。那时正是清晨10点钟。停泊帆落了下来，快到中午的时候升起了主帆和中桅帆，船侧过来了许许多多的平底船，全是来让他们捎带家信的，别的船上的人都非常羡慕他们交的好运气。最后船上甲板清扫得一干二净，旗也朝上升了起来。那是头一条离开纽芬兰浅滩的船享有的特殊的权利。"海上号"起锚，开始行进，屈劳帕假装照顾那些特意送过来信的人，故意让"海上号"在船队之间<u>悠然自得</u>地驶进驶出。实际上那是他的一次小小的凯旋式。5年下来"海上号"出色的航际也确实显示了他是一位出色的船长。丹的手风琴与汤姆·泼拉特的小提琴都奏了起来，为加工的盐全都用完的时候，才能唱的一首歌作着伴奏：

嗨，咿，唷嗬！赶紧把你们的信送过来，

加工的盐已经用完了，

我们现在就要起锚返航，

扬起主帆返回到故乡新英格兰，

载着一百五十公担的货物，

一百五十公担，

【名词解释】

悠然自得：悠然，闲适的样子；自得，内心得意舒适。形容自由清闲，心情舒畅。

150 公担堆得高高的货物，

行驶在老奎略或者大纽芬兰浅滩之间。

最后几封信也系上煤块放置到了他们的甲板上，一些格罗萨斯脱人还哇哩哇啦大声叫嚷，让他们捎口信给他们的妻子、相好和货主。这个时候，"海上号"已经结束了有乐队伴奏的巡游，从船队中穿梭了过去，它的几张前帆正在不自主地抖动，仿佛一个人在挥手做告别。

哈维很快就看了出来，挂上停泊帆，从这个停泊地游荡到那个停泊地的"海上号"跟往西偏南方向满帆返航的"海上号"是截然不同的两条船。即使在可以看做"儿戏"的天气里，他甚至能感觉到底舱死沉沉的货物在汹涌的大海中有力地朝前突进。船两侧翻滚着冒出气泡的水流看得他眼花缭乱。

屈劳帕让他们摆弄船帆忙活个不停，当这些帆全都服服帖帖跟赛艇上的帆一样，丹还得守在中桅大帆那里，在"海上号"的航行中时刻扳动那张帆。一有空闲时间，他们便去泵水，因为鱼堆里时时在滴着卤水，会严重影响到货物的质量。但由于不用再去捕鱼，哈维能够用另外的一个观点去看待大海。满载的双桅船船边同水面非常贴近，自然而然也同它周围的大海的关系更加密切。他们很少人能够看到地平线，除非它处在大浪的浪尖位置；通常它总是好像在用胳膊肘推推搡揉，摇摆着身体，巧妙而又坚定不移地穿行于灰色的、蓝灰色的或者黑色的浪谷中，犁出一道连着一道的泡沫飞溅的带子；再不它就侧身从一些比较大的浪峰旁擦过去，摆出一副既像是挑逗，又似乎是爱抚的姿态，好像在说："你不可能会伤害我的，我决不会弄错。我只不过是小小的'海上号'。"因此它抿着嘴暗暗格格地发笑，一滑刷地滑了过去，然后又被一些莽撞冲动的浪头拦截住了去路。一个连着一个的漫长的白天里，一个又一个小时看着这番情景，就是最最沉闷的人也不可能不被它所吸引。哈维从骨子里就不是一个沉闷的人，他开始对这番情景有所理解，他欣赏

【同步思考】

"海上号"是如何成为第一个离开纽芬兰浅滩的船的？

【名词解释】

广袤无垠：广，
东西长度。袤，
南北的距离。垠，
边际；边界。意
思是：比喻广阔
得望不到边际，
形容辽阔无边；
无边无际。

伴有一种撕裂声接连不断的浪尖翻滚，觉得似乎是在倾听朴实无华的合唱：他欣赏疾风从广袤无垠的空间呼呼飘过，觉得它是在放牧海上紫蓝色的云影；他也欣赏海天相接处一轮红日冉冉升起的瑰丽壮观；欣赏晨雾笼罩却又倏忽匆匆忙忙消散去；欣赏中午刺眼的阳光闪耀；欣赏蒙蒙细雨亲吻方圆千里阴沉沉的海面；欣赏白天走过、降临到万物使人发抖的黑暗；欣赏月光下面大海的百万条皱纹。第二斜桅似乎戳到了低矮的星斗，那个时候他也总要下去朝厨师讨一个炸面包圈来吃。

不过最为有意思的莫过于这样一个情景：两个孩子被安排在舵轮上做事，汤姆·泼拉特在闻得见呼叫的距离内作指挥，这时船仿佛蜷缩着身子骨，将它下风的栏杆紧紧地贴在哗啦撞碎的一片蓝色浪花下，在它的绞车上空留下一个小小的人造彩虹，弯曲成一个十分完整的弓形。这时帆杠的夹片靠在桅杆上哀诉起来，帆布发出卡嗒卡嗒的声响，帆篷兜满了呼啸而来的海风，而当它滑进了浪谷，渐渐朝前的时候又活脱脱像一个妇人走起路来让自己的丝绸裙绊住一样，等到从浪谷里出来时，它的船首三角帆已经湿漉漉地升到了半空中，无限渴望地凝视着拉克岛的双灯塔。

他们从灰色寒冷的纽芬兰浅滩离开，在圣劳伦斯海峡发现一些运送木料的船驶向魁北克和一些来自西班牙和西西里的横帆双桅船。这时有一股东北大风从阿蒂蒙浅滩吹了过来，相助他们，把他们送到了塞布尔岛的东边。屈劳帕并不停留下来多瞅上几眼，同那几条船一道又驶过了惠斯顿和里哈佛尔，到了乔治斯的边缘。从那里开始他们进入到了更深的水域，让"海上号"行驶得相当欢快。

"哈蒂在牵着我们往前走，"丹向哈维说出了心里话。"哈蒂和妈妈都在牵。下星期天你得雇用一个男孩给窗户泼泼水，要不你听不见水声就会睡不着。我看你最好还得同我门住在一块等你家里人前来接你。重新回到岸上后，最为舒服的事你清楚是什么吗？"

"洗上一个热水澡？"哈维说。他的眉毛上都结出了白色的盐花。"那的确是挺舒服的，不过穿上一件长睡衣那就会更加舒服。自从我们扬帆出航以后，我就一直梦见长睡衣。你可以在那种睡衣里扭动你的脚趾头。妈妈会给我做上两件崭新的长睡衣，洗得软软的。那就是家，哈维，那就是家！你在空气中也能嗅到它的气味。我们现在快驶进一股暖洋洋的热流了，我甚至都嗅到了月桂的香气。不知道能不能进港吃上一顿晚饭。往左舵转一下。"

船上的帆全都有气无力地拍打着浪花，在稠密的空气中斜了下来，这时他们的周围是一片平平展展的大海，海水油光光蓝幽幽的。他们希望来一阵风，不料却飘过来了一阵雨，长长的雨脚仿佛又长又尖的鱼竿一样，敲鼓似的落到了水面上，激起了许许多多的水泡。他们的后面还跟过来了 8 月里的闪电和雷鸣。他们光着膀子赤着脚丫躺在了甲板上，抢着说自己上岸以后第一道菜要点什么，因为这时陆地已经胜利在望了。有一条捕剑鱼的格罗萨斯脱小船从旁边漂了过来，一个人在第一斜桅上的小操纵台中仓促地挥舞着，他那湿漉漉的头发贴在没有戴帽子的脑袋上。"一切都非常顺利！"他欢快地叫道，好像他是一艘大班轮上的值班人员。"伏弗曼正等着你呢，屈劳帕。船队有什么新闻吗？"

屈劳帕跟他大声地喊话，没过多长时间与那条船就相距得很遥远了。这时夏季的雷暴在头顶上隆隆作响，忽闪的电光一时从四面八方袭了过来，将海峡沿岸照得通明。格罗萨斯脱港四周一圈低矮的群山，坦庞德岛，一排排的鱼栈，栉比鳞次的屋顶，水中的标杆和浮标，有十多次像一张张令人眼花缭乱的照片显现出来，接着又消失掉。这时"海上号"慢慢进入了不高不低的潮水里，呼啸的浮标在它背后悲叹和呻吟。雷阵雨逐渐过去了，一道道长长的白得发亮的电光还像一把把残暴的利剑在不停地

【阅读理解】

这是一段关于海上景色的描写，粗看来，这段描写非常简单，可是几个景物的交相辉映地出现和各种拟声词的依次写出，让读者对于海上雷暴来临时候的壮观景色又增加了几分新奇的印象。

划破天空。然后伴随着一声轰鸣，就像大炮里的炮弹炸裂开一样，空气在星空下面又被震荡得颤动了几下，大地又归于寂静。

"旗子，旗子！"屈劳帕忽然指着上方说。

"什么事？"朗杰克说。

"奥托！下半旗。他们这当儿在岸上能看见我们。"

"我已经忘得一干二净了。他不是格罗萨斯脱人，对不对？"

"可是在今年的秋天他原本计划跟一个姑娘结婚的。"

"圣母怜悯！"朗杰克说着把那面小小的旗降落到了半桅上，表示对奥托进行哀悼，他是三个月以前在里哈佛尔被一阵大风从船上刮下去的。

屈劳帕擦去眼皮上的雨水，轻声下达命令，把"海上号"驶向了伏弗曼码头，船围绕着停靠的绳索不停地摆动着，从漆黑的码头深处传出了守夜人的喊话。除了一片黑暗和神秘的靠岸过程，哈维还深切地感受到了陆地带着成千上万入睡的人再一次紧紧地围绕着他，他还嗅到了土地的气味，闻到了堆货场上火车头调头时发出的熟悉的噗噗声。所有这一切使他心怦怦不住地跳动着，站在前桅帆索脚那里嗓子眼都发干了。他们听到了半夜三更在灯塔里装有滑轮的铁钩旁的声音，便探头进去，里边黑漆漆的，有一盏灯将两旁照亮了。有人嘟嘟囔囔着醒了过来，扔给他们一根绳子，他们便把船结结实实地系在了静悄悄的码头上，码头的两侧大多是一些铁皮屋顶的大货栈，无声无息地躺在那里，里边空荡荡的却感到很暖和。

哈维在舵轮旁坐了下来不停地哭泣着，好像心都哭碎了。有一个身材高大的妇人，原来坐在码头上的磅秤那里，这时候下到双桅船上来，亲吻了一下丹的脸颊，她就是丹的母亲。她借着闪电的亮光看见"海上号"正在进港，于是特地赶到码头上来。她起先没有注意到哈维，哈维哭着哭着，终于渐渐平息下来，这个时候屈劳帕把他的事统统告诉了自己的太太。破晓时分他们一块去了屈劳帕的家。电报局还没有开门，他不能打电报给家里的人。这时哈维·切尼可算得上是整个美国最最孤独的男孩了，而且最怪的是屈劳帕和丹似乎都不把哈维的哭泣当做一回事。

伏弗曼还没有准备好，因此没办法给屈劳帕的鱼开价，直到屈劳帕向他们做出了保证，担保"海上号"比别的格罗萨斯脱渔船至少早到一周，他们这才同意过几天把船上的货全部卸下来。因此船上所有的人手全部在街上闲逛游玩，朗杰克让摇头晃脑的有轨电车停了下来，说他按原则办事，有权利乘坐，后来售票员实在没一点办法，只得让他免费兜兜风。丹为他的家感到十分骄傲，走来走去一副<u>不可一世</u>的嚣张样子，长满雀斑的鼻子都几乎伸到半空中去了。

【名词解释】

不可一世：一世，一时。可，许可，赞成，称是。自认为在当代没有一个人能比得上。形容极其狂妄自大。

"丹，你再摆出这种德行，我非揍你一顿不可，"屈劳帕闷闷不乐他说，"这次我们上岸以后，你的表现过分放肆了。"

"他要是我的孩子，我这会儿早就狠抽他一顿了。"萨尔托斯伯伯嫌恶地说。他和宾在屈劳帕家里一起住宿。

"嗬，嗬！"丹说，他带着手风琴在后院里拖着步绕开了圈，仿佛在跳舞一般，准备一旦敌人进攻过来，就忽地跳过篱笆去。"丹由于具备自己的判断，自然非常受人欢迎。不过请记住，我警告过你，你的亲骨肉警告过你！如果你出了什么差错，那并不是我的过失，我会在甲板上好好瞧瞧。至于你吗，萨尔托斯伯伯，法老的首席司膳官在此事上并没有跟你站在一块！你就等着瞧吧。你会被坑骗的，像你那该死的三叶草埋在地里面一样；可是我，丹·屈劳帕，却会像绿色的月桂树一样枝叶茂盛，因为我从不固执己见。"

【同步思考】

丹在伏弗曼码头上见到了谁？

屈劳帕摆着他那岸上的全部架子，脚穿一双精致的绒毡拖鞋，正在津津有味地抽烟。"你会变得跟哈维一样神经兮兮的。你们两个到处疯跑，又是痴笑，又是叽叽喳喳，还在桌子底下互相踢来踢去，整得家里面得不到片刻安宁。"他说。

"对于某些人来说，不安生的事就要有一大堆了，"丹反驳道，"你们等着瞧吧。"

他和哈维出去搭乘有轨电车到了东格罗萨斯脱，又步行从月桂树丛穿了过去，来到了灯塔下面，平躺在红色的卵石上，不停地哈哈大笑起来，笑得肚子都空了。哈维早给丹看过一份电报，而且两人发誓绝不泄露出去，一直到"炮弹"自己爆炸。

"哈维家的人？"吃完晚饭之后，丹一脸镇静自若的表情，说。"嗨，我看他们也没有多么了不起的，要不在这会儿我们早就听到有关于他们的消息了。他的爹在西部开了个什么店，叫什么来着。爹，他多半会给你5元钱当做酬谢的。"

"我不是早就已经跟你说过了吗？"萨尔托斯说，"丹，你不要把唾沫喷在吃的东西上面。"

第九章

一个亿万富翁无论他有多少个烦恼和多少件令人伤心的事，他和其他工人一个样子，也还必须得工作。切尼，就是那个老哈维·切尼。六月来到东部，去看望一个精神完全崩溃已经成了半个疯子的妇人。他日日夜夜都梦到自己的儿子活活淹死在灰色的大海里。他让一大堆医生、训练有素的护士、专搞通讯的女人还有一些进行信仰医疗的伙伴都围绕着她转，可是这些人全都想不出任何解决的方法。切尼夫人依然平躺在床上呻吟个不停，要不就是跟任何愿意听她说话的人议论她的儿子，一说就是足足 1 个小时。她已经不抱任何希望，而且谁也没办法使她怀有希望。她所需的一切仅仅是要别人担保在水里淹死一点也不痛苦。她丈夫不得不时时刻刻在她身边守着。要不然的话，她真会去做亲身实验的。老哈维·切尼很少提及自己的悲痛，有一天他偶然翻看写字台上的日历，才发觉他几乎不了解这件事情对自己究竟会造成多么大的影响。

在他的脑海深处过去有一个愉快的念头挥之不去，那就是总有那么一天他把所有的事情全都处理妥了，孩子也就大学毕业了，他能够信任孩子，引导他正式进入自己的事业。他跟所有一整天忙忙碌碌的父亲一个样，说服自己，到那一天孩子便会成为他的伙伴、合伙人和同盟者，接下来就一块工作上几年，

【阅读理解】

哈维的失踪，直接导致了哈维母亲的痛苦和绝望。虽然没有亲眼看到儿子死去，但是这么长时间未能找寻到儿子，也让母亲不得不往坏处想。日夜在苦难中煎熬着，最终哈维的母亲承受不了这种压力，精神出了问题。

轰轰烈烈地干上一番，让老年人冷静的头脑去支持满腔热血的年轻人。可现在孩子已经死了，掉进海里淹死了，就像切尼一艘运茶叶的大船上的一名瑞典水手一样；自己的老婆也快要死了，或者甚至比死更加糟糕；而他自己也陷在一大堆妇人、医生、侍女和看护之中没办法脱身。随着妻子进行可怜的没完没了的奇思怪想而始终无法排解忧心忡忡，忍无可忍还必须再忍，一筹莫展，根本就腾不出时间，也无心去对付事业上的众多敌人。

他把妻子带到了圣迭戈，那儿他有一幢新的住宅，设备还不是很齐全，妻子和她的那帮人占了豪华的整幢房间，而切尼住在游廊上的一间房子里面，有一个秘书和兼任电报员的打字员和他住在一块，一日连着一日地奔波于各种事务：西部四条跟他利益有牵连的铁路有一场运费之争；他在俄勒冈的木材基地，一场毁灭性的罢工愈演愈烈；加里福尼亚的州议会，对州里的制造商有意见，正打算公开反对他。

以前一有挑战，他就马上挺身而出，然后进行一场灵活而又毫无顾忌的战斗。如今他无精打采地坐在那儿，黑色的软帽压得非常低，几乎遮住鼻梁了，他那魁梧高大的身体缩在宽宽松松的衣服里，眼睛不是盯着自己的靴子不放，便是死死地盯着港湾中的中国舢板。他一边将星期六的邮件打开，一边漫不经心地回答着秘书提出的各种各样的问题。

【同步思考】

哈维的失踪给家庭带来了什么影响？

切尼不清楚抛下所有的事情脱身出来需要付出多大的代价。他买了巨额的保险，还可以买利息丰厚的年金，到时候在科罗拉多的几处地方和一个小小的社会（那对他的老婆有不少好处）之间，比如在华盛顿跟南加利福尼亚群岛，一个人能够忘掉那种种毫无结果的计划。另一方面……

打字机的嗒嗒声慢慢地停了下来，那个姑娘瞧着脸色苍白的切尼。

秘书把一份旧金山传过来的电报递给了切尼：

甲板落水，被渔船"海上号"救了出来。绝大部分时间在纽芬兰浅滩捕鱼，一切都平安。此时此刻马萨诸塞州格罗萨斯脱·狄斯柯·屈劳帕在家里等候汇款或指示。妈妈身体还好吗？哈维·切尼电。

那位父亲让电报失落在地，把头倚靠在写字台的一角上，粗重地喘着气。秘书连忙去把切尼夫人的医生请了过来，可医生跑过来一瞧，切尼却正在房中踱来踱去。

"你如何——如何认为？是不是真有这种可能？这其中是不是别有用意？我都吃不准了。"他大声叫嚷着说。

"我能吃准，"医生说，"我一年抛掉 7000 元钱，如此而已，不会再晕头转向。"他想起了自己在纽约奋斗的事情，由于切尼专横的命令，他才不得不丢下诊所做了私人医生。他将电报归还给切尼，哀叹了一声。

"你的意思是你要把这件事告诉她？可假如这只是一个骗局呢？"

"你说这样做有怎样的动机？"医生冷静地说，"这件事一查就一目了然了。那肯定是孩子发过来的电报。"

一个法国侍女冒失地走了进来："切尼夫人说你必须立刻就去，她正在找你。"

有 3000 万家财的主人恭恭敬敬地点了点头，紧跟在苏珊娜的后面走了出去。从白木大楼楼梯顶上传过来了一声软弱无力而声调很高的叫喊："什么事？出了什么事？"

她丈夫脱口说出了这个消息；一声尖叫响了起来，那声音没有哪一扇门能够关得住，而且在整幢房子里来回游荡了好长一段时间。

"这就太平无事了，"医生安详地对打字员说道，"假如小说里的医学报告要有一些真心实意的话，欢乐不可能杀死一个人，金西小姐。"

"我明白。不过我们先得做大量的工作。"金西小姐生在密尔沃基，说话有些直来直去。她对秘书这个职业琢磨得非常透彻，预料到手头上要有工作做了。那个秘书正在认认真真地查看墙上那幅巨大的美国地图。

"米尔森，我们必须横穿整个美国。乘私人列车，一直抵达波士顿。你把通讯联系的事情安排一下。"切尼走下楼梯大声叫嚷着说道。

"我正在如此考虑呢。"

秘书朝打字员转过头来，他们的目光相遇了。她用询问的目光瞧了他一眼，对他的聪明才智不免有几分怀疑。他做了一个手势命令她去发莫尔斯电码，就像一个将军指挥大部队全心全意地投入战斗一样。然后他抬起手来像音乐家那样，掠了一下自己的头发，眼睛朝天花板上看了一下，便开始细心工作起来，而金西小姐又白又嫩的手指也开始向整个美国大陆发起了召唤。

"发洛杉矶的 K.H 韦德——'康斯坦塞号'是不是在洛杉矶，金西小姐？"

"是的。"金西小姐一面嗒嗒地发报，一面点头，秘书瞅了瞅他的表。

"准备妥当了吗？将'康斯坦塞号'私人列车发到这个地方，安排星期日的特别列车，及时与纽约十六号专用线的高级快车联系，下星期二抵达芝加哥。"

"你难道就不能安排得更好一些吗？"

"在这些路段上不可以。这样吧，从这儿到芝加哥给他们60个小时的时间。他们让一辆到东部去的专列达到这样的速度，已经相当不错了。准备妥当了吗？同时安排好'湖滨号'和'密执安南部人'号，带着'康斯坦塞号'经过纽约中央车站和哈得孙河布法罗站到达奥尔巴尼。分别通知布法罗站与奥尔巴尼站。同样安排从奥尔巴尼抵达波士顿。我必须在周三的傍晚到达波士顿。要保证一切畅通无阻。此外，分别向坎尼大、陶赛和巴恩斯三站传一份电报，落款'切尼'。"

金西小姐点了一下头，秘书继续口授。

"接下来的时间当然是发电报给坎尼夫、陶赛跟巴恩斯站。准备妥当了吗？芝加哥的坎尼夫站，请让我的私人列车经由十六号专用线的圣多菲于下周二下午挂接纽约直达布法罗的高级快车，然后就是挂接纽约中央车站到达奥尔巴尼站的特别快车——你去过纽约吗，金西小姐？将来总会有那么一天我们会去的。准备妥当了吗？私人列车于周二下午由布法罗到达奥尔巴尼，挂接特别快车。紧接着发给陶赛站。"

"纽约的确没去过，不过谁没听说过纽约？"金西小姐把头甩了甩说。

"请多加原谅。现在发给波士顿，奥尔巴尼和巴恩斯车站，重复着从奥尔巴尼到波士顿的指令。下午三点零五分的时刻离站；星期三下午九点零五分正式到达那里。这就是韦德要安排的所有事宜。不过看来会惊动所有的站长。"

"好极了！"金西小姐说，她非常钦佩地瞅了秘书一眼。她所看重并能互相理解的便是这样的男人。

"还算不赖，"米尔森谦虚地说，"不过话说回来，如果不是我，谁都得糟蹋上 30 个小时，跑这趟车需要整整花掉一个星期的时间，谁也不会想到经过圣多菲直达芝加哥。"

"不过你瞅瞅，关于纽约的特别快车，就算是乔赛·迪普本人也不可能把'康斯但塞号'挂在他的列车上。"金西小姐控制了自己的情感，暗示说。

"是的，可这不是乔赛。这是切尼，他是闪电。他就能够办到。"

"这话不赖。我看我们最好给那位孩子发一份电报。无论怎么说，我们不能忘了此事。"

"我去请示请示。"

【名词解释】

不赖：不错，好。

　　他回来带着父亲的口信，嘱托哈维在指定时间到波士顿与他们见上一面。秘书看到金西小姐正在发报机那儿笑，他也笑了起来，疯狂的嘀嗒声发自洛杉矶："我们想清楚地了解究竟为什么——为什么——为什么？普遍的不安正在滋长和蔓延。"

　　十分钟以后芝加哥用以下的话语向金西小姐呼叫："本世纪最大的蠢事正在酝酿之中，请及时警告朋友们，我们这儿完全被蒙在鼓里。"

　　当电报放在切尼面前的时候，他为敌人的惊慌冷冷地笑了一下。"他们以为我们已经踏上了征途，告诉他们我们这段时间不准备开战，米尔森，告诉他们我们打算做什么。我看你跟金西小姐最好一道去，我在路上不打算办公。把实情统统告诉他们，至少这一次咱们什么也不隐瞒。"

　　实情发布了出去。金西小姐把主人的感情也嘀嘀嗒嗒地发了出去，秘书还另外添上了一些备忘的引语："让我们讲和吧！"于是2000英里开外的一些会议室中那些广泛操纵铁路利益的代理人，那些6300万资产的代理人也总算松了一口气。切尼只是飞快地前去与他的独生子相见，他的儿子又奇迹般地复活了过来。那头大熊在寻觅它的熊崽，而不是寻觅什么猎物。那些铁石心肠的人早已把刀剑拔了出来，打算为了自己的金融生命拼死一战，现在却放下了武器，祝愿他能够取得神奇的速度，这时在五六条最微不足道却最惊慌失措的线路上，还有人在昂首挺胸，说什么如果切尼不愿意休战的话，他们定会做出一番惊天动地的事来。

　　这个周末电报打来打去真让人忙得晕头转向，既然此时焦虑已经消除掉了，各个城市中的人们都开始匆匆忙忙地为提供种种方便而奔走。洛杉矶打电报给圣迭戈和巴斯托，说南加利福尼亚的司机已经接到了通知，在各机车车库待命；巴斯托传话给大西洋与太平洋海岸的铁路线，阿尔伯克基路段甚至让艾奇逊和托皮卡以及圣多菲的全体管理人员都进入待命状态，就连芝加哥的管理人员也毫不例外。一列混编列车和工作人员以及那辆伟大的镀金的"康斯坦塞号"私人列车将畅通无阻地加速行驶在 2350 英里的铁路上。火车将优先于其他 176 次列车通过和交接；调度员和上述那些列车的机组人员无不一一详细地通知到家里。需要 16 个火车头，16 个司机，16 个司炉工，而且个个都是最优秀的，是最出类拔萃的。更换火车头只允许花掉两分半钟，加煤两分钟，加水三分钟。"警告所有人员，安排好水柜与斜槽，不得有任何差错，因为切尼十万火急。"电报嘀嗒滴答地响个不停，"速度要达到每小时 40 英里，各分段的负责人必须在各自的分段上好好值班，为特别列车做好服务。从圣迭戈到芝加哥的第十六专用线，都要铺设下毯，情况十万火急，十万火急！"

【同步思考】

哈维的父亲准备去找哈维了吗？

"不会愈来愈热的，"星期天黎明，火车离开圣迭戈滚滚向前行驶时切尼说，"我们准备好好赶一赶，孩儿他妈，尽我们的所有能量。不过我认为你戴上帽子和手套确实没有一点好处。你最好还是吃上一些药躺下来。我会跟你玩多米诺骨牌的，因为今天是星期天，"

"我挺好的，哦，我会好转起来的。只是你把我的帽子取走吧，它让我觉得我们似乎永远到不了那里。"

"想办法睡上片刻，孩儿他妈，我们会毫无知觉地就到达芝加哥的。"

"可我们要去的是波士顿，孩儿他爸。告诉他们要加快一点速度。"

6 英尺的机车头一路在圣布那的诺和奠哈夫荒原上轰鸣着前行，但是这个速度根本不行，加速只能留到以后。当他们转向东部到达厄达尔斯和科罗拉多河的时候，荒原的炎热后面紧随着的是丘陵地带的炎热。火车从干旱和光照强烈的地带碾过。他们在切尼夫人的脖子上放上一些碎冰进行消暑。火车在漫长的斜坡上吃力地爬行，经过阿什福克分水岭往弗拉格斯塔夫开去，那里的森林和采石场展现在远处干燥的天空下。速度表的指针轻轻跳动、左右摇摆着，烟屑在车顶上发出嚓嚓的声响，一股旋风夹杂着尘土在旋转的车轮后面呼呼地打转。机车的机组人员坐在铺位上，用衬衫袖子遮盖住嘴巴在喘气，切尼发现自己在他们中间高声讲着一些铁路上所有职工人人都一清二楚而且已经老掉牙的故事，力图压倒火车的呼啸。他向他们述说有关自己儿子的事情，说大海怎么饶了他的一条命，他们连连点头称赞，唾沫四溅地朝他打哈哈，还问起后面的这个夫人，如果司机加大马力，她是否能够受得了？切尼认为她能够受得了。于是这条巨大的火龙猛地加快了速度，从弗拉格斯塔夫一直飞快地行驶到温斯洛，后来一个分段的管理员提出了抗议，他们才减慢了速度。

切尼夫人在法国侍女的单间卧铺旁尽管吓得脸几乎都变成了土灰色，身子靠在车箱门的银把手上呻吟了片刻，又请求丈夫命令他们把速度加快，于是他们把干燥的沙漠地带和月光下的亚利桑那山岩甩到了身后，一路忍受着酷热的折磨，直到车钩的声响和刹车的呼哧呼哧声告诉他们到达了落基山脉分水岭旁的库里奇。

机组人员总共是三个，都异常勇敢，又经验丰富，刚接班的时候既自信又镇定，但这一番让人胆战心惊的飞轮特技表演结束以后，他们一个个都脸色苍白，全身颤抖，大汗淋漓。他们让这列车摇摇晃晃地疾驰在阿尔布开克到格洛里塔的大坡上，又从斯普林尔越过去，穿过国家铁路线的拉顿隧道，又从那里摇摇摆摆地进入洪达山谷，看见了阿肯色河，然后冲下道奇城长长的斜坡。到了那里，切尼才又松了一口气，因为根据表的显示，火车早到了一个钟头。

车上的人很少谈话，秘书和打字员在车的尾部，一块坐在西班牙烤花皮革的垫子上，通过窗户的平板玻璃，看着铁轨和枕木在他们身后挤在了一块，据说他们这是在记录沿途的一些

【名词解释】

隧道：地下通道的一种，也是最常运用的一种。设计给交通或其他用途使用，通常用来穿山越岭，若施工于地面下称作地下隧道。

景色。切尼在陈设豪华的车厢和空荡荡的机车之间焦虑不安地走动着，嘴里叼着雪茄烟，却并没有点上。那些动了恻隐之心的机组人员到后来竟忘了他是他们此次行动的敌人，居然竭尽所能地满足他的一切要求。

到了晚上一盏盏电灯亮了起来，他们在享用豪华的晚餐，这座奢侈却又充满焦虑气氛的"宫殿"，依然挺立在景色凄凉的旷野上。他们听见了水箱发出的嗞嗞声，叮叮当当敲打检查克鲁伯钢铁车轮的声响，以及在月台徒步旅行者被赶走时发出的谩骂声；听见了煤块卸进煤水车的沉重的哗啦声；听见了他们飞过路旁正在等候的列车所反弹回来的敲击声。一会儿他们的轮子碾过一座高架桥，发出咕噜咕噜的声响，或者朝一堵挡去半天星斗的巨岩冲过去。一会儿峡谷和断崖变成了天边滚滚后退起伏不平的群山，接着又闯进了愈来愈低的丘陵地带，最后才进入了真正的平原。

在道奇城不知谁把一份堪萨斯报纸丢在了车上，上面有会见哈维的报道，看来哈维在波士顿打电报时偶然碰到了一个喜欢钻牛角尖的记者。这位欢天喜地的记者透露那少年确凿无疑是他们的孩子，这个消息在相当一段时间内使切尼夫人镇静了不少。在尼克生、托皮卡和马塞林，司机都接到了切尼夫人传过来的一句话："加快！"由于这些路段行车相对容易，他们很快把美洲内陆抛在了后头。此时城镇开始稠密起来，这时车上的人能够明显感觉到自己行进在一个有人居住的地方了。

"我的眼睛疼得很厉害，不能去看里程表。我们的车跑得如何？"

"孩儿他妈，达到了最高的行驶速度。赶在特别快车之前到达没有多大问题。到了那里我们还得继续等。"

"我不管。反正我要感到我们一直都在前进。坐到这儿，告诉我又行驶了多少英里。"

【阅读理解】

从很多方面来讲，坐在火车上的夫妻二人，对于儿子的期望都达到了无法被掩盖的地步，那炽热的情感就像火焰一样，灼烧着他们的心灵。他们每时每刻都在心急火燎地等待着，期望可以尽快地找到自己的孩子。

切尼静静地坐了下来，替她念里程表（那天有几英里的速度可代表那天的行驶速度），但是 70 英尺长的私人列车从来没有改变过它那像蒸汽机一样的滚动速度，带着似乎是从一只巨大蜜蜂身上发出来的嗡嗡声，一直在酷暑之中无休止地穿行。然而对于切尼夫人来说，这个速度还是不行，而那八月无情的酷暑已经弄得她脑袋晕晕的；表上的指针似乎不愿意动了，什么时候他们才能够到达芝加哥？

有人说他们在福特米德生换火车头时，切尼将一笔钱财捐赠给了火车头司机兄弟联合工会，足以让他们今后能在相同的条件下跟他手下的人进行斗争，其实这并不是事实。他只是付了一个款项给司机和司炉工，以深表他的感激之情，因为他深信他们应该受到奖励，不过只有他的银行才清楚那些机组人员由于对他表示同情，究竟得到了多少的酬谢。根据记录，最后一个机组人员在十六号专用线上负责操作整个转轨，由于切尼夫人终于打起瞌睡了，谁要是在转轨中把她惊醒，天晓得会出现什么后果。

"湖滨号"和"密执安南部人号"高级快车从芝加哥到埃克哈特由一名高薪的专家负责整体运转，这个人有一些专横霸道，别人对他说要怎么倒车跟一节私人列车挂接，他一个耳朵听一个耳朵冒。尽管这样，他对待"康斯坦塞号"的态度也还是小心谨慎的，似乎那是一辆装满了炸药的列车。而当时那些机组人员指责他的时候，也同样是把声音压低，或是仅仅做了一些手势。

"呸！"那几个艾奇逊、托皮卡与圣多菲人后来与那个人争辩的时候说，"我们跑这趟车根本不是为了打破纪录。切尼的太太病倒了，我们不想眼睁睁地看着她受颠簸之苦。出于这样的考虑，我们从圣迭戈到芝加哥所用的行车时间一共是 56 小时 54 分。你可以把这一点告诉东部的普通客车。我们要是打算创造纪录的话，我们会亲自告诉你的。"

对于那个西部人来说，芝加哥与波士顿都是串通一气的，而且某些铁路段也的确在鼓励这种创纪录的误解。特别快车像旋风一样把"康斯坦塞号"拉到了布法罗、纽约中心站以及哈得孙河的支线上然后又让"康斯坦塞号"从容地滑进了奥尔巴尼，到了那里，这趟车便彻底完成了波士顿跟奥尔巴尼路段的运行。像潮水一样准时，整个行程一共用掉了 87 个小时 35 分钟，或者说差不多是 3 天加 15 个半小时。哈维已在那儿等候他们。

经过一番激动人心的场面，绝大多数人，特别是一些小伙子都觉得肚子饿得慌。他们让巨大的欢乐暂时平息一下，拉上窗帘，宴请了回头的浪子。那时一列列火车在他们旁边呼啸着进进出出。哈维边吃边喝，详述着他的精彩历险故事，一旦他能够有一只手腾出来，他母亲便连忙握住了它爱抚不已。他的音质因为生活在开阔和带咸味的空气里而变得非常浑厚，他的手掌也变得既硬又粗，他的手腕上尽是一些斑斑点点的疤痕，他的胶靴和蓝色的运动衫上散发出一种淡淡的鳕鱼味。

一向擅长于判断人的父亲目光炯炯地注视着他。他不清楚儿子到底忍受了什么伤害。的确，他忽然觉得自己过去一直对儿子了解甚少，不过他清楚地记得一个面孔像生面团一样的少年，欲望是无限膨胀的，永远也得不到满足，以骂老家伙取乐，时常使他母亲一把鼻涕一把眼泪，这个小家伙还时常在公共场所或旅馆的游廊里和一些天真的官家子弟一起作弄或辱骂那些侍者。但是这个长得看上去很茁壮的渔家少年，身体不再扭过来扭过去，看他的目光是那样的清澈与坚定，没有一点畏畏缩缩的样子，说话的声调是那样清晰可辨，就连在激动的时候也非常有礼貌。而且他的声音好像给人一种确信无疑的感觉，这种变化是能够永久持续下去的，一个新的哈维永远不可能再变回去了。

"一定有人对他进行了一系列强制的教育，"切尼心里这

【名词解释】

串通一气：相互勾结，一个鼻孔出气。

【同步思考】

哈维的父母见到哈维了吗？

么想，"如今在康斯坦塞绝不可能会允许这么干了。可我看不出欧洲的教育会有那么有效。"

"那你为何不告诉那个叫屈劳帕的人，跟他说你是什么样的人呢！"母亲一再问他，那时哈维至少已经把他的故事说了两遍了。

"他叫狄斯柯·屈劳帕。是所有驾船的人中最为出色的一个。我不信还有比他强大的。"

"你为何不让他送你上岸呢？你清楚爸爸一定会出 10 倍的钱把他的损失弥补过来的。"

"我清楚，不过他以为我的脑袋有点不正常。当初我找不着口袋里的钱，还曾经骂过他是贼呢。"

"一个水手那天夜里在旗杆旁拾到了那些钱。"切尼夫人抽抽搭搭地说。

"这就很清楚了。其实我并没有责怪屈劳帕。我只是说我不愿意工作，也不愿一直待在一条渔船上。当然他因此在我鼻子上狠狠地揍了一拳，哦，打得非常厉害，我的血呼呼地往下流，像捅了一刀子。"

"可怜的小乖乖呀！他们一定狠狠地虐待了你一顿。"

"这倒不是。嗨，自从那以后，我看到了一线光明。"

切尼拍了一下他的大腿，咯咯地笑了起来。这就是他所一心希望的孩子。他以前从来没有这么清楚地看见过哈维眼里闪烁着的光芒。

"那老家伙每个月都付给我十块半的美元，现在已经给了一半。我缠上了丹，立即拼命干起活来。我现在还不能够做一个成人的活。不过我可以操纵一条平底船了，操纵得差不多跟丹一样好。在大雾中我不慌张了，至少不那么慌里慌张了。亲爱的，在风不怎么大的时候，我还掌握了掌舵的技术——我还可以给排钩装饵，当然，我也会使用船上的绳索；我也能相当熟练地把鱼扔入底舱，我在念《约瑟篇》方面也有很大的进步，

【阅读理解】

重逢之后的家庭团圆，不但治好了母亲的相思病，而且更让大家惊喜的事情是哈维改变了之前那副纨绔子弟的样子，外貌变了、语言风格变了，性格也变了。成长的哈维让父亲惊喜。父亲惊讶地发现哈维理想之中成长的样子就是这样。

我还能够给你们表演如何用一张鱼皮过滤咖啡。我想再喝上一杯，请帮我倒一下。我说，你们做梦也不会想到十块半钱一个月要做那么一大堆工作。"

"我开始的时候才仅有 8 块半，我的儿子。"切尼说。

"真的吗？你可从来没有向我说过，爸。"

"你也从来没问过呀，哈维。你如果想听的话，哪天我跟你说说。来一个糖渍橄榄如何？"

"屈劳帕说世界上最为有趣的事就是发现别人怎样谋生。重新<u>像模像样</u>坐下来吃一顿真不错。不过我们吃得也蛮好。只是在纽芬兰浅滩都用大杯子盛吃的食物。屈劳帕给我们准备的伙食是称得上一流的。他是个非常了不起的人。还有丹，那是他的儿子。丹是我的好伙伴。还有萨尔托斯伯伯，老谈一些肥料，老给我们朗诵《约瑟篇》。他到现在还一口咬定我的脑子有些不正常。还有可怜的小个子宾，他的脑子倒是的的确确出了一些毛病。我们在他跟前不可以提起约翰镇，因为……还有，喔，你们必须得认识认识汤姆·泼拉特，朗杰克和梅纽尔。梅纽尔曾经救过我的命。他作为一个葡萄牙人使我感到很遗憾。他谈话不太多，不过他是一个非常好的音乐家。他看到我漂在水里就把我捞了出来。"

"真奇怪呀，你的神经质毛病居然一点也没有复发。"切尼夫人说。

"*可不是嘛，妈妈！我干起活来像一头牛，吃起来像一头猪，睡起来一动不动像一具死人的尸体。*"

这的确让切尼夫人受不了，她脑海中又开始闪现咸咸的海水中漂浮着一具尸体的幻影。她朝她的单间卧铺走了过去。哈维却在他爸爸的身边蜷缩着，抒发他对"海上号"伙伴们所产生的感激之情。

"哈维，你可以相信我，我会竭尽全力替这伙人做些事情的。听你说的，他们应该都是一些好人。"

【名词解释】

像模像样：形容着重或隆重的样子。

【阅读理解】

经过了在"海上号"的历练，哈维对于劳动谋生已经有了自己的看法，渔夫的生活给哈维带来的东西不仅仅是身心的锻炼，更是人生的一次洗礼。他的语言也变得质朴而生动，不过这生动的语言却让他妈妈有点承受不了。

"船队里最好的一些人！你可以到格罗萨斯脱去打听打听，"哈维说，"不过屈劳帕至今还以为是他治好了我的脑袋的毛病。关于你，关于我们的私人列车以及所有其他的事情，我只让丹一个人清楚地了解，而且我也吃不准丹是不是完全相信。明天我要让他们大为惊讶。我说，可不可以让'康斯坦塞号'直接开到格罗萨斯脱那里去？妈妈看上去不怎么适宜走动。还有明天我们还必须把卸货的活儿干完。伏弗曼买下了我们的鱼。你看，这个渔季我们第一个离开纽芬兰浅滩，所以一公担能够卖到 4 元 2 角 5 分。我们不让价。最后他们出了这个数。他们要我们赶紧卸货。"

"你意思是说你明天还必须去干活，对不对？"

"我告诉屈劳帕我要去干活。我要去过磅，我把货签都随身带了过来。"他朝油腻腻的笔记本瞅了一眼，显出一副郑重其事的模样，几乎让他父亲激动得都说不出话来。"据我计算，还剩下 300 公担，不，有 294 到 295 公担还没有被卸下来。"

"那雇上一个替工吧！"切尼提出了建议，他想瞧瞧哈维会做出什么反应来。

"那不可以，爸，我是双桅船上的货签员。屈劳帕说在数字方面我比丹头脑灵活。屈劳帕是一个非常公正的人。"

"嗯，要是我今天夜里不动'康斯坦塞号'，那你会怎么办呢？"

哈维瞅了一下钟，指针已经走到了 11 点 20 分。

"那我就在这里睡到三点钟，搭乘四点钟的货车。他们一般拜托船队，到了三点钟就让我们起身。"

"这倒是一个好办法。不过我看我们能把'康斯坦塞号'开到那儿，跟你们这儿的货车同时到达。现在你最好去上床睡觉。"

哈维在沙发上躺了下来，踢掉了脚上的胶靴，还没有等他父亲为他挡去灯光就已经睡着了。切尼坐在那儿看着，一条甩在额头上的膀子把儿子年轻的脸遮盖住了。切尼在千头万绪中突然冒出了一个这样的念头，作为一个父亲，他可能某些地方疏忽了自己的责任。

"一个人在冒着最大危险的时候，经常连自己都没有意识到，"他说，"它很可能比淹死还要糟糕，不过我不认为这里边有什么危险，我看这里边没有任何危险。如果真是那样的话，我无论怎样也报答不了屈劳帕，就是这么一件事情！我看没有什么危险。"

清晨一股新鲜的海风吹拂进了车窗，"康斯坦塞号"停进格罗萨斯脱货车之间的一条侧轨上。哈维已经去上班了。

"这下他会再次掉进海里活活给淹死的。"母亲伤心地说。

"我们去瞧瞧，万一有这样的情况，就抛给他一根绳子。我们还从来没有看到过他为面包而工作呢！"父亲说。

"胡说八道！谁指望他……"

"不，雇佣他的那个人指望他为面包而工作，而且那个人这样做多半是正确的。"

【同步思考】

接货的时候，"海上号"的货签员是谁？

他们穿过一些摆满渔夫油布雨衣之类的店铺，来到了伏弗曼码头。"海上号"正停靠在那儿，它的那面挂在纽芬兰浅滩上的旗子依然在迎风飘扬，船上所有的人手都在金灿灿的晨光中忙着搬运。屈劳帕站在舱口那里不停歇地指挥梅纽尔、宾和萨尔托斯伯伯吊滑车，朗杰克与汤姆·泼拉特管装筐，丹把满筐的鱼推到船的一边。哈维站立在撒满盐花的码头边上，他代表船方和码头上的职员一块过磅。

"准备！"从舱下传出来了几个人的喊叫声。"吊！"屈劳帕下达命令说。"拉！"梅纽尔说。"来啦！"丹把一筐鱼推到了船的一边。接着他们听到哈维清澈透亮的声音，神气活现地报出鱼的重量。

等到最后一筐鱼过磅之后，哈维从六英尺高的纵梁上跳到了绳梯的横索上面，那是一条来到屈劳帕跟前最短的捷径，他将货签交给了屈劳帕，高声说道："296 公担，货舱出清！"

"一共是多少，哈维？"屈劳帕说。

"1258 元。希望除了工资之外我也能分到一份奖金。"

"好啊，我绝不可能到那个份上，说你没有资格获得奖金，哈维。你是不是应该到伏弗曼办公室去走上一趟，把咱们的货签都带给他？"

"那个小伙子是谁呀？"切尼对丹说，丹对所谓避暑的一些客人，一些闲来无事的呆头呆脑的人提各种各样的问题已经习以为常。

"称得上是货物管理员呗，"他回答道，"我们是在纽芬兰浅滩的波涛中把他捞了出来的。他说他是从班轮上掉落下来的。他是一个乘客。不过他现在顺便也当上了渔夫。"

"那他当一名渔夫是不是称职呢？"

"称职。爹，这个人想了解一下哈维当渔夫是不是称职。我说，你是不是打算到船上去看看？我们会为太太放上一把梯子的。"

"我确实十分想去看一下。孩儿他妈，没什么妨碍，你能自己把自己照顾好的。"

那位太太一周以前连头都抬不起来，现在居然能够从梯子上爬了上去，站立在杂乱无章的船尾中吓得面色发白。

"看来你非常喜欢哈维？"屈劳帕说。

"哦，是啊。"

"他是一个好孩子。嘱托他干什么，样样做得<u>头头是道</u>。你听说过我们是如何发现他的吗？我猜我们把他救上船的时候他一定是患了某种神经性的毛病，虚脱了，要不就是脑袋撞到了什么东西。如今这一切都已经过去了。他相当正常。对，这就是船舱，里边的确有些乱七八糟，不过很欢迎你们到处转转。这是他在烟囱管上写上的数字，我们一般情况下都在这上面进行计算。"

【名词解释】

头头是道：本为佛家语，指道无所不在。后多形容说话做事很有条理。

"他就睡在这里吗？"切尼夫人在一口黄色的柜子上坐下来询问道。她仔细看了看乱成一团的铺位。

"不，他的铺位在前面的位置，只有他和我的孩子要'钓'煎饼时，或者在该睡觉的时候还在琢磨什么问题时才在这儿待上片刻。我从没有看到他有什么特别的过错。"

"哈维不是一点过错也没有，"萨尔托斯伯伯从梯子上走了下来说，"他将我的靴子挂在了主桅杆上，他对那些比他知识渊博的人也不那么尊敬，特别在农业知识这一方面。不过他多半是被丹带坏的。"

丹由于一大清早得到哈维偷愉的暗示占了些便宜，这时候，正在甲板上欢快地大跳着原始部落的战舞。"汤姆，汤姆！"他朝舱口盖下面轻声轻语地说道，"他家里的人过来了，爹一时有点晕晕乎乎，没明白过来，还在跟他们在船舱里东拉西扯呢。这位太太漂亮极了，而他呢，一眼就看出来跟哈维所描绘的一模一样。"

"万万没有想到！"朗杰克带着一身的盐花和鱼鳞从底舱里爬出来，"你相信他说的那个孩子的故事以及四匹小马拉的马车都是千真万确的吗？"

"我早就知道它是千真万确的，"丹说，"我们去看看爹是如何判断出来的。"

他们欢天喜地地去了，恰好赶上听到切尼说："我很高兴他能有一个这么好的品格，因为——他是我的儿子。"

屈劳帕的下巴往下一沉。后来朗杰克一直赌咒发誓说他当时听到了咳嗽的一声。屈劳帕轮流地盯着那个男人和女人，一直瞅个不停。

"四天之前我们在圣迭戈收到他的电报，就赶了过来。"

"乘私人列车吗？"丹说，"他说你们有可能会这样。"

"当然，我们是乘私人列车过来的。"

丹看了看父亲，眨了眨眼，尽管仅仅是一刹那，他父亲还

【同步思考】

屈劳帕从谁的口中得知了哈维的身世？

是觉得那是一阵对他不怎么尊敬的 12 级飓风。

"他曾经跟我们讲过一个故事，说他有一辆四匹小马驾的马车，"朗杰克说，"那是不是真有这么一件事？"

"仿佛是真的，"切尼答复道，"你说呢，孩儿他妈？"

"我们在托莱多的时候，他曾经有过一辆小马车。"母亲说。

朗杰克吹了一声口哨。"喔，屈劳帕！"他说了一句，所有的意思都蕴含在这句话里面了。

"我——我在判断上犯了一个错误，比马勃尔海德人更为糟糕，"屈劳帕说，似乎每一个字眼都是从他身上用绞车绞出来似的，"我不妨向你坦白，我误以为孩子脑子不正常，出了毛病。他讲起钱的事，样子有点怪怪的。"

"他已经跟我说了。"

"他什么都向你说了吗？因为有一次我揍了他。"说这句话的时候他惴惴不安地朝切尼夫人瞥了一眼。

"喔，他讲了，"切尼回答道，"照我说这件事比世界上其他的一切都要好，他因此也就受益无穷。"

"根据我的判断，很有必要这样做吗，要不我也不可能会这样干的。请不要以为我们这条船上有虐待孩子的事。"

【阅读理解】

真相大白，众人不管是曾经猜测正确，还是从未相信哈维的话，到这个时候面对这样一个事实，都显出了自己的本能反应。不过由于之前心理状态不同，此时水手们的反应也是截然不同。

"我看你绝不可能这样做的，屈劳帕先生。"

切尼夫人一直在细心观察每一张面孔，屈劳帕那牙黄的脸色，光光的脑袋，坚毅的表情；萨尔托斯伯伯头发剪成了农民的模样；宾的脸上有一种怅然若失的痴呆表情；梅纽尔笑起来非常安详；朗杰克高兴起来就咧开嘴笑个不停；汤姆·泼拉特脸上有一个刀疤。照她的标准，这些人都非常的粗野，他们也的的确确是如此；但是她的眼睛里含有作为一个母亲的机智，她站起来将双手伸了出来。

"切尼，老实告诉我谁是谁？"她说着都快掉出眼泪来了，"我要感谢你们并且为你们大家祝福。"

"凭良心说，这就算是谢过我了。"朗杰克说。

屈劳帕郑重其事地为他们作了一一介绍。古时候的中国船长可能也不会像他这样懂礼貌。切尼太太西一句东一句地唠叨着。当她清楚地了解到梅纽尔第一个发现哈维，差一点没扑上去将他紧紧抱住。

"可我怎么可以让他漂走呢？"可怜的梅纽尔说，"你要是发现他浮在水里面，你会怎么做呢？嗯，你说什么呀？我们是好朋友。他是你的儿子。我有说不出的激动和喜悦。"

"他还跟我说了丹是他的伙伴！"她这么一叫嚷，丹的脸已经红得像苹果一样。等到切尼夫人当着大家的面，亲吻了他的双颊，他的脸更加红得发紫了。紧接着他们领她到前面去了，让她参观船首楼，她在那里又哭了起来，还说一定要走下去仔细看看哈维的铺位，她在那里看见黑人厨师正在清理炉灶，他朝切尼夫人点了一下头，好像她是他好几年来一直盼望碰到的一个人。他们想向她说说船上的日常生活，而且总是两个人同时抢着开口，而她呢，坐在制转杆的旁边，戴着手套的双手放置在油腻腻的桌子上面，一会儿嘴唇抖抖索索地笑出声音，一会儿眼睛泪花闪烁地哭起来。

"这下以后别人会把'海上号'当作什么啦？"朗杰克对汤姆·泼拉特说，"我觉得她会把它变作一座大教堂的。"

"大教堂！"汤姆·泼拉特冷笑地说，"哦，只要它是渔业委员会的一条船，而不是这条吹嘘得天花乱坠的船就好啦。但愿她来的时候，我们能稍微看上去体面一些，稍微整洁一些，有几个能摆摆架子的小伙子就更好了！那时她就得大惊小怪地爬上这把梯子，而我们就应该向她正式地行登舷礼了。"

"这么说来哈维并没有疯掉？"宾慢声细语地对切尼说。

"对，的确没有疯掉，感谢上帝。"那个大个百万富翁亲切地弯下腰来说。

"一个人要是真的疯了一定非常可怕。除了失去孩子，我不清楚还有什么更可怕的事。你的孩子不是已经回来了吗？让

【名词解释】

闪烁：光亮动摇不定，忽明忽暗。

【阅读理解】

书中在很多地方都在使用象征的艺术手法，在这个地方的使用是非常明显的。这是一条渔船，如果放在往常，我们是断然不会将渔船和"教堂"联系在一起的，可是这个时候作者在貌似无意之中提到这一点，其实就是跟我说，在渔船上的生活其实就跟教堂一样，让人的灵魂得到升华。

我们为这件喜事感谢上苍。"

"你们大家好！"哈维在码头上亲切地朝下看着他们。

"我错了，哈维。我错了，"屈劳帕说着，连忙朝他举起一只手来，"我估计错了。这件事你以后千万别放在心上，别嘀咕。"

"我看我一定会留意这件事情的。"丹在一旁轻声嘀咕道。

"这么说来你现在就要离开啦？"

"是的，不过先要把我的工资算清楚，除非你想让'海上号'被扣留下来。"

"的确应该这样，我已经忘得一干二净，"他数出了没有付清的工资，"咱们原先说定的你全都做到了，哈维，而且你做得相当出色，好像你天生就长在……"说到这里屈劳帕停住了，他不知道如何把这句话说完。

"长在私人列车以外？"丹一点也不客气地提了个头。

"来，我带你们去瞅瞅'康斯坦塞号'。"哈维说。

切尼留下来跟屈劳帕说着话，其余人在切尼夫人的带领下排着队去车站了。法国侍女看到这伙人猛地闯了进来竟然高声地尖叫了起来。哈维静默不语，让"康斯坦塞号"所有的风光展现在他们跟前。他们也同样一言不发地看着这一切：印花的皮革，银子的门把子和扶手，丝绒车壁，上等平板玻璃，铜的、镍的、铸铁的装饰，以及内陆的稀有木材。

"我很早就已经跟你们说了，"哈维说道，"早就说过。"这句话意味着对他过去所受委屈的最好的回答，事实摆在眼前，你们就看吧！

切尼夫人宣布要请大家一起吃一顿饭，而且似乎为了朗杰克以后能够在他的宿舍里讲起故事来毫无欠缺，她还亲自侍候他们吃饭。这些人习惯于在大风大浪中围绕着一些小小的桌子吃饭，所以吃起饭来非常规矩也非常干净，切尼夫人不了解这一点，因此十分惊奇。她巴不得有一个像梅纽尔这样的人做酒饭的管家，在易碎的玻璃器皿和考究的银器中竟能如此悄无声息地举止自若。汤姆·泼拉特想起了"俄亥俄号"上那些最为重要的日子，一些跟军官们一起吃饭的外国要人在饭桌上是多么讲规矩啊！朗杰克因为是爱尔兰人，擅长于谈天说地，很快使大家无拘无束起来。

父亲们在"海上号"的船舱里抽了一会儿雪茄以后，便彼此之间有了了解。切尼知道他是在跟一个不能提钱的人打交道，同样他也十分清楚，屈劳帕所做的一切也绝不是仅仅用钱就能报答的。他早就已经有了自己的意图，正在等待良机到来。

"我并没有对你孩子做什么事，更不要说是专门为他做什么事了。我只是让他干一些活，教他怎样使用象限仪，"屈劳帕说，"数字这方面我儿子就算有两个脑袋也比不过他。"

"顺便问一下，"切尼很随便地回答道，"你对你的孩子有什么打算？"

屈劳帕把嘴上叼着的雪茄取了下来，对着整个船舱挥了一圈。"丹只是一个普普通通的孩子，他想想什么也从不想让我知道。如果我不再干的话，他能够接管下这条船。他现在并不急于从我们这个行当离开。这点我清楚。"

"嗯！你去过西部吗，屈劳帕先生？"

"坐船最远的一次到过纽约。我没有坐过火车。丹也跟我一模一样。"对于屈劳帕家的人说来，走海路就已经够好了。"我走海路几乎去过所有的地方，当然，都不是专程去的。"

"要是他有这个想法的话，我能够让他一直走海路，一直到他成为一个船长。"

"怎么回事？我一直以为你仅仅是一个铁路大王。哈维是这样跟我说的，那个时候我判断上出了错。"

"我们谁都难免会犯上一些错误，我还以为你可能已经清楚地了解到我有一个运茶叶的航运公司，都是一些行驶速度极其快的大帆船，从旧金山至横滨，6条是铁船，每条有

1708 吨。"

"那孩子也真不像话！他从来就没提到过这样的事。如果他说了这点，而不说铁路上的专列与小马拉的马车，我也许就会认真听了。"

"他也并不清楚。"

"我看在他的脑子中一定以为这是一桩小事，所以没必要记住。"

"不，今年夏天，我刚掌管格林埃姆货运公司——以前这家公司属于摩根与麦克奎特。"

屈劳帕坐在炉灶旁边，身子瘫软了下去。

【名词解释】

大副：大副简单的理解就是第一副船长，可以在船长无法指挥的时候接替船长指挥全船。

"天哪！我怀疑自己被彻头彻尾地愚弄了。啊呀，费尔·埃尔哈特就是六年之前，不，七年之前从这个城市里出去做事的，现在他担任'圣·乔赛号'上的大副，他那条船的船期是 26 天。他的姐姐现在还住在这里，她还总是把他的来信读给我的女人听呢。你将格林埃姆公司的货船买下了？"

切尼点了一下头。

"要是我早知道这件事，我当即就把'海上号'迅速地驶回港口啦。"

"或许那样做对哈维倒没有多大好处。"

"早知道就好啦！他只要一提那家该死的公司，我就弄明白是怎么回事了。我再也不会坚持我自己的判断了，再也不会啦。那些货船造得都非常好。费尔·埃尔哈特是这样描述的。"

"我很高兴听到关于这方面的介绍。埃尔哈特现在是'圣·乔赛号'的船长。接下来我想清楚地了解一下你是否愿意把丹借给我一两年，让我们看看，我们可不可以把他培养成一个大副。你情愿把他托付给埃尔哈特吗？"

"把一个不怎么成熟的孩子交给他，那是一件冒险的事。"

"可我清楚一个人为我做了许许多多事情。"

"那是两码事。现在你瞅瞅，我并不会因为丹是我的亲骨肉就特别推荐他。我知道纽芬兰浅滩的渔船跟快速大帆船有所不同。不过他要学的东西倒也不怎么多。他会掌舵，要我说的话，比随便哪个小伙子都强。至于其他的方面我们也好像天生就是这块料，我就希望他以后在航海方面不要太差劲。"

【同步思考】

切尼给屈劳帕的一个惊喜是什么？

"埃尔哈特会照管好他的。他能够先作为水手跑一两趟船，然后我们把他放在承担更多责任的位置上。我看这个冬季他还会跟你出海，到了春天我会让人早些时候来接他的。我知道在太平洋上航行路途比较遥远……"

"我们屈劳帕家的人生于海上死于海上，一辈子都在围绕地球的大海大洋里闯荡。"

"不过我想让你知道，我说这话是认真的，任何时候只要你打算见他，给我说一声，交通费全由我来安排，不要你掏一分钱。"

"要是你打算跟我走走的话，就去一趟我家里，把这件事跟我女人聊聊。我在判断上稀里糊涂地出了那么多错，似乎总觉得这件事像是在做梦一样。"

【名词解释】

旱金莲花：一年生植物，茎柔软，叶圆，开五瓣带刺的花，花朵多为橘色或黄色，但也有其他颜色。叶子味道辛辣，有时可用于色拉。花蕾和未成熟的籽有刺激性气味，可被腌制。

他们一块到了屈劳帕那幢价值 1800 美元镶蓝边的白屋，前院子中有一只"退休"的平底船，里边栽满了旱金莲花，屋中有一间装上了百叶窗的客厅，那是一个拥有着海外奇珍异物的博物馆。客厅里有一位高大的妇女在椅子上坐着，沉默寡言却也同时显得非常庄重，只是跟所有那些在海边遥望归来的亲人的女人一样，眼睛不怎么明亮。切尼跟她讲话，她虽说是应和着，却显得极其消沉。

"仅仅是我们格罗萨斯脱一年就丢掉了 100 多条命，切尼先生，"她说，"100 多条性命呀，小伙子还有刚上了年纪的人都有。要是海是活的，能够听得懂我说的话，我真想跟它说我从内心深处恨它。上帝把它制造出来不是为了人在它上面抛锚的。按照我的理解，你的那些船是直接开过去，又直接开回家的吗？"

"风向准许的话，他们沿途并不会停留，准时回港或提前回港我发奖金。茶叶在海上压根就耽搁不起。"

"他小时候总爱玩一些开店的游戏，那时候我是多么希望他将来真能开店。可很快他能够划平底船了，我就知道我的这种想法再也无法兑现了。"

"它们都是一些横帆船，太太。铁壳的，造得相当结实。我听说，费尔的姐姐收到了费尔的信都曾经读给你听过，这些信你还能记起来吗？"

"我知道费尔从不说谎话，不过他也爱冒险（大多数在海上谋生的人都爱冒险）。切尼先生，如果丹觉得合适，他可以去，不必管我。"

"她就是瞧不起海洋，"屈劳帕解释道，"而我呢，我也不清楚怎么做才称得上礼貌，要不我看我会好好感谢你的。"

"我的父亲——我的大哥——两个侄子——我的二妹夫，"她说着，垂下头用双手紧紧地抱住，"大海把他们的性命都拿去了，你叫我怎么去爱大海呢？"

丹不消跟他说上三言两语，便清楚了这件事而且快快活活地接受了下来，切尼这才开始放下心来。确实这个建议意味着对他所向往的一切东西都打开了一条平坦而又可靠的阳光道路，但是丹考虑得更多的是能居高临下望着宽阔的甲板和观光更多遥远的港口。

切尼夫人跟梅纽尔私下里谈论了救哈维的事情，可是跟他有些事解释起来相当困难。他好像对钱没有产生任何欲望。在一而再、再而三的劝说下，他说他能够收下 5 块钱，以便买样东西送给一位姑娘。"我挣钱轻而易举，不愁吃，也不愁没烟抽，干吗我还非得收钱呢？不管我是否愿意，你必须得给我？嗨，你说什么呀？那么你就给我些钱吧，不过必须得换种方式。你打算给多少就给多少吧。"他把她介绍给了一个不怎么讨人喜欢的葡萄牙教士，那个教士有一张生活相当艰难的寡妇名单，那名单几乎跟他的黑袍法衣一样长。切尼夫人是坚信自己教派

【名词解释】

观光：（人）参观名胜古迹，沿途浏览大自然的风光景象。

【阅读理解】

在作者的笔下，船上的水手们是性格各异的，他们各自有一副不同的面孔，很容易被我们分辨出来。在很多方面，他们也有不同，梅纽尔作为救了哈维的人，对于切尼太太的盛情感谢，并没有什么太大的兴趣，最后还是让切尼太太把感谢都用到需要帮助的人的身上。在这里我们也可以看出梅纽尔的善良，还有那淡泊名利的品质。

的教徒的，对其他的教派的教义并不赞成，不过到最后还是对那个皮肤黝黑值得尊敬的小个儿教士表示出了应有的敬意。

梅纽尔是教会里忠实的信徒。所有为她的仁爱所表示出的祝福，他都觉得也是对他自己的祝福。"这下我就平平安安了，"他说，"6个月中，我有了很好的机会，能够赦免我的罪孽了。"于是他走出去买了一条围巾，打算送给目前的女朋友，同时也让其他的一些姑娘都伤透了心。

萨尔托斯伯伯带着宾去了西部，下一个鱼汛不打算出海了，他没有留下地址。他对那些有奢侈浪费私人列车的百万富翁一点也不放心，担心他们会对他的伙伴乱管闲事。去内陆走亲访友，等到海边没什么事了再返回去，这才是上策。"宾，你说什么也不能让富有的人收养了，"他在火车上这么说，"要不我用这个棋盘砸碎你的脑袋。要是你又忘掉了自己的名字——你的名字叫勃勒特——你就记清你属于萨尔托斯·屈劳帕。你就坐在这个地方不要动窝，等我返回来。那些眼珠子从肥肉里鼓出来的家伙，跟《圣经》里描述得一模一样，你千万不可去跟他们打交道。"

第十章

"海上号"那个沉默寡言的厨师跟别人有所不同，他用一块头巾包住他的烹调用具，便上到了岸上，登上了"康斯坦塞号"。他从不计较工钱，也不操心睡在什么地方。老天很早在梦中就启示过他，他的下半辈子主要追随在哈维的身旁。他们跟他争论不休，但到了最后还是被他说服了。可是一个布雷顿角的黑人和两个<u>亚拉巴马</u>黑人之间意见不相投，以前的厨师和看门人向切尼告状。百万富翁只是一笑了之。他认为将来总有那么一天哈维或许需要一个贴身的仆人，显然这个自告奋勇的人会比雇佣五个仆人还要管用。就让那个人留下来吧，就算他自称是麦克唐纳也好，用盖尔话骂人也好，不要去管他。列车就要回波士顿去了，到了那里，他仍旧不改变主意的话，他们就把他领到西部去。

切尼早就已经不满足于百万富翁的生活了，把"康斯坦塞号"当作是自己王国的最后一座城堡，因此可以精神抖擞地出去闲散一下，他觉得蛮不错。这个格罗萨斯脱对于他来说是一块新土地上的新城市，他准备把它纳入自己大展宏图的天地，就像以前他把斯诺霍米希到圣迭戈的所有城市纳入他的世界一样。<u>格罗萨斯脱的大街弯弯曲曲，两旁有一半是码头，另一半是跟船舶有关系的商店，当地人主要靠船吃饭，靠船赚钱生活，他很想学一学他们这种很值得称赞的经营之道。人们都说新英格兰星期天早餐吃的是炸鱼圆，4/5都是由格罗萨斯脱供应的。</u>

这些都有确凿可据的数字使他相信，船只、索具、码头建筑、投资项目、盐场、工厂、打包、保险、工资、修理和赢利全都有统计材料。他跟一些大船队的主人谈过话，这些船队中船主人数比雇佣的工人的数量还要多上一些，船上的水手几乎都是瑞典人或者葡萄牙人。然后他又和屈劳帕商量，屈劳帕是少数自己有船的人之一，把了解来的情况与自己头脑中的大量信息做了一下对比。他蜷缩在日常船具用品商店里的锚索旁边，带着西部人那种讨人喜欢而又永不满足的好奇，提出一个又一个的问题，到最后海滨一带的人都在打听"这个人究竟准备干什么？"他还钻进了互助保险的办公地点，要求他们解释解释黑板上一天天用粉笔记下的神秘符号到底是什么意思，这么一来，他就跟城里所有渔民遗孀和孤儿救济协会的秘书都碰了面。他们死乞白赖地要他捐赠，每个人都想超过其他的机构的纪录。切尼扯了扯自己的胡须，把他们都打发去见切尼夫人。

切尼夫人正在东岬附近的一个寄宿舍中歇息，那是一个非常特别的机构，显然宿舍是由寄宿的人自己来管理的，桌布全都是红白方格相间的，寄宿的人也好像都是亲密相处很多年的老相识，半夜里觉得肚子饿得慌，就可以一起从床上爬起来做涂有熔化干酪的烤面包吃。切尼夫人住下来的第二天清晨下楼吃早饭之前，把她的那些镶嵌着钻石的首饰都摘了下来。

"这些人都非常讨人喜欢，"她向丈夫吐露道，"都十分友好，也很单纯，只是大部分都是波士顿人。"

"那不叫单纯，孩儿他妈，"他说着从一片卵石上跃了过去，眺望着那边苹果树丛中所挂着的一些吊床，"那是另一样东西，是我们——我所不具备的东西。"

"那绝对不可能，"切尼夫人神态安详地说，"这儿的妇女没有人有一件值 100 美元的衣服。而我们——"

"我明白，亲爱的。当然我们有它，什么都有。我看那只是她们东部的一种穿着习惯。你在这里感觉轻松愉快吗？"

"我很少看到哈维；他总是跟你在一块，不过我不像以前那样神经紧张了。"

"我还没有如此开心过。哈维会成为一个相当不赖的孩子。亲爱的，要不要我给你拿些东西来？头上垫个垫子？非常好，我们再到下面码头上去瞧瞧。"

【名词解释】

形影不离：像形体和它的影子那样分不开。形容彼此关系亲密，经常在一起。

哈维在这几天里跟父亲形影不离，两个人肩并肩朝前走着，切尼以下坡当借口，将一只手扶在儿子宽阔结实的肩膀上。这一段时间哈维也注意到了一些以前从未注意到的事情的细节，非常欣赏父亲有一种一下子理解新事物本质的特殊本领，而且可以随时随地向街道上的人们学到一些东西。

"你自己不开口的话，如何能使别人把一切都向你吐露呢？"他们从一个索具装配工的阁楼踏出来时，儿子问道。

"哈维，我年轻的时候很少跟别人打交道，单独一个人稀里糊涂分析问题判断问题。我还算有些自知之明。"然后他们沉默不语了。过了片刻，在码头边上坐了下来。"一个人确实能单独处理一些事情，别人通常不会不清楚，那时别人通常都把他当成自己人，帮他想办法。"

"就像在伏弗曼码头时，他们对待我一样。现在我成了这伙人中的一员。屈劳帕跟所有人都说我是一个称职的渔民！"哈维伸出双手不停地摩擦掌心。"他们这会儿又要牵肠挂肚了。"他有点闷闷不乐地说。

"在你受教育的这几年里就让他们牵肠挂肚吧。你以后尽可能让他们重新振作起来。"

"是的，我也是这样想。"回答虽是如此，听声音他还是不怎么高兴。

"那全看你的啦，哈维。当然你也可以躲在你妈妈背后得到庇护，让她对你的神经容易兴奋的特点以及别的种种胡说八道的习惯，不再昼夜不停地大惊小怪。"

"我曾经是这个样子吗？"哈维说，他显得非常不自在。

他父亲从坐的地方挪到了离儿子有一手之多的地方，"你跟我一样心里很清楚，要是你不让我给你安排，我也不能把你怎么样。要是你不想让我管，我可以不管你，但是我决不会假装我管得了你和妈妈。无论怎么说，生命过于短促了。"

"不想看到我是完完全全变作另外一个人，是吗？"

"我看很大程度上是我的过失；不过你想知道真相的话，我可以告诉你到目前为止，你还什么也称不上。你倒说说看，是不是这个样子？"

"嗯，屈劳帕认为……你也评估评估，你认为从头培养我成才需要花费多少，起先要花多少，后来要花多少，最后要花多少？"

切尼笑了笑："我倒从来没有合计过，不过钱嘛，约莫四五万，也可能要六万。年轻的一代是很擅长花钱的。要这样那样，还得管他们的穿着，总之都是老年人付账呗。"

哈维吹响了口哨，但他心里考虑到自己的培养费要花那么多的钱还是很得意的。"所有的这些资本全都投进去了，对不对？"

"是投资，哈维。我希望那是投资。"

"就算仅仅需要 3 万，我赚的 30 元也才是 1/1000。这个收获太可怜了。"哈维一本正经地摇晃着脑袋。

切尼笑得差一点没从桥架上翻落进水里。

"屈劳帕自从丹 10 岁以来从丹身上得到的就远远超过了这个数字；而丹仅仅上了半年学。"

"这就是你想学的榜样？对不对？"

"不，我不以别人为榜样。总而言之，我现在不再坚持我自己的想法……我是该让人踹上一脚的。"

"我不能这样做，伙计，不过我想假如别人强迫我这么做，我也会这么做的。"

"那么，我至死都会铭记这一点，永远也不会原谅你的。"

【阅读理解】

关于培养下一代，我们的父母和西方人的父母是不同的。在他们的眼中，关于教育的投入不是花费，这些投入更像是投资。因为孩子受了教育能够成才，之后便会给家庭和社会带来更多的价值，这个理念也是切尼思想的核心部分。

哈维说，下巴搁置在叠起的手腕上。

"完完全全正确。我想做的也差不多就是这些。你懂吗？"

"我很懂。错在我身上，不关别人的事。反正一个样，关于这一点，有的事情必须得去做。"切尼从背心的口袋里掏出了一支雪茄，咬掉头子，抽了起来。这父子俩非常相似，只是切尼的嘴巴让胡子给遮盖住了。哈维跟他父亲一个样，有一个略带鹰钩的鼻子，有一双靠得很近的黑眼睛，颧骨既高又窄。要是再添上去一些棕色的色调，便能够根据他的形象非常逼真地画出一个故事书上的印第安人来。

"眼下你能够就这样下去，"切尼吞吞吐吐地说，"约莫每年要花掉我 6000 到 8000 元，一直到你有选举权为止。是啊，那时候我们就可以把你称之为大人了。你也可以选择另外一种方式生活，靠我每年给你 4 万或者 5 万，还不算母亲会给你的钱，雇上一个随从，有一条游艇，还有一个饲养牧场，再装模作样养上一些会驾车小跑的马，跟一群跟你年龄差不多的公子哥儿们玩玩扑克牌。"

"就和洛雷·塔克差不多？"哈维插嘴说。

"是的，跟特·维特雷家的两个孩子或麦夸特老家伙的儿子一样。加利福尼亚净是这号公子哥儿们。你瞧，就在我们谈话的时候，来了一些来自东部的公子哥儿。"

有一条亮光闪闪的黑色蒸汽游艇，上面有镍板的罗经柜，有桃花心木的舱面船室，有正在港口噗噗作响的船篷，粉红色跟白色条纹相间，还有一面纽约某俱乐部的燕尾旗正在随风飘扬。两个年轻人穿上他们别出心裁的航海衣服，正在餐厅的天窗下玩着扑克牌，两个妇女撑着红绿相间的遮阳伞一边观望风景一边大声不停地嬉笑。

"我可不喜欢风平浪静时就让人抓住船上的把柄当作笑话来说，瞧，真是没有一个地方是对头的。"哈维用挑剔的目光眇了眇说道，这时游艇正在慢下来寻找停泊浮标。

【名词解释】

别出心裁：别，另外；心裁，心中的设计、筹划。另有一种构思或设计。指想出的办法与众不同。

"有人会替他们掏钱乐上一段时间，谁会在乎这些。我可以给你提供这个条件，甚至比这还能好上一倍，哈维。你喜欢吗？"

"天啊，这个样子放下小艇来绝对不可以，"哈维说，他还在密切关注着那条游艇，"要是我不能像模像样地摆弄滑车，那就让我在岸上继续待着吧……如果我不喜欢呢？"

"不喜欢待在岸上，还是其他的吗？"

"不喜欢游艇，牧场，靠老人维持生活，遇到麻烦事躲在妈妈背后。"哈维说着就眨了一下眼睛。

"好啊，真是那样的话，你就直接到我那里去干活好啦，我的儿子。"

"1个月10元美金，怎么样？"哈维又眨了一下眼睛。

"在你有资格拿十元钱之前，一分钱也不会多得。不过还有几年的时间，你没有必要现在就开始去弄钱。"

"我最好不去办公室而去干打扫卫生的活，有些大亨不就是这样开始的吗？再说现在就搞些钱，总比……"

"我明白，我们原来都这样认为。不过我认为清扫工人我们想要多少就能雇佣多少。我自己就犯过这样的错误，太早就开始去搞钱。"

"为了3000万美元，犯个错误也是值得的，对不对？我想为这个冒一下险。"

"我丢失了一些东西，当然我也获得了一些东西。我来跟你讲讲。"

切尼扯了扯胡须，看着波澜不惊的水面，笑了笑便背对哈维说了起来；哈维随即意识到父亲要谈他过去的生活故事了。他的声音很低沉也很平稳，没有手势也没有什么表情——但是这一段历史正是十几个名记者所希望知道的，就算花上许许多多钱打听一下也在所不辞。至今还没有人写过这个40多年的故事，而这样的一个故事同时也就是新西部的故事。

【阅读理解】

可以这样来讲，这段文字，其实是切尼先生对于自己儿子的一番试探和考验。儿子虽然经历了海上的那一段旅程，思想得到了重大的转变，从而让自己能够从容地面对生活和劳动，可是切尼先生更看重的是将来的生活。哈维明显对于那种无所事事的富足生活没有兴趣。

故事的起头是一个举目无亲的孩子在得克萨斯四处流浪，不断地改变生活和职业，从西部的这个州转移到那个州，从一些一个月中蹦进去，三个月里就销声匿迹的城市转移到荒野上的营地，在那个地方进行一些冒险活动。现在这些营地上铺起了马路，建造了市政府。故事还讲到了三条铁路的建筑与第四条遭到别人蓄意破坏的铁路，讲到了轮船，自治市，森林，矿藏和来自天底下不同国家的形形色色的人，另外还讲到怎样用人，怎样创业，怎样伐木，怎样开矿等。还说到有些可以得到巨大财富的机会就放在眼前，你却不屑一顾视而不见，或仅仅是由于时间或交通不凑巧，你就和它失之交臂；还讲到了整个疯狂的变迁，在各种各样的行业中进进出出，来来去去，有时候骑在马背上，更多的时候是靠两只脚步行，有时富裕有时贫穷，在船上帮工，在火车上帮工，当过承包人，寄宿舍的管理员，*机匠*，记者，旅行推销员，不动产的经纪人，政客，讨账的人，矿主，酒商，投机商，或流浪者。四海为家的哈维·切尼，他既沉着又机灵，自始至终都在寻找自己的目标，同时，就像他所说的那样，也始终在寻找他那个国家的进步和繁荣。

他讲到了即使穷困潦倒得走投无路几乎绝望的时候，信心也始终没有离开他半步。这种坚韧不拔的信心来自他对人生的理解。他仿佛是在自言自语，详细地说起了自己一向具有过人的勇气和智谋的情况。这些事情在他的脑海中相当清晰，因此他叙述起来甚至连声调都始终不变。他描述了他怎样击败对手或原谅对手，正犹如在当年那些无忧无虑的岁月里他们击败他原谅他一个样。描述了他怎样为了那些城镇、公司和*辛迪加*的长远利益着想，对他们，又是哄骗，又是恳求，又是威胁；描述他怎样一路闯荡过来，在身后引出一条铁路线来，那铁路线有时绕山环行，有时穿过山岭，有时钻进山岭的底下。到了最后，他怎样站稳了脚跟，而那些杂乱无章的联营机构却把他那本来就已经支离破碎的声誉撕扯得粉碎。

【名词解释】

机匠：旧时从事丝、棉织业的工匠的统称。

辛迪加：资本主义社会企业的联合组织。

这个故事说得哈维屏息静听，头微微歪向一旁，眼睛始终注视着父亲的脸，这时候暮色逐渐浓重，雪茄发出的红光映射在他布满皱纹的面孔上和浓密的眉毛上面。哈维好像觉得自己在看一个火车头，那火车头正在黑暗里从原野穿行，每隔上1英里打开炉门便是一片红光；但这个火车头却可以说话，并且字字句句都在男孩的灵魂深处激荡。最后切尼扔掉了烟蒂，两个人在黑暗之中坐了下来，下面的波浪拍打着桥桩。

"以前的时候我从来没有跟其他人说起过。"父亲说。

哈维喘了口大气。"那可是世界上最为了不起的事情！"他说道。

【同步思考】

切尼先生给哈维讲了一些什么事情？

"那就是我所获得的东西，现在我要讲述一下我所没有得到的东西。这一点你听上去或许觉得没什么道理，不过我不希望你跟我一样到了一定的年纪才发觉。当然我也会管理人。我在自己这一行里也不是一个笨蛋，不过我跟真正受过教育的人无法相比。我只是在人生的道路上偶尔学到了一些知识。我认为，这一点别人在我身上一眼就够瞧得出来。"

"我就从来没有瞧出来过。"儿子忿忿不平地说。

"可将来你会看出来的，哈维。你一定会的，等到你从大学毕业就能够看出来了。难道我自己就不清楚吗？难道这儿的人大声招呼我的时候心中想着，我不过是一个没有接受过正式教育的大老粗，我从他们的脸色上看不出来吗？我能够彻底打败他们，是这样，但是我不可以报复他们，以他们对我的方式掐中他们的要害。我的意思并不是说他们比我高明不知多少，可不知怎么的，我仍然觉得十分不舒服。要说，你的机遇就不一样了。你不得不埋头在所有四周的学问之中，跟一大群做同样一件事的人共同生活在一块。他们做这桩事最多一年为了赚上几千元钱，而你做这桩事是为了几百万。你要好好学习法律知识，足以在我过世以后保护好你自个的财产，你不得不争取市场上最优秀的人来帮助你（他们在你以后的生活里是非常有用的）；最最关键的是，你一定要彻底改掉单纯的学习态度，不能光坐在那儿，下巴放在胳膊肘上死啃书本，做个书呆子。像这样学习不可能会有什么收获，太不合算，哈维，你就瞧着吧，在我们的国家，不管商业方面也好，政治方面也好，必定会一年年愈来愈重视知识。"

"在这笔交易中我这一头不会得到什么好果子吃，"哈维说，"要在大学里呆上四年！我看我还倒不如选择游艇呢！"

"不碍事，我的儿子，"切尼坚持自己的看法，"你正在把资金投到能够带来最大利润的地方去；我想当你准备掌管我们的财产时，你会发现这份财产是绝不可能会缩小的。你认认真真思考一下，明天清晨跟我讲讲。赶快！我们去吃晚饭，快要来不及了！"

因为这是一次"生意"上的对话，哈维没有必要把它禀告母亲，切尼也自然持有一样的观点。然而切尼夫人看在眼里却有些不放心，也有稍许嫉妒。她那个一向爱跟她胡搅蛮缠的孩子消失不见了，代替他的是一个脸上时常带着严肃表情的青年，沉默寡言得有点反常，而且多半只跟父亲讲话。她明白他们谈的是"生意"，是一件不该由她来掺和的事。如果她还心存疑惑的话，也早就让切尼去波士顿给她买上一枚崭新的镶钻石的戒指消失了。

"你们俩在那里做什么？"她说着面孔上带着淡淡的微笑转向了灯光。

"谈谈，仅仅是谈谈，孩儿他妈，跟哈维没牵连的事情。"

然而这根本不是什么事实。小伙子自有他自个的打算，他提出来了一个条件。而且他一本正经地作出了解释，他对铁路、伐木、矿产或不动产都不怎么感兴趣。他发自内心渴望和追求的是管理父亲新买过来的船舶。假如在他认为合理的时间内答应他这样的要求，他在这方面便能够保证四年或五年的时间在大学里会勤奋学习，生活节制。在假期中要答应他尽量接触关于航运的一切细节，他有可能会提上两千多个不同的问题，从他父亲保险箱里最机密的文件到旧金山港口里的拖船什么都要问个详细。

"这是一笔交易，"切尼最后说道，"当然，在你从大学离开之前你的想法可能会变化上一二十次。不过要是你完完全全精通这方面的知识，而且到了23岁的时候还不改变主意的话，我可以把这件事全盘交给你。哈维，你看如何？"

"不，让一个进行中的事业分离开来总没有多大益处。无论怎么说，这个世界上竞争太激烈了！屈劳帕说过，'亲骨肉之间应该团结互助'。他的那伙人从来就没有背叛过他。他们的捕获量如此大，就是因为这个缘故。听说'海上号'周一要起锚前往乔治斯。他们在岸上呆不了多长时间，对不对？"

"我看我们也到了该走的时候。我过去一向让东海岸和西海岸的事务各自为政，现在是把它们重新联结在一起的时候了，虽说我讨厌这种做法。像这两天那样过假期是我这20年以来从来就没有过的事。"

"不可以走，我们还必须得给屈劳帕送行呢，"哈维说，"再说周一是纪念日。我们说什么也得过了那天再出发。"

"那是什么样的纪念日？他们也一直在寄宿舍里谈论这件事情。"从切尼的口气是可以听出他也打算留下来。这几天他过得很快乐，并不急于走，让大家颇为扫兴。

"嗯，据我所知，那应该是一种关于唱歌跳舞的活动，就连避暑的客人也有份参加。屈劳帕不大赞同这种活动，他说一部分给孤儿和寡妇募捐的钱让他们浪费掉了。屈劳帕总有一些跟大家不一样的看法。你有没有留神到这一点？"

"嗯，是的。有那么一点。在某一些方面。这么说来这是一种有关城镇的义演活动？"

"是一种夏天的集会。他们宣读一年来失踪或淹死的人的名单，还有什么关于演讲、朗诵等等。然后，屈劳帕说，各个救济协会的秘书在场子里到处活动，争取捐款。他说，真正的义演活动举行的季节是在春天。说那时牧师都来插手这件事，还没有出现什么避暑的客人。"

"我明白了，"切尼说，他十分清楚自小生长在城市里的人时常对城市的一些东西引以自豪，所以十分重视这样的活动，"那我们停下来参加纪念日的活动，下午再离开。"

"我想到屈劳帕家里去，让他启航之前带大伙一起来。我当然要跟他们一起行动。"

"啊，原来这样，"切尼说，"我仅仅是个避暑的客人，而你是……"

"一位纽芬兰浅滩的渔民、地地道道的渔民。"哈维跃上了一辆电车，朝后面叫嚷道，而切尼依然陶醉在将来的幻梦之中。

【名词解释】

募捐：通常以慈善为目的进行的募集。

屈劳帕不怎么喜欢这种进行募捐活动的公共集会，但是哈维却劝他说，要是"海上号"不在集会上出现，就他而言，有损个人的荣誉。因此屈劳帕提出了一个条件。他听说——人人都清楚海边发生了什么事，这真是一件怪事——有一个费城的女演员前来参加演出，他担心她可能会唱《船长艾尔逊的航行》。就他个人而言，很少和女演员跟避暑客人打交道，但公道总归是公道，尽管他自己以前在分析和判断一件事情上摔过跤（丹听到这里格格地笑了），在这件事上却不会迁就。所以哈维又特地去了东格罗萨斯脱，花了半天的时间，向一个在东西两海岸都家喻户晓的女演员作了一下解释。那女演员觉得蛮有趣，仔细考虑了以前弄错的事实，承认屈劳帕所说的话十分公道。

切尼根据曾经的经验，对这次集会的盛况已心中有所估计，还认为任何公众事务实质上是人类灵魂无上的乐趣。那天一大早天就非常热，在晨光熹微中看到一辆辆电车匆匆向西行驶，满载着身穿五颜六色夏服的妇女和头天还在波士顿办公的男人，他们头上戴着草帽，面孔都很苍白。他还发现邮局门口停着一大溜的自行车；匆匆忙忙来来往往的职员相互打着招呼；彩旗在稠密的空气中缓缓地招展着，传出啪啪的声响；有一个神气活现的男人手拿着水龙带，正在冲刷砖砌的人行道。

"孩儿他妈，"他忽然说，"你还记得吗，自从西雅图烧掉以后，他们是如何把它重新建造起来的吗？"

切尼太太点了一下头，用挑剔的目光观望着那些弯弯曲曲的街道。她跟丈夫相同，心里很清楚这一类集会，并且把这个集会跟它们作比较。渔民开始在市政厅门口附近的地方跟其他人混在一起，有下巴发青的葡萄牙人，他们的女人要么头上不戴帽子，要么头巾遮盖住了大半个脸；有眼睛清澈的新斯科舍人，以及来自于加拿大沿海各省的男人；有法国人，意大利人，丹麦人，瑞典人，外围还有许许多多的水手，都是从在这儿停靠的双桅船上下来的；到处都是穿着黑衣服的寡妇，带着既骄傲又忧郁的神态互相打着招呼，因为这天对她们来说是一个值得纪念的日子。那儿还有许许多多教派的牧师，有最大教区的牧师，带着日常工作的神职人员去海边度假，有山上教堂的教士、大胡子的前海员路德教派会员，和二十几条船上下来的人显得特别亲热。还有双桅船船队的主人，他们是各个协会里面最大的捐赠者。还有一些不起眼的小人物，他们为数不算很多的船舶已经抵押了出去。还有纽芬兰浅滩的渔民与海运保险公司的代理人，拖船的船长，内河船舶的船长，装配钳工，索具装配工，码头装卸工，盐工，造船工，箍桶匠以及在沿海一带所有混杂的居民。

他们在一排排座位中挤过来挤过去，嘲笑避暑客人的衣裳，其中有个市政官员累得满头大汗，在四处不停地巡视，纯粹出于市民的自豪，出尽了风头。切尼几天以前曾跟他有过五分钟的会面时间，现在他们俩似乎已经成了至交。

"喂，切尼先生，你对我们的城市印象怎么样？是的，太

【同步思考】

这次集会的主题是什么？

太，你愿意坐哪里就坐在哪里。我想你们在西部也有这样的活动吧？"

"是的，不过我们那儿没有你们这儿历史悠久。"

"那当然。我们庆祝 250 周年时，你们真该过来瞅瞅。我跟你说，切尼先生，我们这个古老的城市确实是非常光荣的。"

"这点我以前听说过。的确值得纪念一番。不过不知道怎么回事，这个城市到现在还没有一个称得上一流的旅馆？"

"往左走，就在那里，彼特洛，有许许多多座位让你跟你的朋友坐下来。你说什么，这正是我跟他们一直要说的，切尼先生。这将花费很大一笔钱，不过我看这些钱对于你来说只是小事一桩，不值一提。我们想要的是……"

一只很沉的手搭在他那高级绒面呢的肩膀上面，他是一位来自波特兰脸色红润的人，这个人是一个专一在沿海做煤与冰贸易的船主。这时候那位官员把身子扭了过来："*你们这些家伙在城里拍拍手就通过了法律，而让所有体面有尊严的人都在海上颠簸！这究竟是怎么回事？嗯？城里干燥得要命，而且气味闻上去跟我上次来的时候相比难闻不少。好歹你也应该给我们留个客厅好喝喝饮料吧？*"

"卡森，别摆出一副今天早晨有什么人妨碍你增加营养的样子。政治咱们以后再谈。你在门边随便找个座位坐下来，好好想想你的论点，等我回来找你。"

"提出论点对我来说又有什么好处呢？在密克隆岛香槟 18 美元一箱，而……"那个船主挤进一个座位先坐了下来，这个时候乐队奏起了前奏曲，让他稍微平静了下来。

"那是我们的新乐队，"那位官员满脸自豪地对切尼说，"花费了我们 4000 美元。明年我们不得不重新上涨发放许可证的收费数目，来支付这笔钱。我不打算让牧师们在集会上将所有的宗教仪式都搬出来。我们有几个孤儿要登台演出。我老婆教了

【阅读理解】

作者的写作功底确实深厚，除了在文中非常轻松地使用各种修辞手法之外，在人物的话语描写方面，也着实下了一番心思。当时的美国社会已经被垄断资产阶级控制了，而那些大资本家，实际上也就操纵了国家机器，这句话便是对当时状态进行的一番辛辣讽刺。

他们怎样演节目，回头见，切尼先生。台上要我过去一趟。"

孩子们的歌声又高亢又尖细，非常清亮，音调也非常正确，终于压倒了人们找座位的吵闹声。

"哦，你们所有上帝创造出的生灵们，上帝护佑你们；礼赞上帝，永远赞美上帝！"

在空气中来回回荡着这几个反反复复的乐句，整个大厅里所有的妇女都将身子往前倾，注视着台上。切尼夫人跟别的一些人开始呼吸短促起来。她怎么也没有考虑到世界上会有那么多寡妇，她的目光出于本能地在搜寻哈维。只见他和"海上号"的人都处于大厅的后面位置，他站立在右边，夹在丹和屈劳帕之间。萨尔托斯伯伯头天晚上也领着宾从帕姆立柯海湾回来了，他对哈维仍然不怎么放心。

"你家里人还没有走？"他嘟嘟囔囔地说，"你在这儿做什么，年轻人？"

"哦，大海和潮水，上帝护佑你们！礼赞上帝，永远赞美上帝！"

"难道他没有权利吗？"丹说。"他也到过纽芬兰浅滩，和我们大家一样。"

"可他当初穿的衣裳就跟大伙有所不同。"萨尔托斯咆哮道。

"你别胡思乱想，萨尔托斯，"屈劳帕说，"你的坏脾气又上来啦。哈维，你站在那儿不要动，别去管他。"

紧接着市政当局另一头面人物代表集会组织上台发了言，欢迎来自各地不同的来宾光临格罗萨斯脱，顺便指出格罗萨斯脱举办这种活动远远胜过别的地方。然后他讲到这个城市的财富来自于大海，每年为了海上的收获，必须得要付出一定的代价。在场的人片刻之后将听到死亡的名单，总共有117名。（他说到这里时，寡妇们瞅了他一眼又相互打量了一番）。他还说格罗萨斯脱没有大小工厂的优势值得夸耀。它的子孙后代干活拿工资，大海给予多少，他们就拿多少；他们也都知道乔治斯浅滩和纽芬兰浅滩不是奶牛的牧场。岸上的人们可以做到的最大好事便是尽自己的能力帮助孤儿和寡妇。他又说了一部分话，然后就以市政当局的名义，借此机会对热心公益答应参加这次募捐的公众表示深情的感谢。

【名词解释】

忿忿不平：心中不服，感到气愤。

"我就瞧不起这种开场的发言，"屈劳帕忿忿不平地说，"它们并不能让人们对我们产生一种公正的想法。"

"如果一个人不考虑将来，勤俭节约一点，储存点钱以备急用，"萨尔托斯莫名其妙地反驳他说。"总有那么一天他必定遭到可悲的下场。记住这一点，年轻人，再多的财富，胡乱地奢侈浪费，要不了三四个月……"

"全都花完了，花完了，"宾说道，"那时你该怎么办？有一次……"他那水汪汪的眼睛不停地上下翻动着，似乎是在寻找着什么支持他的看法，"有一次我在一本书中看到，大概是一条船上所有的人都被淹死了，只有一个人没有死，书中说那人……"

"呸！"萨尔托斯插嘴说，"你还是少读些书多吃些饭，那时就差不多能够自食其力了，宾。"

哈维挤在渔夫中间，突然感受到一阵麻辣辣刺痛的震颤，从脖子后面的位置开始一直传到他的脚跟，与此同时他觉得身上冷冰冰的，虽说那天天气异常闷热。

【同步思考】

集会上说遇难的一共有多少人？

"那个就是从费城过来的女演员吗？"屈劳帕在舞台上皱着眉头说，"关于艾尔逊的那件事情，你有没有安排妥当，哈维？你知道她上台表演什么吗？"

那个女演员表演的并不是《艾尔逊的航行》，而是一首诗朗诵，诗里面说的是一个名叫勃立克斯哈姆的渔港，有一个拖网船船队在狂风里挣扎，妇女们在码头上把能够弄到的不同的东西聚拢在一起，点燃起一堆篝火指引他们。

"她们拿着老奶奶的毯子，

老奶奶抖抖索索要她们赶紧抛入火中，

她们拿着小娃娃的摇篮，

谁也没有说一个不字。"

"唷！"丹越过朗杰克的肩膀张望过去说，"节目真够精彩的！不过把她请过来一定花了不少钱！"

"那是土拨鼠出洞，"那个苏格兰加洛维人说道，"因为光线不够亮没有吓回到洞里去，丹。"

"然而她们一直不清楚，她们点着的是指路的篝火，还是火葬的柴堆。"

那个奇妙的声音攫住了人们的心弦；她又讲到浑身湿淋淋的水手，有的还活着，有的已经死掉了，妇女们把他们抬到了火光的下面，问："孩子，这是你的父亲吗？"或"女人，这是你丈夫吗？"这时你可以听到下面长凳上发出的一片唏嘘之声。

【名词解释】

攫住：抓取。

"每当勃立克斯哈姆的渔船

扬帆出海的时候，

都要想想人们的爱仿佛光明一样

照亮了他们的帆篷！"

她表演结束的时候，掌声反倒寥寥无几。妇女们正在搜索手帕，很多男人眼里闪着泪花，目不转睛地盯在天花板上。

"哼，"萨尔托斯说，"这个节目在随便哪一家戏院里或许要你掏上一元钱——两元钱也有可能。有些人我看是付得起的。可是对于我来说纯粹是一种浪费……你们说说，天知道是什么风把卡泼巴特·爱德华也刮上台去了。"

"千万别看不起他，"后面一个东港人说，"他是一位诗人，早晚会发表他的诗作。他也出身于我们这样的行业。"

他并没有说巴特·爱德华船长为了让别人准许他在格罗萨斯脱纪念日上朗诵他的一篇作品，已经连续奋斗了整整 5 年的时间。一个对他作品产生了兴趣的委员会经过彻底研究，终于给了他这个机会。这位老人穿着星期日最好的衣裳站立了起来，显得那样淳朴和幸福，还没有正式开口就获得了大家的好感。

他们鸦雀无声地听完了 37 行铿锵有力的诗句，它全面描绘了 1867 年"琼·哈斯肯号"在乔奇斯一次狂风中沉没。当他朗读结束的时候，人们异口同声友好地朝他欢呼。

一个极其有远见的波士顿新闻记者溜到后台要了一份叙事诗的稿子，还特意采访了作者；这么一来，巴特·爱德华船长在这世界上再也别无所求了，在他 73 年的生涯中，他捕获过鲸鱼，制造过船，既是捕鱼能手，又是有才华的诗人。

"听我说下去，他受到这样的待遇很合情合理，"那个东港人说，"我曾经到过他写的那个地方。读一读我手中捧的诗稿，也就是他刚才朗诵的诗句，就能够证实他把什么都写到了里面。"

"我们的丹随便写上一写，用上一顿早饭的时间，就能写得比这还要好。要不是这样的话你把他的头砍下来，"萨尔托斯说，碰到这种时候他的一般原则是抬高马萨诸塞州的名声，"不过我不妨坦白承认他写起缅因州非常杂乱。还有……"

"我看萨尔托斯伯伯打算死在这次出海中了。他还是第一次这么抬举我，"丹嬉皮笑脸地说，"你有哪里不舒服？你一直静默不语，脸色有些发青。是不是觉得难过？"

"不知道怎么回事，"哈维回答道，"我身体里的五脏六腑都膨胀得快容不下了。我的全身都在无限发胀，抖个不停。"

"胃有些不舒服？哼！太不如意了。我们正等着宣读名单，然后离开，恰好赶上潮水。"

那些几乎全在这一年里变成了寡妇的妇女都昂首挺胸地振作起了精神来，仿佛视死如归准备就义的人似的，因为她们清楚接下来要轮到什么了。那些穿着粉红色和绿色连衣裙的避暑姑娘听到了爱德华船长的诗朗诵，叽叽喳喳了好一段时间，这时也消停了下来，都在往后面看，纳闷为何大厅里一下子肃静了下来。渔夫们都在往前挤，那个跟切尼说过话的官员忽然在台上出现了，开始按月宣读这一年度死亡的名单。去年九月份去世的大多是单身汉和外地人。他的声音很高亢，在宁静的大

【阅读理解】

集会在一种非常无聊的气氛下开始，例行公事地念完开场的几段文字之后，集会的重要部分到来了——宣读死亡者的名单，虽说因为死在海上是这些水手引以为豪的事情，但是死亡所带来的悲伤可不是那么容易被化解的。

厅里来回游荡。

　　"9月9日，双桅船'佛洛里·安德森号'和全体船员在乔治斯浅滩沉没。

　　"鲁本·皮特曼，船主，50岁，独身，居住在本市主街。

　　"埃米尔·奥尔森，19岁，独身，居住在本市哈蒙特大街329号。丹麦人。

　　"奥斯卡·斯汤贝克，独身，28岁，居住在本市主街。

　　"佩特洛，可能是马德拉群岛人，独身，居住在本市基恩寄宿舍。

　　"约瑟夫·威尔士又名约瑟夫·莱特，39岁，纽芬兰岛圣·约翰斯市人。"

　　"不，缅因州奥古斯汀人。"大厅中央有个人高声叫道。

　　"他在圣·约翰斯上船当水手。"宣读人看了看名单说。

　　"这我清楚，但他的确是奥古斯汀人。他是我亲侄子。"

　　宣读人在名单的边上作了修改，又再次宣读起来。

　　"同一双桅船，查利·利奇，新斯科舍的利物浦人，33岁，独身。

　　"阿尔巴特·梅伊，本市洛奇斯街267号，27岁，独身。

　　"9月27日，奥温·道拉筒，30岁，已婚，在东岬角平底船失事被淹死。"

　　这像一颗子弹打中了要害，一个寡妇在座位上矮下去一截身子，10个手指头一会儿合拢来，一会儿松开来。切尼夫人一直圆睁着眼睛在倾听，这时脖子一挺，气都快透不过来了。丹的母亲在她隔开了几个座位的右边的地方，看到这样的情形，连忙移到她的身旁。名单还在继续往下接着宣读，这时念到了1月份和2月份失事的船舶和死亡的名单。"子弹"像雨点一样袭了过来，一个个寡妇都泣不成声。

　　"2月14，双桅船'哈利朗特尔夫号'在从纽芬兰返航途中折断桅杆；阿沙·摩齐，32岁，已婚，居住在本市主街32号，落进大海，下落不明。

"2月23日，双桅船'吉尔伯特希望号'，劳勃特·皮封，29岁，已婚，生于新斯科舍的普勃尼柯，乘平底船时失踪，报死亡。"

这个人的老婆也在大厅中。人们听见一阵哭泣声像是小野兽挨打后所发出来的。声音很快压了下去，只见一个姑娘跌跌撞撞地从大厅奔了出去。几个月里，她还一直满怀希望，因为有时渔民乘平底船漂流出去会被航行深海的船只救出来。可现在一线希望也没有了。哈维看到警察在人行道上为她喊了一辆出租马车。"到火车站要1角5分，"赶车的人刚要开口要价，只见警察举起了一只手，"不过我能够顺路带你过去。跳上来吧。你瞧，阿尔夫，下次我没有点车灯你别拉住我。好不好？"

【名词解释】

休止：停息，中止。

关上了车门，又把一片灿烂的阳光阻挡在了外面。哈维的目光又回到宣读人身上，听他无休止地读下去。

"4月19日，双桅船'马米·道格拉斯号'在纽芬兰浅滩失事，所有的船员下落不明。

"爱德华·康顿，43岁，船主，已婚，本市人。

"D·霍金斯，又名威廉姆斯，34岁，已婚，新斯科舍歇尔波涅人。

"G·克莱，黑人，28岁，已婚，本市人。"

真是没完没了，一大块的东西堵在哈维的喉咙口，他的胃让他想起了那天他从大班轮上掉下来时的感受。

"5月10日，双桅船'海上号'。奥托·斯温特森，20岁，独身，本市人，落水后失踪。"

大厅后面不知道从哪个角落又发出一阵很低却又伤心欲绝的哭泣声。

"她真不该来，她真不该来！"朗杰克说，并发出一连串哀叹声。

"别硬撑啦，哈维！"丹咕哝道。哈维听得一清二楚，但接下来眼前一片黑暗，只有几个火花在不停地旋转着。屈劳帕朝前躬下腰去，和他妻子说上了几句话，她正坐在那儿，一条手臂抱住切尼夫人，另一条手臂则压住切尼夫人戴着戒指正在胡乱地又抓又挠的双手。

"把你的头靠下来，立刻靠下来，"她轻轻地说，"很快就过去了。"

"我不能！我不！哦，让我……"切尼夫人一点也不清楚自己在说些什么。

"你说什么也要靠上片刻，"屈劳帕太太又说上了一遍，"你的孩子仅仅是昏了过去。他们长身体的时候有时会出现这种情形。你想去照顾他？我们从这边走出去，悄悄地不要发出声音。你就跟着我来吧。唉，亲爱的，我们都是女人，我们都得照料好家中的男人。过来！"

【同步思考】

哈维在夏日的集会上发生了什么事情？

"海上号"的人仿佛一群保镖似的架着面孔苍白、浑身颤抖的哈维飞快地穿过了人群，将他扶到了前厅的一张凳子上。

"这孩子跟他妈一个样！"屈劳帕太太仅仅说了一句话，就朝孩子俯下身子去。

"你是如何想的，竟然以为他受得了这些？"她义愤填膺地朝切尼大声说，切尼静默不语。"这太可怕，太可怕啦！我们不该到这里来，这样做是错误的，太残忍！这样做——这样做很不对劲！为什么——为什么他们不把名单刊登在报纸上呢？报纸才是公布名单的最好的地方！你感觉怎么样，好点了吗，乖乖？"

这使哈维感到非常难为情。"哦，我看我没什么事了，"他一边说一边挣扎着站起身来，脸颊上带着虚弱的痴笑，"一定是早饭的时候吃了什么不该吃的东西。"

"说不定是因为咖啡喝的有点过头了，"切尼说，他的脸显得如此的轮廓分明，简直如同青铜器上雕刻出来的一样，"我们别再返回大厅了。"

"我看也该到码头上去了，"屈劳帕说，"里面挤满了那些意大利血统和西班牙血统的人。新鲜空气会让切尼夫人精神好转起来。"

哈维声称他感觉极其好，从来也没有这样好过，其实在工人打扫得干干净净的伏弗曼码头，看到了"海上号"以后，他这种全身不舒服的感觉才真真正正消失，取而代之的是一种骄傲和遗憾古怪地交织在一块的感觉。这个时候有的避暑游客正驾着独桅艇在港湾里游逛，有的正在码头边上眺望大海的景色；哈维觉得自己发自内心深处地懂得了许多事情，虽说有的一些事情他还刚刚开始细心思考。可尽管这样，他现在只想坐下来痛快地哭一场，因为小小的双桅船就要离开他，去他触摸不到的地方。切尼夫人几乎是每走一步就要哭上一阵子，对屈劳帕太太说着一些极其不寻常的事情，而屈劳帕太太从始至终一直像照管婴儿那样照管着她。正在这个时候，自从六岁起就不要屈劳帕太太照管的丹打了一个十分响亮的嗯哨。

哈维感觉这些老伙计们就像古老传说中的一伙水手似的，只见他们一个个都走进了那条古老的双桅船。船上架着许许多多用旧了的平底船，哈维把系在码头上的船尾缆解了下来，他们一边收缆一边让船沿着码头划了过去。人人都有许许多多要说的话，却谁也没有说上一句关键的话。哈维嘱托丹照料好萨尔托斯伯伯的靴子，宾的平底船铁锚，朗杰克要求哈维不要忘掉学习过的航海技术；但是当着两个妇女的面的说笑也显得越来越平淡了，更何况使好朋友之间距离越拉越大的港口绿水都难以兴奋起来。

"升起船首三角帆和前帆！"屈劳帕喊道，当船吃到风时，他走到了舵轮那里去，"再见，哈维。不知何故，我几乎一直在想你和你家里人的一大堆事情。"

"海上号"越行越远，唤话声听不到了。他们坐在那儿看它驶出港去，切尼夫人还在不住地哭泣。

"唉，亲爱的，"屈劳帕太太说，"我们都是女人。我看就算是大哭一场，你心里面也不会就此好受一些。上帝清楚，哭对我没有一点点益处，不过他也清楚，有很多事情都能够让我大哭一场！"

那是几年之后的事。在美国的另一边，一个年轻人穿过海边冰冷黏湿的**雾霭**，正走在一条弯弯曲曲的街道上。大街的两侧都是一些最豪华的房子，用木头建成的，却模仿得跟石头差不多。年轻人在一扇冷锻雕花的铁门前停住了，这时另一个年轻人乘着马进了那一扇大门。在门边的那个年轻人觉得那匹马就算出上 1000 元买下也算是便宜的。以下就是他们两人之间的谈话：

"你好，丹！"

"你好，哈维！"

"带来什么样的好消息？"

"啊，这次出海我刚担任上了那种叫二副的倒霉角色。你那像三重唱一样烦人的大学生活也差不多快到头了吧？"

"差不多了。我跟你说，做一个斯坦福学院的三年级学生跟在咱们的'海上号'上可不一样，真不是个滋味；不过明年秋天我要进事务所工作了。"

"打算管我们的那些船？"

"除了这，还能是别的吗？你就等着看吧，我会拿你开刀的。如果让我掌管，我就要让这家老航运公司俯首帖耳向我屈服讨饶。"

"我倒乐意担担这个风险。"丹说着像亲兄弟一样咧嘴笑了起来。这时哈维从马上跳了下来，问他是否进去坐一会儿。

"我在这里'抛锚'，正是为了这个。你倒是告诉我，大司务在什么地方？我总有一天会让那个稀奇古怪的黑人带上他那该死的玩笑一股脑儿去海里淹死。"

一阵得意洋洋的窃笑声传了过来，"海上号"以前的厨师从浓雾中大踏步地走了出来，牵住了马缰绳。他亲自照料哈维的所有事情，不许任何人插手。

"雾跟纽芬兰浅滩一样重，对不对，大司务？"丹用和解的口气说。

谁知道那个黑炭一样的盖尔人"千里眼"不愿意作出回答，非要先拍一下丹的肩膀，在丹的耳朵旁边咕咕呱呱说说他那老掉牙的预言。

"主人——仆人。仆人——主人，"他说，"你还能记起我曾经说过的话吗？在'海上号'上？"

"好吧，我还不至于不承认现在的事情有点像你所说的那样，"丹说，"'海上号'是一条非常了不起的船，无论怎么说我欠它的很多很多，欠它的和欠爹的差不多。"

"我也一样！"哈维·切尼说。

【阅读理解】

转眼之间，时光流转，几年的时间匆匆流逝。两个年轻人——哈维和丹，都在自己的人生道路上走出了不同的轨迹，可是有些东西还是会被时常记起的，那就是那段在"海上号"的岁月。

阅读体验

一、语言品味

《勇敢的船长》是吉卜林的著名儿童故事之一。本书情节围绕着哈维的命运展开，语言简洁凝练，构思新颖；叙述生动有力，不作过分渲染，情景变幻跌宕有致；观察入微，想象独特，给人以美的感受。

"上风头吸烟室的门朝着北大西洋迷雾笼罩的方向敞开着。鸣着汽笛的大客轮，发出捕鱼船队不要靠拢的警告信号。"故事由此展开，大客轮"鸣着汽笛""发出……警告信号"，预示着高贵的主人公将要上演一场令人感觉惊奇的经历。景物描写细腻，场景宏大，让人产生无限遐想。

如"'海上号'像平时一样滑入了长长的浪谷。那些浪谷仿佛是凹陷的沟渠和林阴道，要是它们待在那儿原封不动的话，倒给人一种两旁仿佛都是房子能够遮风挡雨的感觉。可是它们无时无刻不在无情地发生着变化，一会把双桅船抛到成千上万座灰色山峰一样的浪尖上，让风吹得索具呼啦啦直响，一会儿船又弯弯曲曲滑到海浪的斜坡那里。在远处的海面上迸溅起一片乱哄哄的泡沫，紧接着别处海面上好像接到了信号也纷纷一同迸溅起泡沫来。到后来竟变成了一幅白色与灰色交织的美好画卷，使哈维看得眼花缭乱。"渐渐地，哈维习惯了、并且喜欢上在海上的打渔生活，眼前的景物令他身入其境。语言生动，情景变换有致，跌宕起伏，深刻的描绘把我们带入哈维的境界。

如"他突然回忆起了往事，尽管似乎很遥远，却还是不寒而栗。……如何愚昧无知和凶恶残暴，竟说轮船要是把一条渔船撞翻该多么有趣。……他身穿劈啪作响的油布雨衣，敲击着一口钟，那口钟比班轮上侍者摇的饭铃还要小，可这样做的目的实实在在是为了拯救宝贵的生命，因为就在附近不知什么地方正有一个30英尺高的船头以1小时20英里的速度一路冲了过来！……因此哈维打钟更加用力了。"这些细节清晰地勾勒出了爱心在哈维身上从麻木到复苏再到成为他性格中的主旋律的转换过程，也是他性格转变和成长的主要标志。现在的哈维已在劳动的磨炼中由一颗石子成长为了一粒闪亮的珍珠，由一个品行顽劣的纨绔子弟转变成了一个品行高尚、热爱劳动的少年。前后对比鲜明，发人深省。

本书通过描写一个美国富家子弟在海上的一段奇遇，细腻且真实地刻画了他从一个骄横任性的公子哥儿到一个坚强乐观、自食其力的劳动者的转变，揭示了劳动和友爱在培养一个人健全性格中所起的巨大作用。

二、情感体验

娇生惯养的百万富翁的儿子哈维·切尼，因为母亲的溺爱和放纵，形成一个嘴上经常斜叼半截烟卷，外貌中既有游移不定虚张声势的成分，又有那种喜欢卖弄小聪明的任性且又傲慢的花花公子形象，有时他竟会不知天高地厚地说大轮船撞翻一条小渔船多好玩。

哈维为了到英国上学，跟母亲搭乘横渡大西洋的定期班轮。他因为抽了别的乘客给他的浓烈香烟而感到不舒服，到甲板上透气的时候，失足落入大西洋。后来被"海上号"救起。

哈维从大船上落水，乍看之下，这似乎是他人生中的一次厄运，但我们再往下看，这却是他的幸运。因为如果没有落水带来的奇遇的话，他将在已经走歪的人生之路上越行越远，最终沦为一个被家人宠坏了的对社会毫无价值的寄生虫。哈维被"海上号"救起是他人生的转折点，标志着他将要彻底摆脱掉一切造成其不良性格的诸多因素，形成令人信服的人生的开始。

哈维在船上说明了自己的身份，请求船长送他回纽约。但是，船长屈劳帕是个顽固的硬汉，不但不相信他的话，还命令他在船上工作。哈维反抗他，被船长打倒在甲板上。任性的哈维在船上无可奈何，只好做水手的工作。接下来，他在"海上号"上经历了从未有过的痛苦，但是他身边那群勤劳朴实的水手们却对他施加了很好的影响，使得他的性格得到了完全意义上的转变与更新。使我们看到，他的天性中拥有良善，他对友情充满着无限渴望。

哈维在船上的日子里，不仅学会了生存的技能，更是学会了如何去生活，懂得了什么才是生活的真谛。在跟屈劳帕船长接触以后，他的生命得到了重塑，成长为一个合格的渔民，学会了服从命令，开始厌恶起花花公子的生活，变成一个充满生气和活力的青年。这个故事告诉我们：每个人在成长的过程中，都会遇到或多或少的困难和不幸，但是请不要忘记，所有的困难都会有解决的办法，只要存着一颗积极的心态勇敢地迎接它，努力克服它，那么你就一定可以像哈维一样体验到成功的快乐。

三、角色体验

哈维

他嘴上经常斜叼半截烟卷，外貌中既有游移不定虚张声势的成分，又有那种不值一提的小聪明，竟会不知天高地厚地说大轮船撞翻一条小渔船多好玩。后来他却成长为一名合格的渔民，学会了服从命令，厌恶起花花公子的生活，成为一个充满生气和活力的青年。

迪斯柯·屈劳帕

精明强悍、明辨是非、嫉恶如仇、助人为乐的屈劳帕船长。他不愿意和船队凑在一起捕鱼，总是凭他有关鳕鱼洄游的知识、捕鱼和驾船的丰富经验，在茫茫的渔场上寻找最理想的停泊地，捕到大量的鱼，但他又毫不吝惜地帮助船队的人，甚至帮助漂泊在大海上跟他毫不相干的船只，把他测到的经纬度告诉他们，是一个充满自信的汉子。但一旦他认识到自己的判断出了错，他也决不掩盖，而是大胆地承认。

丹

丹是个很精干的年轻人，善良聪明，像他父亲一样勇敢乐于助人，他熟练海上渔业，是哈维的"海上号"最亲近的朋友；他不嫌弃哈维的傲慢，不仅跟他玩而且还带他出海，教会他好多捕鱼技巧。

四、感悟作品

《勇敢的船长》中，吉卜林把我们带到了纽芬兰浅滩的大渔场上，那里雾浓得鱼跟鱼都看不清；那里的大浪比燕麦牛奶粥还要稠；那里浪尖翻滚伴有一种连续不断的撕裂声；那里疾风吹过广袤无垠的空间，仿佛在放牧海上紫蓝色的云彩，那里的细雨亲吻一展方圆千里阴沉沉的海面；那里月光下呈现出百万条皱纹。而枪乌贼、毛鳞鱼的到来，逆戟鲸竖起身子发出令人窒息的气味，冰山寒气逼人像一个巨大的白色幽灵，海底活火山每隔一个时候便喷发气泡等等都是你见所未见闻所未闻的奇景。

然而，在这样美丽景色的背后却是一群靠着打鱼生存的渔夫们的艰辛生活和一位因失足落水，被一条渔船救起的公子哥哈维的成长故事。

故事中，在"海上号"几个月的生活里，主人公哈维用一个自己不曾有过的全新的眼光观察身边的人，发现了这群勤劳质朴的水手身上涌动着一种令他十分好奇的深厚的爱。他们虽然拙于言辞，但他们相互之间的友爱却覆盖在劳动与生活中的各个细节上。例如，萨尔托斯对失忆的宾无微不至的照顾，水手们在大雾天气里的彼此关切，捕鱼和加工鱼时的同心协力等。哈维在这样的环境中与他们朝夕相处，也渐渐地被这种爱所感染，学会了如何去爱。一段时间之后的一个午夜，有一艘渔船在大雾中被一艘大班轮撞翻，"海上号"参与了救助。哈维在目睹了遇难船员的不幸的同时受到了深深的震撼，痛悔自己当初把这样的不幸当做笑话的轻狂言行。最后，在参加船员们组织的纪念历年遇难船员的活动时，他甚至还在主持人朗读遇难船员名单时因情绪过于激动而晕倒。这些细节描写使我们感受到了爱心在哈维身上的萌生与自然流露，体现着他性格的完全转变。

这本书告诉我们，人只要经得起环境的磨炼，即使是一个娇生惯养、脾气乖张的花花公子也能变成一个乐于自食其力的令人敬佩的人。我们要学习水手们的勤劳朴实、坚强勇敢、包容与爱的品质和哈维身上那种坚韧不拔、积极乐观的性格，尤其是哈维能够在困境中成长，那便是真正的勇敢者之路。勇敢，是属于大海的奇迹。

五、人生思考

在磨难中绽放美丽

生命，是在自身的不断努力中得以体现价值，在不断地磨炼中体验生活的真谛，绽放出美丽的花朵。一只蚕，只有经过蚕卵、蚁蚕、蜕皮、吐丝结茧、破茧才能成蛾；雏鹰，只有经历过悬崖上的生死考验才能展翅高飞；花蕾，只有经历了风吹雨打的过程才能竞相绽放；柳条，只有经历了寒冬的肃杀，才能在初春来临之际抽出新芽。同样地，我们只有经历过人生的重重磨炼，才能明白生命的真谛，体会到生活的美好。

劳动技能的获得和对劳动价值的认可，是哈维成长的标志，也是他的生命之花得以灿烂开放之处。在《勇敢的船长》的故事开始时，哈维是一个无所事事，只知吃喝玩乐的慵懒的公子哥儿。掉到海里、被救上"海上号"后，船长安排他干活儿，给他一个月十块半的工钱，他嗤之以鼻，说自己每个月的零花钱就有200块，夸耀他父亲随便拿点钱出来就能把"海上号"整个儿买下来，真是一副十足令人可憎的富二代嘴脸。但随着"强制劳动"的进行，随着劳动给他带来的肉体痛苦，他的灵魂却受到了洗涤。由于缺乏劳动技能，他受到了大家的耻笑，但这也激起了他不服输的劲头儿。经过不懈的努力，他终于掌握了船上大部分的技术活儿，甚至在阅读四分仪、计算行船方位上展现自己过人的能力，得到了屈劳帕船长的褒奖，这是他一生中第一次感受到了自己的而不是他父亲的价值，这样的成果令他无比自豪！

在磨炼中是放弃还是学会自强，生命是继续还是败亡，全在于自己的选择。吉卜林在书中真实描写了哈维性格转变过程，他选择了自强，选择了生命的继续，他对生活中的困境毫不畏惧，战胜了自己的惰性与自私。因为不幸，他懂得了珍惜幸福；因为坎坷，他看到了互相搀扶的身影；经历了失败，他体会到成功的喜悦。他的青年生活是值得肯定的，他的美丽人生从这里才算是真正的开始。

我们都知道，增长智慧、提高才能，不是白白就能得到的；成长过程中的每一处陡坡，都是磨炼自己意志的机会。必须积极迎接人生的每一次挑战，紧抓每一次机会不放，相信"逆境出建树"。成长的感觉是美好的，所以我们要一步一个脚印地稳步前进；阳光总在风雨后，只有直面人生的风雨，才能发现阳光的神奇和生命的美丽。

阅读拓展

本书的阅读链接

图书

《吉卜林童话》

作者：［英］吉卜林

译者：郭恩惠

出版社：希望出版社

出版时间：2004 年

研究缩影

吉卜林一生喜爱旅游，曾经到过埃及、日本、美国和非洲等地。异国的风土民情常出现在他的作品中。像《丛林故事》《丛林故事续篇》就是以印度和非洲的丛林为背景的。他唯一的长篇浪漫小说《吉姆》描述了印度土著和西藏喇嘛的神秘世界。另外，他在 1890 年至 1920 年，声望到达顶峰期间所出版的三部杰作，全都以印度为背景。吉卜林的作品，就如同他的为人——充满激情又趣味盎然。他能自由地运用各种艺术形式，在故事中，虽常用第一人称"我"来叙述，但人物的个性却捉摸不定。

《小公主》

作者：［美］伯内特

译者：陶鹏旭

出版社：人民文学出版社

出版时间：2010 年

研究缩影

年少的萨拉·克鲁，一位富有的英国军官的爱女，起先在贵族学校里过着公主般的生活。但随着父亲的不幸病故，她在学校里的地位受到了毁灭性的打击。无依无靠、穷困潦倒的小萨拉在女校长伪善、恶毒的怜悯中艰难度日，受尽虐待。然而萨拉依旧保持着一颗乐观向上的心，她那生动的想象和宽阔的胸襟，使她能够积极地面对残酷的人生和饥寒交迫的痛苦。

影像

《本杰明·巴顿奇事》

导演：大卫·芬奇

编剧：艾瑞克·罗斯

主演：布拉德·皮特、

　　　凯特·布兰切特、

　　　塔拉吉·汉森

研究缩影

《本杰明·巴顿奇事》改编自
《了不起的盖茨比》的作者
弗司各特菲茨·杰拉德 20 世
纪 20 年代发表的同名小说。
布拉德·皮特在片中扮演一个
刚满 50 岁的男人，但他的身
体却突然发生了奇异的变化，
他变得越来越年轻了，而当他
爱上了凯特·布兰切特扮演的
30 岁女子后，一系列的离奇
事件接踵而至。影片从 1918
年一战末时期的美国新奥尔良
开始，一直到 21 世纪的当今
结束，将本杰明·巴顿的一生、
他的欢乐与悲伤、他的旧爱与
新欢——展现在观众面前。

《国王迷》

编剧：约翰·休斯顿、

　　　格拉迪斯·希尔、

　　　拉迪亚德·吉普林

导演：约翰·休斯顿

主演：肖恩·康纳利、

　　　迈克尔·凯恩

研究缩影

19 世纪初的南亚次大陆。丹
尼·德维托（肖恩·康纳利饰）
和比奇·加利文（麦克尔·凯
恩饰）是英国驻印部队中的一
对老兵油子。服完兵役后并没
有马上返回英国，而是酝酿着
一个雄心勃勃的计划：他俩想
取道凯伯尔山口前往古老的王
国卡菲尔斯坦，凭借两人丰富
的作战经验和火力强大的来福
枪以及自己的聪明才智战胜当
地土著人的愚昧，当上土著部
落的酋长，然后再把各部落统
一起来，最终使自己当上那里
的国王。

本书的文化链接

 托马斯·哈代

托马斯·哈代（1840-1928），英国诗人、小说家。他是横跨两个世纪的作家，早期和中期的创作以小说为主，继承和发扬了维多利亚时代的文学传统；晚年以其出色的诗歌开拓了英国 20 世纪的文学沃土。代表作品：《韦塞克斯诗集》《早期与晚期抒情诗》《艾丽西娅日记》。

奥斯卡·王尔德

奥斯卡·王尔德（1854-1900），英国唯美主义艺术运动的倡导者，著名的作家、诗人、戏剧家。主要作品：《自私的巨人》，童话集《快乐王子及其他》和《石榴之屋》。

作　家　1

乔治·吉辛

 乔治·吉辛（1857-1903），英国小说家、散文家。他生于约克郡的威克维尔特，在伍斯特郡的公谊会教派寄宿学校及曼彻斯特的欧文斯学院以优异成绩毕业。代表作有《新穷士街》《在流放中诞生》《四季随笔》等。

霍安·米罗

霍安·米罗（1893-1983），西班牙超现实主义画家。其绘画作品十分重视色彩、线条、结构等视觉因素，形式完美。代表作有《星座》组画《海滩上的女人》《构图》《王妃家的时髦聚会》等。

巴勃罗·鲁伊斯·毕加索

巴勃罗·鲁伊斯·毕加索（1881-1973），西班牙画家、雕塑家。法国共产党党员。是现代艺术的创始人，西方现代派绘画的主要代表。代表作品有《亚威农少女》《卡思维勒像》《瓶子、玻璃杯和小提琴》《格尔尼卡》《梦》。

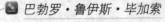

画家 2

萨尔瓦多·达利

萨尔瓦多·达利（1904-1989)，一位具有卓越才华和想象力的画家。在把梦境的主观世界变成客观而令人激动的形象方面，他对超现实主义、对20世纪的艺术做出了严肃认真的贡献。代表作品有《记忆的永恒》《面部幻影和水果盘》等。

阿诺尔德·勋伯格

阿诺尔德·勋伯格（1879-1951），20世纪最有影响的作曲家之一，现代音乐技法"十二音体系"的创始人，新维也纳乐派的领军人物。他的音乐风格的创新，带来了20世纪音乐领域中的一场翻天覆地的"革命"。 他的主要作品：两首室内交响曲，五首管弦乐曲，五首弦乐四重奏，弦乐重奏《升华之夜》等。

音乐家 3

威廉·克里斯多夫·汉迪

威廉·克里斯多夫·汉迪（1873-1958），著名美国黑人作曲家、流行钢琴曲演奏家，被后人尊称为"布鲁斯之父"。著有《圣路易斯布鲁斯》《孟菲斯蓝调》《黄狗雷格》等。

本书的思想链接

 经典语录

1. 他的头有些涨，眼睛也有些花，整个身子还有些飘飘然，仿佛一阵海风就能将他吹倒。

2. 尤其是油布雨衣，它的味道更为特别，浓重得让人想起煎鱼、照明油脂、油漆、胡椒、还掺杂着烟草发霉的味道。

3. 此时的波浪已渐渐平息，余下的是一片安详的海面，地平线上星星点点的有十几条渔船的影子。

4. 落日的余光将海水染成了片片紫色和粉红色，也将绚烂的金光洒在隆起的长排琵琶桶上和桶里似蓝似绿的鳍鱼身上。放眼望去，仿佛有一条无形的绳索将这些小船牵到了它们那里。

5. 他发现两个小家伙已经死死地在主舱口睡着了。他像打铺盖卷似的，才把他们弄到铺位上。

6. 屈劳帕嘴上叼着烟斗，一动不动地目视前方，就像他儿子说的似的，他在研究鱼群。他把脑海中关于鳕鱼的知识以及自己捕鱼的经验搜集起来，好在纽芬兰浅滩上应用。

7. 浓雾还在源源不断地袭来，在水面上升腾打滚。

8. 1个小时里朗杰克把哈维支使得忙晕了头，还教他说："一个人在海上就算眼睛什么也看不见了，或者喝得人事不省，还是瞌睡困倦，这些事情都要弄明白。"

9. 哈维本来就练习得面红耳赤，挨了这一鞭更是浑身燥热。

10. 仔细检查好每一个鱼钩，然后给它装饵，把装好饵的鱼线缠绕好，一旦从平底船上将它放出去，而且能够全部放光，那可真是一门大学问。

11. 天空一片阴霾，并且正在起风，那些年纪相比之下比较大的水手延长了守夜时间。来自舱房里时钟敲响的声音，听起来格外清晰。

12. 船首楼好像在向高处攀升，颠簸着，抖动着越爬越高，接着又忽然利索得像镰刀刷地一挥似的，掉进了海里去。

13. 汤姆·泼拉特奏响了一首非常忧伤的曲子，仿佛是风的呻吟和桅杆的吱嘎作响，中断了屈劳帕推辞的话。

14. 哈蒂 14 岁左右，对所有男孩全都不屑一顾，在整个漫长的冬天使丹的心伤得透透的。

15. 那是一片波浪汹涌的苍茫大海，笼罩着阴暗潮湿的雾，时常有大风肆虐横行，浮冰嚣张作祟，但在它的上面有疏忽大意的班轮，也有捕鱼船队的星星点点的帆影。

16. 有些船在宽广的大西洋上游来荡去，看上去异常漫不经心，这点给他留下了最为深刻的印象。

17. 人人都大声叫嚷着想起锚插到鱼群中去，一不小心缠住了邻船的鱼线，兴奋得七嘴八舌地议论开来，拼命地将长柄捞鱼网按进水里，不是尖声高语地告诫同伴，就是给他们出一些主意。

18. 一个亿万富翁无论他有多少个令人烦恼和多少件令之伤心的事，他和其他工人一个样子，也还必须得做工作。

19. 有一条亮光闪闪的黑色蒸汽游艇，上面有镍板的罗经柜，有桃花心木的舱面船室，有正在港口噗噗作响的船篷，粉红色跟白色条纹相间，还有一面纽约某俱乐部的燕尾旗正在随风飘扬。

20. 他讲到了即使穷困潦倒得走投无路几乎绝望的时候，信心也始终没有离开他半步，这种坚韧不拔的信心来自他对人生的理解。

图书在版编目（CIP）数据

勇敢的船长 / (英) 吉卜林 (Kipling,R.J.) 著；
郭莹莹编译. —北京：现代出版社, 2012.11（2019.5重印）

ISBN 978-7-5143-0833-4

Ⅰ. ①勇… Ⅱ. ①吉… ②郭… Ⅲ. ①儿童文学 –
长篇小说 – 英国 – 近代 – 缩写 Ⅳ. ①I561.84

中国版本图书馆CIP数据核字(2012)第271673号

作　　者	郭莹莹
责任编辑	刘春荣
出版发行	现代出版社
地　　址	北京市安定门外安华里504号
邮政编码	100011
电　　话	(010) 64267325
传　　真	(010) 64245264
电子邮箱	xiandai@cnpitc.com.cn
网　　址	www.modernpress.com.cn
印　　刷	天津海德伟业印务有限公司
开　　本	700×1000　1/16
印　　张	13
版　　次	2012年12月第1版　2019年5月第2次印刷
书　　号	ISBN 978-7-5143-0833-4
定　　价	36.00元